all the little MOMENTS

Was bleibt ist Liebe

G BENSON

Ylva

Übersetzung aus dem Englischen

WIDMUNG

Für meine Mum:
Denn ohne dich gäbe es mich nicht.
Du hast mir immer gesagt, ich kann alles werden, was ich sein möchte.
Du hast mir Flügel verliehen.
x

KAPITEL 1

Die Nacht verlief chaotisch, der Lärmpegel war hoch. Das gesamte Team war im Einsatz und Anna liebte es. Nicht die verletzten Kinder und Erwachsenen, denen es schlecht ging, nachdem ein Truck ihren Schulbus gerammt hatte – aber sie liebte definitiv die Action, die unglaubliche Schnelligkeit und dass sie auf alles sofort reagieren musste. Das Adrenalin pumpte durch ihre Adern. Dies war ihr Job. Ein Job, in dem sie verdammt gut war, für den sie lebte – gelebt hatte.

Sie wurde zu einem Patienten gerufen, um seine Atmung zu überwachen. Der Junge war nicht älter als zehn, sein Shirt war aufgeschnitten und ein Notarzt legte eine Thoraxdrainage. Ihre Augen waren auf den Monitor gerichtet. Der Junge hatte einen zu hohen Puls und eine zu niedrige Sauerstoffsättigung. Die Drainage brachte nur leichte Verbesserung. Anna schob den PJ-Studenten aus dem Weg und checkte den Sitz des Intubationsschlauchs.

Anna schnaubte und würdigte den Mann keines Blickes, als sie die Luft aus dem Ballon ließ und den Schlauch entfernte. »Sie haben die Luft in seinen Magen gepumpt.«

Der PJler wurde kreideweiß. »Ich … ich dachte, ich hätte ihn richtig gelegt.«

»Prüfen Sie so was, nehmen Sie es nicht nur an.« Anna intubierte erneut, diesmal richtig, und bebeutelte den Patienten.

Der PJ-Student und Anna drehten sich um und beobachteten, wie sich die Vitalzeichen des Jungen langsam stabilisierten.

»Anna, wir müssen hier drüben einen Patienten intubieren und wir haben keine Hand mehr frei!«

Anna und der PJler schauten zu dem Bett nebenan, auf dem Lane kniete und eine Wunde abdrückte, während ein Unfallchirurg versuchte, eine blutende Wunde am Unterbauch unter Kontrolle zu bekommen.

»Schaffen Sie das?«, fragte Anna den PJler.

Er nickte und ging rüber, um an Lanes Patienten anzuwenden, was er hoffentlich gerade gelernt hatte.

Anna wandte sich an den Arzt, der den Brustkorb ihres Patienten untersuchte »Kann der Junge in den OP?«

Der Arzt nickte. »Er steht ganz oben auf der Liste, Trümmerfraktur des Oberschenkels und …«, er zog für einen Moment die Decke zurück und zum Vorschein kam eine tiefe Verletzung. »Jetzt, wo er stabil ist, können wir ihn hochbringen. Sie sind Doktor Foster, Anästhesie?«

»Bin ich, und ich komme mit.«

Sie schoben das Bett hinaus und Anna sprang darauf, um weiter zu beatmen. Ihr Blick ging zu den Vitalzeichen auf dem Monitor, bevor sie zurück zum Bett neben sich schaute.

Der PJ-Student sah erleichtert aus, während er den Patienten beatmete, seine Augen klebten an seinem eigenen Monitor. Lane hatte mit den Kompressionen pausiert, während der Chirurg die Monitore überwachte. Auf sein Nicken hin schob sich Lane vom Bett und richtete sofort den Infusionsbeutel.

Lanes braune Augen fingen Annas Blick auf, als das Bett rausgebracht wurde. Lane zwinkerte ihr zu, bevor sie sich wieder auf ihren Patienten konzentrierte, und wahrscheinlich war es unangemessen zu denken, was Anna gerade dachte.

Die nächsten paar Stunden gingen schnell vorbei; um elf fühlte Anna sich noch nicht einmal müde. Als sie endlich einen Moment Ruhe fand, zog sie sich ins Ärztezimmer zurück. Sie drehte sich gerade vom Waschbecken weg und nahm einen dringend benötigten Schluck Wasser, als Lane in ihrer OP-Kleidung hereinkam. Anna hätte vor Dankbarkeit zusammenbrechen können, als sie die zwei Kaffeebecher in Lanes Händen sah.

»Oh, mein Gott, du bist großartig. Danke.« Anna nahm einen kräftigen Schluck des heißen Kaffees.

»Verstehe. Du bist nur glücklich, weil ich dir Kaffee mitgebracht habe.«

Mit einem zufriedenen Seufzer gesellte Lane sich zu Anna und lehnte sich an den Tisch. Sie beobachteten amüsiert den Chirurgen, der hereinplatzte, in einer Tasche wühlte und triumphierend einen Apfel hervorholte. Er schob ihn sich in den Mund und stürzte wieder hinaus, ohne sie auch nur bemerkt zu haben.

Anna nahm einen weiteren Schluck und schüttelte den Kopf. »Stimmt nicht ganz. Ich habe mich riesig gefreut, als du reinkamst. Noch mehr, weil ich dich in deiner süßen kleinen OP-Haube gesehen habe. Ich war nur so begeistert über den Kaffee.«

»Das kann ich akzeptieren. Obwohl du nicht so happy aussahst wie der Typ mit dem Apfel.«

»Der hat wahrscheinlich seit drei Uhr nichts mehr gegessen.«

Lane lehnte sich rüber, um Anna einen Kuss aufzudrücken. Als sie zurückweichen wollte, griff Anna ihr Shirt und zog sie enger an sich und vertiefte den Kuss.

Nach einer Weile lösten sie sich voneinander und Lane lächelte glücklich. »Wenn ich das für einen Kaffee bekomme, was kriege ich dann hierfür?« Sie hielt eine Papiertüte hoch.

Anna sprang buchstäblich in die Luft vor Freude. »Essen!« Sie ignorierte Lanes amüsierten Gesichtsausdruck, schnappte sich die Tüte und sah hinein. »Pizzataschen für die Mikrowelle.« Sie blickte zu Lane. »Wo hast du die gefunden?«

»Ich habe sie aus Tess' Schrank geklaut.«

Nachdem sie sich ein Stück Pizza in den Mund geschoben hatte, reichte Anna die Tüte zurück. »Ich wusste gar nicht, wie hungrig ich war.« Sie biss noch einmal ab, kaute schnell und schluckte. »Oder wie koffeinbedürftig.« Anna lächelte. »Danke.«

»Gern geschehen. Wie sind deine OPs gelaufen?«

»Großartig. Bei einem meiner Patienten ist die Temperatur drastisch angestiegen und ich dachte, er reagiert allergisch auf das Narkosemittel, doch am Ende war es gar nicht so schlimm. Was hat es mit der sexy OP-Haube auf sich? Ich dachte, du bist in der Notaufnahme?«

»Die letzten zwei Stunden musste ich Instrumentenschwester spielen.«

»Warum hast du nicht Medizin studiert und bist Chirurgin geworden?«

Lane verdrehte die Augen. »Ich bin gern Schwester, ich mache viel Hardcore-Kram und ich spreche viel mit den Patienten.«

»War nur eine Frage.«

Lane streckte die Zunge raus.

»Es wird eine lange Nacht.«

Lane nickte. »Wird es.« Sie sah Anna an. »Irgendwie siehst du nicht traurig darüber aus.«

Anna schaffte es, etwas verlegen zu schauen. »Ich weiß. Und das hört sich jetzt blöd an. Aber das hier habe ich wirklich vermisst. Seit

Monaten habe ich keine Nachtschicht mehr gemacht. Dieser Druck, die Patienten, die rein- und rausgebracht werden, alles ein bisschen riskant.«

Lane grinste sie an. »Du bist wirklich ein bisschen Hardcore – warum machst du nichts Actionreicheres?«

»Touché. Ich weiß es nicht. Ich genieße es, dass meine Patienten nicht oft mit mir streiten.«

»Wenn doch, hast du deinen Job nicht richtig gemacht.«

»Du bist so witzig.« Anna lächelte.

Lanes Hand glitt in ihren Nacken, ihr Daumen strich über Annas Wange und Anna schmiegte sich an sie. Als sie wieder voneinander abließen, drückte Anna noch einen flüchtigen Kuss auf Lanes Lippen und legte ihre Stirn an Lanes. Dann stellte sie sich wieder an den Tisch, trank ihren Kaffee und beobachtete Lane.

Sie ließen ihre Augen nicht voneinander, bis der Lärm von Menschen, die auf der Suche nach Nahrung auf dem Weg ins Ärztezimmer waren, sie auseinandertrieb.

»Ich muss wieder runter, jetzt, wo die OP vorbei ist. Da herrscht Chaos.« Lane zwinkerte ihr zu. »Schlaf nicht auf deinen Patienten ein.«

»Du auch nicht.«

Sie gingen gemeinsam raus und trennten sich an der Treppe.

»Und, Lane?« Anna drückte die Tür mit ihrem Rücken auf.

Lane sah sie an. »Ja?«

»Für den Kaffee schulde ich dir noch was.«

Lane schien das Grinsen nicht aus ihrem Gesicht verbannen zu können.

Es war drei Uhr früh, als Anna endlich die letzte OP hinter sich hatte. Sie hatten es geschafft, alle Mitarbeiter waren fix und fertig und die OPs abgeschlossen. Heimlich hatte sie darauf gehofft, in einem OP mit Lane zu arbeiten, aber obwohl Lane technisch gesehen für beide Stationen eingesetzt wurde, schien sie die meiste Zeit in der Notaufnahme zu verbringen.

Nun waren sie alle im Büro der Notaufnahme versammelt; Schwestern, Chirurgen und andere Fachärzte standen Schulter an Schulter, als der Koordinator der Notaufnahme ihnen eine Rede hielt: »Das war gute Arbeit. Ich will, dass ihr alle nach Hause geht und schlaft, sofern ihr nicht ohnehin für heute eingetragen wart. Die, die eine Doppelschicht hatten, gehen. Euer Gehalt wird natürlich angepasst, keine Sorge.« Er grinste und sie lachten erschöpft. »Diejenigen, die Frühschicht gehabt hätten, legen sich hin. Ich sehe euch heute Mittag. Die Nachtschicht, die um elf gekommen ist, kann länger bleiben. Ihr alle braucht jetzt Zeit zum Durchatmen.«

Anna stand zwischen Tess und Lane, ihre Hände hatte sie in die Taschen gesteckt. Sie seufzte erleichtert, glücklich, dass sie nicht vor zwölf zurück sein musste, nachdem die Nacht so lang gewesen war.

Tess sah sie beide von der Seite an. »Also ich gehe sofort nach Hause. Kein Schäferstündchen im Krankenhaus, ihr zwei.«

»Bist du nicht für heute Nacht eingeteilt?«

Bei Annas Worten ließ sie die Schultern hängen. »Oh. Ja.« Und mit einem Winken war sie verschwunden.

»Du musst wahrscheinlich heim zu den Ki…« Lane hielt plötzlich inne und ein verschwörerisches Lächeln kroch über ihre Lippen. »Ella und Toby sind bei deiner Mum.«

Die Erkenntnis traf Anna auch langsam. »Ja, sind sie. Mein Haus ist leer.«

»Ich habe morgen frei. Brauchst du Gesellschaft?« Lane trat einen Schritt zurück, ihre Augen waren vor gespielter Unschuld aufgerissen. Langsam ging sie in Richtung Ausgang.

Ohne zu zögern, folgte Anna ihr. »Ich schätze schon.«

»Das bedeutet nicht, dass ich mehr Erfahrung in Beziehungen habe als du.«

Anna hielt Lane die Tür auf und lachte über den empörten Tonfall. »Bitte Lane, du warst verheiratet. Also doch, hast du.«

Lane schüttelte den Kopf, hängte ihre Jacke auf und folgte Anna den Flur entlang in die Küche. »Ich war nicht verheiratet. Ich war in einer eingetragenen Lebenspartnerschaft, und wir hatten eine Katze.« Lane hielt inne. »Okay, gut, in der lesbischen Welt ist das wohl das Gleiche. Aber ich war jung und naiv. Wie lange hielt deine letzte Beziehung?«

»Über drei Jahre.« Anna linste in ihren Kühlschrank. »Ist Bier okay?«

»Solange es kalt ist, super. Im Moment würde ich alles nehmen.«

Anna wackelte mit den Brauen, als sie zwei Bier hervorzog.

»Okay, das hätte ich besser formulieren können.« Lane zuckte mit den Schultern. »Siehst du. Drei Jahre! Das ist Hingabe. Wir haben nur zwei Jahre zusammengewohnt.«

Das Geräusch des Bieröffners machte Anna glücklicher, als sie zugeben wollte. »Ja, aber ihr hattet eine Katze. Das ist, als hättet ihr Kinder gehabt.« Sie unterbrach sich. »Obwohl, seit man mir zwei Kinder gegeben hat, kann ich mit Sicherheit sagen, dass eine Katze nicht dasselbe ist. Trotzdem ist all das zusammengenommen immer noch mehr Erfahrung, als ich habe.«

Lane schüttelte den Kopf. »Nein … meine Ex ist mit der Malerin abgehauen, die unsere Veranda gestrichen hat, und hat mir emotionale Narben verpasst.« Lane zwinkerte ihr zu. »Also zählt meine Erfahrung nicht mehr als deine.«

Sie hatte nicht gewusst, dass Lanes Ex eine Affäre gehabt hatte. »Wirklich?«

Lane schnalzte lässig mit der Zunge. »Es ist schon lange her. Dieser Teil ist nicht wichtig. Deine Beziehung gewinnt. Drei Jahre.«

»Lebenspartnerschaft.«

Lane dachte einen Moment lang nach. »Okay. Vielleicht. Vielleicht trägt es zu mehr Erfahrung bei. Aber drei Jahre sind immer noch mehr.«

Anna trank ihr Bier, schob Lane auch eins hin und setzte sich. Wenn ihre Ex fremdgegangen wäre, hätte Anna das wahrscheinlich nicht so leicht weggesteckt. »Ich nehme es an. Es war meine erste richtige Beziehung, neben der ein oder anderen Beziehung zu College-Zeiten«

»Ernsthaft?« Lane stellte die Flasche auf den Tisch und musterte Anna unverhohlen. »Wie das?«

Anna verdrehte die Augen. »Ich war so auf die Arbeit und meine Karriere fixiert. Das hat mich auch glücklich gemacht. Ich wollte keine Verpflichtungen.«

Bei dem Argwohn in Lanes Augen fühlte Anna sich unwohl. »Was?«

»Du warst ein weiblicher Gigolo, was?«

»Was?« In diesem Moment hasste Anna es, dass ihre Stimme immer etwas höher wurde, wenn sie log. »Was? Nein.«

»Aber so was von.«

»Okay. Während ich auf meine Arbeit konzentriert war, habe ich mich auf keine Bindung eingelassen.«

»Hm.«

»Also. Dann war ich aber drei Jahre lang in einer festen Beziehung. So.«

»Darf ich fragen, was sich geändert hat? Mit deiner Ex, meine ich? Oder ist das nichts, was das aktuelle Date fragen sollte?«

»Doch. Das ist okay.« Anna trank noch einen Schluck Bier. »Ich weiß nicht genau, was anders war. Wir waren uns unglaublich ähnlich. Für uns beide kam die Karriere an erster Stelle und das war okay. Ich bin nicht sicher, ob viele Frauen das so sehen. Wenn ich jetzt so darüber nachdenke, frage ich mich, ob nicht genau das uns verbunden hat. So viel Zeit haben wir gar nicht miteinander verbracht, wenn man bedenkt, dass wir zusammengewohnt haben.«

Lane nickte. »Das ergibt Sinn.«

»In einer Beziehung zu sein, war anfangs ziemlich gewöhnungsbedürftig für mich. Und schau dir an, was passiert ist. Ich stecke in einem Leben mit Kindern, das ich so absolut nicht geplant hatte. Hier bin ich wirklich ein totaler Neuling. Vorher war es wenigstens eine Art Learning by Doing.« Anna sah Lane aufmerksam an. »Und du? Bei dir sieht es so einfach, so gesetzt aus.«

Lane lachte laut auf. »Anna, jeder tut so als ob.«

»Wirklich?«

»Wirklich.« Lane trank ihr Bier. »Ich persönlich bin sehr glücklich, hier zu sein. Auch wenn alles neu ist und noch zwei Kinder im Spiel sind.«

Anna konnte nicht widerstehen und küsste Lane, bevor sie etwas zurückrutschte, um Lane in die Augen sehen zu können. »Du machst dich großartig.«

Lane schüttelte den Kopf, aber Anna wiederholte es. »Das machst du, Lane. Großartig.«

Bevor sie sich wieder zurücklehnte, küsste Anna sie erneut.

Lane grinste. »Trotz der ganzen Sache mit ›meine Ex und ich hatten eine Katze‹?«

»Trotzdem.«

»Was, wenn ich dir sage, dass es zwei waren?«

»Dann würde ich dich auslachen, aber ja.«

»Was, wenn ich dir erzähle, dass ich sie auf der Arbeit kennengelernt habe, als sie mit einem gebrochenen Oberschenkelknochen eingeliefert wurde?«

»Eine Patientin, Lane? Wirklich?«

»Eine ehemalige Patientin.«

Anna trank den letzten Schluck ihres Biers aus. »Trotzdem.«

»Wirst du mich melden?«

»Ha. Wenn ich das täte, müsste ich wohl auch die ganzen Abenteuer in gewissen Treppenaufgängen erwähnen.«

Lane streckte die Zunge raus. »Dann schießt du dir selbst in den Fuß.«

»Mist.«

Anna nahm ihre leere Flasche und ging zum Kühlschrank, um ein neues Bier zu holen. Sie hörte, wie Lane ihren Stuhl zurückschob und als sie sich umdrehte, stand Lane dicht vor ihr und drückte sie leicht zurück, bis die Arbeitsfläche gegen ihren unteren Rücken drückte. Lane legte den Kopf schief.

»Diese Beziehung hat mich ziemlich fertiggemacht.«

Anna strich mit den Fingern über Lanes weiche Wange. »Ich weiß nicht, wie dir das jemand antun konnte.«

»Es ist schon lange her. Ich sage das nur, weil ich bei dir nicht diesen Drang habe, wegzurennen und mich zu schützen. Ich war nicht unschuldig an all dem, aber …«

Aus einem Impuls heraus grub Anna ihre Finger in Lanes Nacken und küsste sie. Als sie sich zurückzog, sah sie Lane suchend in die Augen. »Willst du noch ein Bier?«

Lane schüttelte den Kopf, ihre Finger spielten mit Annas Shirt. »Nein. Ein Bier ist jetzt nicht das, was ich will.«

»Was dann?«

Annas Augen schlossen sich von ganz allein, als Lane sanft eine Linie von ihrem Kinn zu ihrem Ohr küsste. Ihre Finger hielten Anna an der Hüfte und Anna griff nach der Arbeitsplatte hinter sich.

Als Lane sprach, war es nur ein Flüstern, das sachte über Annas Haut strich. »Ich will dich. Nur …« Lanes Zunge leckte an ihrem Hals, dann drückten sich ihre Lippen genau an die gleiche Stelle. »Dich.«

Anna unterdrückte einen Schauder und vergrub ihre Hände in Lanes Haar. Sie hielt die dunklen Locken in ihrer Faust, bevor sie Lane zu sich zog, sodass ihre Lippen aufeinanderstießen. Ein unwillkürliches Stöhnen entfuhr Anna, als Lane sich fest an sie schmiegte und Anna zwischen sich und der Arbeitsplatte gefangen nahm.

Die Kinder waren nicht da. Lane hatte den Tag frei. Anna musste nicht vor zwölf auf der Arbeit sein. Das Leben war wunderbar.

Lane sah sie lächeln und hielt inne. »Was?«

»Wir werden nicht von Arbeit unterbrochen.« Sie küsste Lane einmal. »Oder von Kym.« Und noch einmal. »Oder von schreienden Kindern.«

Lane grinste auch. »Oh, okay. Guter Grund zum Lächeln.«

Anna setzte ihren Körper ein, um sie beide aus der Küche zu schieben, ihre Lippen lösten sich kaum voneinander.

»Du bringst mich immer zum Lächeln.«

Anna führte Lane sachte zur Treppe, sah nach oben und entschied sich, dass es zu schwierig war, Lane hinaufzuschieben. Stattdessen drückte sie Lane gegen das Geländer. Lane hielt sich daran fest, als Annas Lippen über ihren Hals wanderten.

Ein Seufzen erreichte Annas Ohr, als sie mit der Zunge über die weiche Haut fuhr. Ihre Zähne streiften das heiße Fleisch unter ihren Lippen und der Seufzer wurde zu einem Stöhnen.

»Nach oben.« Anna drückte ihr einen weiteren Kuss auf. »Oben ist ein Bett.«

»Richtig.« Lane zog Anna enger an sich. »Richtig. Bett.«

»Wenn wir nicht gehen«, Anna versuchte sich von Lane zu lösen, »werde ich dich auf die Stufen stoßen, und so heiß das auch wäre, oben ist ein Bett.«

Schmollend sah Lane auf die Stufen. »Sie haben nicht einmal Teppich.«

Anna lachte und nahm Lanes Hand. Innerhalb weniger Sekunden waren sie im Schlafzimmer.

Einen Herzschlag lang blieben sie nebeneinander stehen. Dann fielen sie übereinander her, die Hände in den Haaren, die Lippen aufeinander, und stolperten gegen das Bett.

Lane setzte sich und zog Anna mit sich. Diese setzte sich rittlings auf sie, ohne den Kuss zu unterbrechen. Gänsehaut überkam Anna, als Lanes Finger ihren Rücken unter dem Shirt streichelten.

Lane küsste ihren Hals und Anna seufzte.

»Endlich.«

»Wie bitte?«

Die geflüsterte Frage an Annas Hals ließ sie erschaudern. Sie hatte das nicht laut aussprechen wollen.

»Nichts.«

Lane küsste sie wieder und Anna verlor sich in den Gefühlen, die die Berührung in ihr auslösten. In diesem Moment gab es nur Lane.

Als Lane sich von ihr löste, protestierte Anna. Der Protest wandelte sich zu einem sanften Seufzen, als Lanes Lippen über ihre Wange und ihr Kinn glitten. Zähne streiften ihren Hals. Lanes Daumen berührten die Unterseite von Annas BH, bevor sie weiter über ihren Bauch wanderten, bis hinunter zum Hosenbund und wieder Annas Rücken hinauf.

Anna kicherte, woraufhin Lane sie amüsiert ansah. »Ähm, Anna? Das ist nicht so ganz die Reaktion, auf die ich gehofft hatte.«

Anna sah sie verlegen an und legte ihre Hände an Lanes Wangen. »Nein, es tut mir leid. Es ist nur … Ich habe gerade ein Déjà-vu von der Szene in deinem Schlafzimmer. Und da ist mir in den Sinn gekommen, wie anders die Situation jetzt ist.«

Lane lächelte. »Keine Tränen diesmal.«

Glücklich schüttelte Anna den Kopf und drückte Lane zurück auf die Matratze, sodass sie beide auf dem Bett lagen. Lane wehrte sich nicht, ihre Hände kamen auf Annas Schenkeln zum Liegen.

»Nein. Und wir hören auch nicht auf.« Anna stützte ihre Hände neben Lanes Gesicht auf und lächelte auf sie herab, während ihr Haar sie beide umhüllte.

»Wir wollen uns auch keinen Orden verdienen.«

Anna schmunzelte und beugte sich weiter vor, um Lane zu küssen. »Ich denke schon, dass wir einen Orden verdienen. Ich will dich schon so lange, ohne dass wir unterbrochen werden. Es ist mir egal, dass es vier Uhr morgens ist.«

Lane umschloss Annas Gesicht mit den Händen. In ihren Augen war ein weicher Ausdruck. »Das war das Warten absolut wert.«

Die Geste ließ Anna dahinschmelzen. »Absolut.« Sie beugte sich vor, als wollte sie Lane küssen, zog sich dann aber zurück und lächelte über Lanes verärgerten Gesichtsausdruck. Stattdessen spielte Anna mit dem Saum ihres eigenen Shirts, neigte den Kopf und wartete auf Lanes Reaktion.

Lane schien zu verstehen, ihr Blick richtete sich auf Annas Hände und wanderte dann wieder nach oben zu ihren Augen. Das Lächeln, das Anna durch Mark und Bein ging, erhellte Lanes Gesicht. Darauf hatte Anna gewartet.

Langsam zog sie das Shirt höher, über ihren Kopf und warf es dann auf den Boden. Kurz wurde sie von Scheu gepackt, eine Gefühlswallung, die, so dachte Anna, keine Frau ganz verlassen würde, egal, wie selbstbewusst sie war. Doch als sie sah, wie Lanes Blick über sie glitt und ihr dann der Mund offen stehen blieb, ließ das all ihre Unzulänglichkeitsängste verschwinden. Sie fühlte nur noch Lanes brennenden Blick auf sich.

Lane stützte sich auf die Ellbogen und sah Anna intensiv an. »Du bist so verdammt schön.«

Überwältigt von Gefühlen beugte Anna sich vor und fing Lanes Lippen mit einem Kuss ein.

Einen Moment lang übernahm Lane die Kontrolle. Ihre Finger streichelten über Annas Bauch und Rücken und ein Zittern zuckte bei jeder Berührung durch ihren Körper. Lane knabberte an Annas Lippen, ihre Zähne streiften über die Haut, bevor sie sich zurückzog. Dann wanderten ihre Hände zu ihrem eigenen Shirt, ihr Blick bohrte sich in Anna, ein freches Grinsen umspielte ihren Mund.

Anna zog die Hände fort. »Ich will das machen.«

Lanes Lächeln wurde frecher. »Forsch? Das mag ich.«

»Ich weiß halt, was ich will.« Anna packte das Shirt und zog spielerisch daran, bevor sie es langsam nach oben schob. Hitze jagte durch sie hindurch, je mehr Haut sie sehen konnte. Sie zog den Stoff über Lanes Kopf und die dunklen Haare fielen ihr auf die Schultern.

Anna warf das Shirt hinter sich und presste Lane in die Matratze. Ihre Lippen fanden sich. Ihre Beine glitten zwischen die der anderen, beide stöhnten sie bei der Berührung. Die Haut war weich unter Annas Händen, als sie sie über Lanes Oberschenkel, ihre Hüfte und die Taille hinaufführte.

Irgendwie war ihr BH auf dem Fußboden gelandet.

»Anna.«

Bei der sanften Stimme an ihrem Ohr ging ein Zittern durch Annas Körper.

»Ich will dich spüren.«

Anna unterdrückte ein Stöhnen und schob ihre Hand unter Lane, um ihr den BH aufzuhaken. Lane legte ihr die Arme um den Körper und zog Anna auf sich. Haut auf Haut verschmolzen ihre Oberkörper miteinander.

Ihre Handfläche glitt Lanes Seiten entlang und Anna presste ihre Lippen an den pochenden Puls am Hals. Ihr Daumen streichelte über einen Nippel und Lane ließ sich stöhnend zurück in die Kissen fallen. Ihre Hände waren in Annas Haar vergraben und zogen sie hinab, um ihre Finger durch den Mund zu ersetzen.

Anna packte Lanes Hüfte, während ihre Zunge diesen sanften Lippen ein Stöhnen entlockte. Hin- und hergerissen zwischen dem Verlangen, den Moment zu genießen und jetzt sofort hören zu wollen, wie Lane klang, wenn sie kam, küsste Anna sich Lanes Rippen entlang.

»Du«, sagte Anna zwischen feuchten Küssen, während sie langsam Lanes zuckenden Körper hinabglitt, »stellst Dinge mit mir an, die ich gar nicht in Worte fassen kann.« Anna sah auf und drückte ihre Lippen genau auf die Haut unter Lanes Bauchnabel.

Lanes dunkle Augen jagten einen Schauer durch sie – einen Schauer, der ihr Zentrum erbeben ließ. Mit zitternden Fingern öffnete sie Lanes Jeans. Wie war es möglich, dass Lane sich so gut anfühlte?

Bereitwillig hob sie Anna die Hüfte entgegen, als diese ihr die Hosen auszog und den Slip gleich mit.

Lane atmete laut aus. »Glaub mir, wenn ich dir sage, dass ich das nachvollziehen kann.«

Anna lächelte, als sie aufstand und sich ihrer eigenen Hosen entledigte. Dann kroch sie zurück aufs Bett und drückte dabei Lane feuchte Küsse auf die Haut. Lane legte die Beine um Anna, zog sie zu sich. Und endlich umschloss Anna warme Haut, als sie flach auf Lane lag, nackte Haut auf nackter Haut.

Beim Anblick von Lanes leicht geöffnetem Mund, als Anna ihre Hüfte bewegte, biss sie sich selbst auf die Lippe. Ihr Stöhnen machte Anna wahnsinnig. Sie beugte den Kopf vor, küsste Lane noch einmal und führte ihr Becken dann in einem langsamen Rhythmus.

Lane schlang die Beine fester um Anna, drückte sie noch enger an sich. »Das«, Lane schob ihr die Hüften entgegen, »fühlt sich wundervoll an.«

Abgelenkt von dem Gefühl der kratzenden Nägel auf ihrem Rücken, küsste Anna Lanes Hals und knabberte sanft mit den Zähnen daran, bevor sie sachte zubiss. »So wollte ich dich schon seit einer Ewigkeit spüren.«

Ihre Küsse wurden fordernder. Anna fand einen Rhythmus, der sie beide leise stöhnen ließ. Hitze schoss durch ihren Körper. Lanes Fingernägel gruben sich in ihren Hintern und führten Annas Bewegungen so, dass sie noch mehr stimuliert wurde. Die Reibung zwischen ihnen war nicht stark genug, aber Anna wollte das Gefühl noch nicht verlieren. Es war, als ob elektrische Spannung über ihre Haut tanzte.

Lane schob ihre andere Hand zwischen ihre Körper; ihr Daumen streifte Annas Nippel, bevor die Finger sich um ihre Brust schlossen.

Anna wiegte sich mit Lanes Körper, fühlte ihre Hitze, fühlte alles unter sich. »Du bist so verdammt feucht.«

Fingernägel krallten sich in ihren Rücken, als sie erneut gegen Lane stieß. »Du hast mich ein bisschen auf Touren gebracht.«

»Nur ein bisschen?«

Lane lachte rau. »Ziemlich heftig eigentlich.«

Obwohl sie abgelenkt war, grinste Anna. Mit dem Ellbogen stützte sie sich ab und legte die andere Hand auf Lanes Brust, um mit ihrem Nippel zu spielen. Lanes erhitzten Körper so unter sich zu fühlen brachte sie instinktiv in den richtigen Rhythmus

»Wenn du so weitermachst, komme ich. Nur, dass du's weißt.« Lanes Hand zog fast schmerzhaft an Annas Haar, ihre Stimme war tief, die Worte drangen unter hektischem Atmen hervor. »Du fühlst dich so gut an.«

Anna zwang sich, langsamer zu werden, und küsste flüchtig Lanes Wange. »Nicht, dass daran etwas falsch wäre, aber …« Sie bewegte ihr Bein, legte es über Lanes Oberschenkel und sog scharf die Luft ein, als sie sich gegen den angespannten Muskel drückte. »Ich will lieber in dir sein, wenn du kommst.«

Lane stöhnte auf, ein Arm war immer noch um Anna geschlungen, ihre Fingernägel gruben sich in ihren Rücken. Sie zog Anna hinunter an ihren Oberschenkel, drehte dann den Kopf, sodass ihre Lippen Annas fanden. Ihre freie Hand griff nach Annas, um sie weiter mit nach unten zu ziehen. Als Annas Finger an ihr hinabglitten, ließ Lane den Kopf in die Kissen sinken.

Lanes Augen schlossen sich vor Wonne und ihre Lippen teilten sich, als Anna sie mit ihrem Finger reizte.

»Fuck.« Lanes Stimme war laut im Raum und sie riss die Augen auf, als Anna diesen Finger langsam in ihre feuchte Hitze schob.

Ein Stöhnen entrang Anna und sie presste ihre Lippen an Lanes Schulter. Die Hand auf ihrem Rücken wanderte zurück zu ihrem Hintern und drückte Anna heftiger an Lanes Schenkel. Der Takt, den Anna mit ihrer Hand vorgab, spiegelte sich in der Bewegung ihrer Hüften wider. Sie war so feucht, dass sie ganz leicht über Lanes Schenkel glitt. Zu viel. Alles an Lane war zu viel – der Geschmack, die Geräusche, der Geruch.

Lanes Ferse drückte sich in die Matratze. Fingerspitzen gruben sich in Annas Hintern, leiteten noch immer ihre Bewegungen. Lanes andere Hand umschloss Annas Handgelenk fast schmerzhaft, während sich deren Finger in Lane bewegten.

»Anna.«

Wenn es möglich wäre, dann wollte Anna am liebsten jeden Tag hören, wie ihr Name über Lanes Lippen kam. So rauchig und unglaublich sexy. Sie wollte die Ewigkeit damit verbringen, zu sehen, auf wie vielen Wegen sie Lane dazu bringen konnte, ihren Namen zu sagen.

»Mehr?«

Annas Lippen trafen in einem chaotischen Kuss auf Lanes; ihr langsamer Rhythmus veränderte sich nicht, sie nahm nur einen weiteren Finger hinzu. Ihre Finger bogen sich, tief in feuchter Hitze.

Lane stöhnte in den Kuss und ließ Annas Handgelenk los, um sich aufzubäumen. Sie packte Annas Nacken und zog diese energisch an sich.

Anna konzentrierte sich auf die Geräusche, die Lane machte, zog ihre Finger fast komplett aus ihr heraus, bevor sie sie wieder hineingleiten ließ. Das Geräusch von Lanes Nässe machte sie wahnsinnig. Sie erhöhte langsam das Tempo, ihre Augen immer auf Lane gerichtet. Annas Hüften spiegelten den Rhythmus ihrer Hand. Ihre Stirn war an Lanes gelehnt und sie drückte ihr die Lippen auf die Wange, während sie stöhnten. Hier und dort fiel ein Fluchen von Lanes Lippen, als Anna sich in ihr bewegte. Lanes Hüften begegneten Anna Stoß für Stoß und Anna musste sich jetzt Lanes Rhythmus anpassen. Annas verlor ihren Rhythmus vollständig, als ein vertrautes Kribbeln in ihrem unteren Bauch einsetzte. Sie suchte verzweifelt nach mehr Reibung.

Anna krümmte ihre Finger, als Lane rief: »Fuck, härter.«

Lanes Stöhnen harmonierte perfekt mit den Bewegungen von Annas Fingern. Das war der Himmel – der heiße, sinnliche Himmel.

Lanes Kopf sank zurück ins Kissen.

Anna drückte sich gegen ihre Schulter und biss zu, als sie anfing, die Kontrolle zu verlieren. Durch den Schleier ihres Orgasmus drückte Anna ihre Handfläche nach unten. Lanes ganzer Körper verengte sich um ihre Finger. Sie stieß ein letztes Mal vor, und Lane kam mit einem Stöhnen und zog ihre Nägel über Annas Rücken.

Anna zischte, als sich Schmerz genüsslich mit ihrer Lust mischte. Lanes Schenkel zitterten, bevor sie entspannt auf das Bett sanken.

Anna ließ sich halb auf Lane und halb auf die Matratze fallen, ihr Gesicht an verschwitzte Haut gepresst. Ihre Hand blieb zwischen Lanes Schenkeln liegen, sie wollte den Kontakt noch nicht verlieren. Anna drehte den Kopf etwas und drückte die Lippen an Lanes Hals.

Lane legte summend ihre Hand auf Annas Unterarm. Ihre Körper bewegten sie nicht, sie zitterten nur leicht, der Atem verlangsamte sich etwas.

»Ich glaube, du hast mich kaputt gemacht«

Anna schmunzelte. »Kann ich nur zurückgeben.« Sie legte ihre Hand auf Lanes Bauch und stützte dann ihren Kopf mit der anderen Hand, ganz dicht neben Lanes Gesicht.

Lanes braune Augen waren dunkel, ganz weich im Licht, das von der Straße hereinschien. »Du hast dich irgendwie selbst kaputt gemacht« Lane grinste und entlockte Anna damit ein weiteres Lachen.

»Auch wieder wahr.« Anna küsste Lane langsam und mit viel Genuss. »Das alles hat sich unglaublich angefühlt.«

»Du bist unglaublich.« Lane hatte einen verträumten Ausdruck auf dem Gesicht.

Annas Lächeln wurde breiter. »Und du bist ein Softie.« Sie legte sich wieder auf Lanes Arm. »Ist das bequem?«

»Unglaublich.«

»Großartig.« Anna kuschelte sich enger an den warmen, weichen Körper und entspannte sich. »Dann müssen wir uns nicht bewegen.«

Lane schlang die Arme um Anna, zog sie dichter an sich. »Schlafen?«

Anna nickte gegen Lanes Schulter. »Gott, ja. Es muss fast fünf sein.«

Lane stöhnte. »Melde dich morgen krank – also heute.«

Anna schnaubte, was wahrscheinlich nicht sehr attraktiv war, aber sie war zu entspannt, um sich darüber Gedanken zu machen. »Hi. Hier ist Foster, ich kann nicht kommen. Anstatt zu schlafen, wie uns geraten wurde, hatte ich überwältigenden Sex mit einer Ihrer Krankenschwestern.«

»Ich kann nichts Falsches daran erkennen.«

»Schon klar.«

»Bist du wirklich müde?«

Anna hob den Kopf und lächelte schief bei dem Glitzern in Lanes Augen. »Nicht so sehr, wie ich sollte.«

Lane bewegte sich schnell und lauerte prompt über Anna. »Gut. Denn …«, Lane küsste sie, einmal, bevor sie sich zurückzog, »ich will dich jetzt schmecken.«

Anna schluckte. Schlaf war total überbewertet.

Der Duft von Kaffee weckte Anna, das Bett neben ihr war leer. Sie streckte den Arm aus, um sich zu vergewissern. Als ihr klar wurde, dass Lane tatsächlich nicht mehr im Bett lag, zwang sie sich, die Augen zu öffnen. Sie schielte zum Wecker und stöhnte. Es war erst neun. Drei Stunden Schlaf bedeuteten, dass Anna einen sehr langen Tag vor sich hatte.

Ganz langsam stieg sie aus dem Bett und zog sich ihre Schlafanzughose und ein Tanktop an. Bevor sie hinunterging, machte sie noch einen Zwischenstopp im Bad. Als Anna sich umdrehte, um sich die Hände zu trocknen, fiel ihr im Spiegel etwas ins Auge. Sie stellte sich so hin, dass sie ihren Rücken betrachten konnte und hob die Augenbrauen. Ein Lächeln stahl sich auf ihr Gesicht. Vorsichtig schob sie ihr Shirt hoch und sah noch einmal über ihre Schulter in den Spiegel. Da waren ein paar ziemlich beeindruckende Kratzer auf ihrem Rücken. Sie versuchte, sich nichts darauf einzubilden und zog das Shirt wieder zurecht, bevor sie das Bad verließ.

Auf halbem Weg nach unten, schallte ihr Musik entgegen. Anna lächelte, als sie in die Küche trat.

Lane schwebte förmlich durch den Raum, das Radio voll aufgedreht und zwei Tassen Kaffee standen auf der Arbeitsfläche. Der köstliche Duft von Speck und Eiern stieg Anna in die Nase. Lane trug Annas Shorts, die verlockend eng saßen, dazu ihr Shirt vom vorherigen Tag. Den Pfannenwender in der Hand drehte Lane sich um und grinste, kaum dass sie Anna im Türrahmen sah. Lane kam tanzend auf sie zu, ihre Hüften bewegten sich dabei auf eine Art, die Anna unglaublich sexy und niedlich zugleich fand.

Mit einer fließenden Bewegung legte Lane ihr die Arme um die Taille und küsste sie. »Guten Morgen.«

Anna erwiderte die Umarmung und lächelte. »Morgen.«

»Ich hoffe, es macht dir nichts aus.« Lane deutete mit dem Kopf auf den Herd hinter sich. »Ich habe mich mal nützlich gemacht.«

»Oh, ich hasse es, wenn heiße Frauen vor mir aufstehen und mir Frühstück und Kaffee machen, nachdem wir die ganze Nacht fantastischen Sex hatten.« Anna schüttelte den Kopf. »Einfach fürchterlich.«

Lane verpasste ihr mit dem Pfannenwender einen Klaps auf den Hintern und tanzte davon, dann drehte sie das Radio leiser. »Ich verwöhne dich wirklich.«

Anna schnappte sich ihren Kaffee. »Tust du. Nebenbei bemerkt, finde ich, dass du diese Shorts jeden Tag tragen solltest.«

Lane sah sie über die Schulter hinweg an und wackelte mit den Hüften. Dann legte sie den Pfannenwender zur Seite, ging zu Anna und drückte sie gegen die Kücheninsel. In ihren Augen blitzte der Schalk.

Anna hielt Lane ihre Tasse an den Mund und neigte sie etwas, damit diese einen Schluck nehmen konnte.

Sie schluckte und leckte sich über die Lippen. »Ich mache guten Kaffee.«

»Stimmt. Ein weiterer Pluspunkt auf der Liste für feste Freundinnen.«

Lane riss die Augenbrauen hoch.

Annas eigene Augen weiteten sich, als sie bemerkte, was sie gerade gesagt hatte.

Sie starrten sich an.

»Ähm … Freundin?«

Annas Augen waren immer noch weit aufgerissen. »Ähm …«

»Hör auf, so zu gucken, als müsstest du dich gleich übergeben. Schon gut, das ist dir nur so rausgerutscht oder so.«

Als Lane sich umdrehte und sich wieder dem Essen zuwenden wollte, griff Anna schnell ihre Hand und zog sie zurück. »Nein, Lane. Ich will mich nicht übergeben.« Sie lächelte ein wenig. »Also, das ist mir einfach so rausgerutscht.«

Lane sah sie nur an und wartete.

»Alles ist … kompliziert. Meine Situation ist komplex. Das weißt du schon. Ich weiß nicht, wie ich das anstellen soll, mit den Kindern vor allem.«

Lane nickte langsam. Ihre dunklen Augen waren sanft, als sie Anna beobachtete.

»Sie hatten schon so viele Veränderungen, und sich mit jemandem zu verabreden, jemanden zu haben, der auch viel Zeit in Anspruch nimmt, ich weiß nicht, ob ich ihnen das zumuten kann.« Anna hielt inne, ihre Augen suchten in Lanes nach etwas. »Aber ich will auch nicht, dass das aufhört. Du … nun ja, ich habe so viel Spaß mit dir. Ich fühle mich, ich weiß nicht …« Anna zuckte mit den Schultern. »Du gibst allem einen Sinn.« Sie griff Lanes Shirt, zog sie enger an sich. »Also wir spielen ganz sicher nicht nur so rum. Wenn du willst, dann würde ich gern Freundin sagen.« Anna sah Lane fast scheu an.

Ein langsames Lächeln arbeitete sich auf Lanes Lippen. »Du hältst gern Reden, oder?«

»Mehr hast du dazu nicht zu sagen?«

»Na, meine Antwort ist doch wohl offensichtlich.« Lane gab ihr einen Kuss. »Natürlich will ich deine Freundin sein.«

Anna berührte Lanes Wange und zog sie in einen weiteren Kuss. Ihr Herz raste – die Worte waren so ungeplant gewesen, dieses Versprechen etwas, von dem sie nicht gedacht hatte, dass sie es wollen würde. Normalerweise sprach Anna nur mit Vorbedacht, doch diesmal hatte es sich richtig angefühlt, zu sagen, was sie auf dem Herzen hatte.

Lanes Hände glitten Annas Seiten entlang zu ihren Schenkeln und zogen an ihr, hoben sie auf die Arbeitsplatte.

Anna legte die Beine um Lane und verschränkte die Fersen. »Das Essen?«, fragte Anna zwischen den Küssen.

»Vergiss das Essen«, knurrte Lane fast und schob Anna die Hände unter das Top, sodass sie direkt ihre Brüste fassen konnte.

Anna wölbte den Rücken, zog an Lanes Shirt und schob es hinauf. Gerade, als sie es ihr über den Kopf ziehen wollte und Lanes Fingern an ihren Nippeln sie stöhnen ließen, klopfte es an der Tür.

Sie hielten mitten in der Bewegung inne und sahen sich an.

»Erwartest du jemanden?«

Anna schüttelte den Kopf. »Das ist wahrscheinlich Mum, die irgendwas für Toby braucht oder so.«

Lane seufzte übertrieben, zog ihr Shirt hinunter und wandte sich dem Herd zu, um ihn auszuschalten. »Okay, du gehst zur Tür, ich gehe ins Bad, und dann essen wir?«

Anna saß immer noch auf der Kücheninsel und grinste. »Oder wir machen hier weiter und essen dann?«

Lane schmunzelte und sah über ihre Schulter flirtend zurück zu Anna, als sie ging. »Deal.«

Anna richtete ihr Shirt und sah Lane hinterher. Diese Frau würde noch ihr Tod werden.

Auf dem Weg zur Haustür grübelte Anna darüber nach, dass sie Ella und Toby wirklich vermisste, und dabei waren sie noch nicht einmal vierundzwanzig Stunden voneinander getrennt. Wenn sie jetzt zu Hause wären, würde Ella laut schreiend zur Tür poltern und Toby würde versuchen, an Annas Beinen hochzuklettern, während sie sich bemühen müsste, vor Ella am Ziel zu sein.

Kühle Luft traf sie, als sie die Tür aufzog. Als sie sah, wer dort stand, war sie sprachlos.

Sallys Mutter nickte knapp. Sie war eine unscheinbare Frau, ungefähr so groß wie Anna. Ihr angegrautes rotbraunes Haar war zu einem Bob geschnitten. In der Hand hielt sie eine vollgepackte Plastiktüte. Sie musterte Anna, hob eine Augenbraue und verzog den Mund zu etwas, das wohl ein Lächeln sein sollte. »Anna. Hi.«

Anna schluckte. »Hi, Mrs Larsen.«

»Nennen Sie mich Cathy, Anna.«

»Richtig. Cathy. Mit ihrem Besuch habe ich gar nicht gerechnet. Wollen Sie reinkommen?«

Cathy blieb, wo sie war, und schaute fragend an Anna vorbei. »Ich wollte meine Enkelkinder sehen. Ella muss in der Schule sein, das weiß ich. Aber ich dachte, ich könnte Toby Hallo sagen.«

Anna war überrascht. Wieso hatte Cathy nicht vorher angerufen? Sallys Eltern sahen die Kinder an Feiertagen, ein paarmal im Jahr, und das war alles, soweit Anna wusste. Trotzdem hatte sie Mitgefühl mit der Frau, der offensichtlich ziemlich unwohl zumute war, wie sie so da stand, vor dem Haus ihrer toten Tochter. »Es tut mir wirklich leid, Cathy, Toby ist bei meiner Mutter. Eigentlich wäre er ohnehin in der Kinderbetreuung. Wollen Sie wirklich nicht reinkommen?«

Cathy ignorierte die Frage. »Er ist nicht hier? Was meinen Sie mit Kinderbetreuung?«

»Nun ja, es ist Freitag. Normalerweise bin ich bei der Arbeit, deshalb geht er in die Betreuung dort.«

»Sie bleiben nicht mit ihm zu Hause?«

»Ähm, nein. Ich bin Anästhesistin, ich arbeite Vollzeit.«

Cathy sah sie erstaunt an. »Oh. Ich dachte, dass Sally mit den Kindern zu Hause geblieben wäre.«

»Ist sie auch.« Anna wusste nicht recht, was vor sich ging.

»Trotzdem arbeiten Sie heute nicht?«

»Ich fange um zwölf an.« Warum rechtfertigte sie sich vor dieser Frau?

»Also, warum zum Himmel ist Toby jetzt nicht hier?«

Langsam riss Anna der Geduldsfaden. Sie drückte ihre Schultern durch, um etwas größer zu wirken. »Es gab einen Notfall im Krankenhaus und ich musste sehr lange arbeiten.« Sie hoffte inbrünstig, dass Lane nicht in ihren sexy Shorts zur Tür kommen würde.

Cathys Gesichtsausdruck veränderte sich kaum, nur ihre Augenbrauen hoben sich etwas. »Ich verstehe.«

Anna öffnete den Mund, um sich zu entschuldigen, um zu sagen, dass es selten vorkam, dass es das erste Mal war; doch dann schloss sie ihn wieder. Sie musste sich vor dieser Frau nicht rechtfertigen. Stattdessen sagte sie: »Sie können die Kinder gern besuchen, Cathy. Vielleicht wäre ein kurzer Anruf vorher am besten.« Annas Ton war leicht, sie wollte nicht streitlustig klingen.

Cathy nickte und streckte ihr dann die Tüte entgegen. »Ich habe ein paar Spielsachen mitgebracht. Würden Sie sie den Kindern geben?«

Ihr Gesichtsausdruck war so neutral, dass Anna nicht wusste, was sie davon halten sollte. Sie nahm die Tüte entgegen.

»Natürlich. Das mache ich gern. Sie werden sich sicher freuen.«

Cathy nickte knapp und öffnete den Mund, um etwas zu sagen. Das Geräusch von Schritten lenkte sie ab und sie sah an Anna vorbei, um zu sehen, wer die Treppe herunterkam.

Anna schloss kurz die Augen und atmete tief ein. *Natürlich.*

Als Anna die Augen wieder öffnete, hatte sich Cathys Blick verhärtet und ein schmales, distanziert freundliches Lächeln war auf ihren Lippen aufgetaucht.

Anna sah über ihre Schulter und war plötzlich unglaublich froh, dass sie nicht mit dem Rücken zu Cathy stand und so die Kratzspuren der letzten Nacht verdeckt blieben.

Lane kam näher. Die Shorts sahen noch kürzer aus als sowieso schon an ihren wunderschönen Beinen. Ihr Shirt war leicht in Unordnung.

Anna war nur dankbar, dass es die Bissspuren verdeckte, die Lanes Schulter zierte. Sie war sich ziemlich sicher, dass sie selbst auch so aussah, als wäre sie nach einer Nacht voller Sex und mit wenig Schlaf aus dem Bett geschlüpft. Das hier lief nicht gut.

Lane fing ihren Blick auf und sah Anna überrascht an, bevor ihre Augen bei Cathy landeten. Lane lächelte freundlich, wie immer. Unten angekommen, blieb sie unschlüssig stehen, nicht sicher, ob sie noch näher kommen sollte. Sie entschied sich dann wohl dafür, im Hintergrund zu bleiben und zog verlegen an den Shorts, ihr Lächeln immer noch freundlich. »Ähm, Hi«, sagte sie zu Cathy.

Anna wandte sich wieder Cathy zu und gab ihr Bestes, nicht mit den Augen zu rollen, als sie den versteinerten Ausdruck auf ihrem Gesicht sah.

Cathy blickte von Anna zu Lane und wieder zurück. »Hallo.« Ihre Stimme klang kühl.

Anna wollte, dass sie ging. Das hier war unangenehm und nachdem was Anna von dieser Frau wusste, war sie sich sicher, dass hier gerade ihr kompletter Lebensstil verurteilt wurde.

»Cathy, das ist Lane. Lane«, sie sah über ihre Schulter und riss die Augen etwas auf, bevor sie wieder einen neutralen Gesichtsausdruck aufsetzte, »das ist Sallys Mum, Cathy.«

Man musste ihr zugutehalten, dass Lane ihr Lächeln beibehielt. »Nett, Sie kennenzulernen, Cathy.«

Anna sah zurück zu Cathy, die wieder nickte. »Sicher.« Sie wandte sich an Anna, ihr Blick wie versteinert. »Ich bin nicht von gestern.«

Dieser Blick ließ Anna fast zurückweichen.

»Ich hatte schon immer meine Vermutungen.«

Anna umklammerte den Türgriff fester. Bisher hatte sie unglaubliches Glück gehabt und war nie persönlich religiöser Intoleranz begegnet – und jetzt das. »Ich denke, es wäre am besten, wenn Sie jetzt gehen, Cathy.«

Sie konnte Lanes Zögern hinter sich fast körperlich fühlen, als wäre sie sich nicht sicher, ob sie Anna beistehen oder bleiben sollte, wo sie war. Anna war dankbar, dass sie sich für Letzteres entschied.

Cathys Lippen waren fast weiß. »Denke ich auch. Geben Sie die Geschenke bitte den Kindern.«

Anna nickte. »Natürlich.« Ihr Herz klopfte laut in ihren Ohren.

Am Fuße der Treppe blieb Cathy stehen und drehte sich noch einmal zu Anna um. Mit dem Licht, das auf ihr Gesicht fiel, konnte Anna den roten Schimmer in ihrem Haar erkennen, den Sally und Ella geerbt hatten; sie konnte fast Sally in ihr sehen. Der Anblick verursachte ihr Magenschmerzen.

»Anna, Sie sollten wirklich darüber nachdenken, was das Beste für die Kinder ist.«

Annas Hand am Türgriff verkrampfte sich. »Ich denke an nichts anderes, Cathy.«

Die Antwort kam schnell. »Davon habe ich noch nicht viel gesehen.«

Cathy musterte Anna einen Moment lang. Sie blinzelte im hellen Licht, drehte sich dann auf dem Absatz um und ging zur Straße.

Anna seufzte. Sie schloss für einen Moment die Augen und versuchte, ihr rasendes Herz zu beruhigen. Dann schloss sie die Tür hinter sich und sah zu Lane, die sie anstarrte.

»Wie kann sie nur?«, brach es aus Lane hervor und Anna erschrak. »Bist du nicht wütend, Anna? Wie kann sie es wagen, in dein Haus zu kommen und so was zu sagen.«

Unter anderen Umständen hätte Anna gelächelt.

»Und sie war so schmierig! Lächelt eiskalt, während sie uns ansieht, als wären wir zwei Flittchen.«

»Na ja, das war großartiges Timing, oder?«

Lane hielt inne und brachte ein Lächeln zustande. »War es.«

»Ich meine, natürlich muss die flammend religiöse Oma der Kinder, die ich aufziehen werde, auftauchen, wenn sie bei meiner Mutter sind, wo ich sie gelassen habe, um bis in die frühen Morgenstunden zu arbeiten und dann lauten Lesbensex im Haus ihrer toten Tochter zu haben.«

Lane lachte und fragte: »Wie kannst du da so ruhig bleiben?«

»Bin ich nicht. Gar nicht.« War sie wirklich nicht. »Aber das war gar nichts im Vergleich zu den Geschichten, die Sally mir erzählt hat.« Anna machte einen Schritt nach vorn, ihre Hand griff nach Lanes und zog sie zu sich. »Ich bin nicht damit einverstanden, so verurteilt zu werden, aber so ist sie einfach. Sie hätte ohnehin irgendwann rausgefunden, dass ich lesbisch bin.«

»Ja, aber …«

Anna unterbrach Lane mit einem Kuss.

Danach lächelte Lane. »Ist es seltsam, dass ich es total okay finde, so zum Schweigen gebracht zu werden?«

»Nein.«

»Gut.«

Sie schob Lane rückwärts und sah sie grinsend an. »Wir haben noch ein paar Stunden, bevor ich meinen müden Hintern auf die Arbeit schleppen muss. Arbeitsplatte?« Sie schenkte Lane ein charmantes Grinsen.

»Dann Essen. Das war der Deal.«

»Darauf könnte ich mich einlassen.«

Lane packte sie bei den Hüften, als sie durch die Küchentür gingen, und drehte Anna, um sie mit dem Rücken gegen die Kücheninsel zu pressen, auf die sie zustolperten.

Lane beugte sich zurück, taxierte Anna. »Okay. Hosen runter.«

Wie konnte sie da widerstehen?

KAPITEL 2

»Da ist aber jemand glücklich.«

Es war fünfzehn Uhr. Anna war erst seit ein paar Stunden bei der Arbeit, aber die letzten Tage fingen langsam an, ihren Tribut zu fordern. Sie schlief praktisch schon im Stehen ein. Trotzdem konnte sie nicht aufhören zu grinsen, so sehr sie sich auch bemühte. Anna gab dem Barista sein Geld und drehte sich dann zu Kym um, die hinter ihr stand.

Kym hatte ihre Hände in den Kitteltaschen vergraben und schaute Anne amüsiert an. »Anna, ist schon okay. Versuch erst gar nicht, das Grinsen zu verstecken. Im Moment siehst du so aus, als hättest du an einer Zitrone gelutscht und es insgeheim toll gefunden.«

Anna atmete erleichtert aus und entspannte ihr Gesicht. »Können wir noch einen fettarmen Latte Macchiato haben, bitte?«, wandte sie sich an den Barista und gab ihm noch einen Schein.

Erst als sie sich an die Seite gestellt hatten und auf ihre Bestellung warteten, starrte Kym sie wieder an.

Anna starrte einfach zurück.

»Du hattest Sex.«

Bei Kyms Worten drehte Anna den Kopf schnell zu allen Seiten und war erleichtert, dass sich niemand in Hörweite befand.

Kym lachte »Tja, das beantwortet meine Frage.«

Anna öffnete den Mund, um zu dementieren, schloss ihn jedoch mit einem Schulterzucken wieder.

»Wurde auch Zeit für euch beide. Hat sich das Warten gelohnt?«

»Definitiv.«

»Du wirst mir keine Details anvertrauen, oder?«

Anna schüttelte den Kopf, ihre Wangen schmerzten von dem Versuch, ihre Fröhlichkeit zu unterdrücken.

»Nicht eines? Hilf doch einer Witwe mal aus.«

»Spielst du jetzt wirklich die Witwen-Karte?«

»Sogar ohne Schamgefühl.«

Anna verengte die Brauen. »Was willst du wissen?«

»War es so gut, wie du es dir vorgestellt hast, wenn man bedenkt, dass du schon total rattig warst, wenn du ihr nur die Tür aufgehalten hast?«

»So schlimm waren wir nicht!«

»Doch, ihr wart definitiv so schlimm.«

Anna gab endlich nach und grinste. »Ja, es war wunderbar.«

»Die Witwen-Karte wird mir nicht viel mehr als das bringen, oder?«

»Nee.«

»Du siehst ekelhaft glücklich aus.«

»Sollte ich aber nicht, ich habe nur drei Stunden geschlafen.«

»Ha! Detail. Gewonnen.«

Anna lachte, während sie die Kaffees entgegennahm und Kym einen reichte.

Sie gingen in Richtung ihrer Büros. Kym stieß spielerisch mit ihrer Hüfte gegen Annas. »Ich bin froh, dass du aufgetaucht bist. Ich habe Lane noch nie so glücklich gesehen.«

»Wirklich?«

»Wirklich.«

Anna trank ihren Kaffee mit einem Gefühl tiefer Zufriedenheit. »Warst du gestern überhaupt zu Hause?« Sie lehnten zusammen an der Hinterwand des Fahrstuhls.

»Bin aufgehalten worden. Ich war psychologischer Beistand der Familien. Ich habe ein wenig im Bereitschaftsraum geschlafen.«

So sanft sie konnte, sagte Anna: »Vielleicht solltest du umziehen, Kym.«

»Noch nicht.«

Anna sah auf die Fahrstuhlknöpfe und nickte. »Okay.«

Plötzlich war es still und Anna ahnte, dass Kym einen Themenwechsel nötig hatte, doch ihr wollte einfach nichts einfallen. Also sprach sie das Erste aus, was ihr in den Sinn kam. »Willst du bei uns übernachten?«

»Was?«

»Übernachte bei uns. Noch mal.«

»Na, letztes Mal ist das ja nicht absichtlich passiert.«

»Ja, aber dich und Ella schlafend auf dem Sofa zu sehen, war schon extrem niedlich.«

»Dieses Kind ist unglaublich süß. Dass du das Bild auf Facebook gepostet hast, war absolut nicht süß.« Kym trat als Erste aus dem Fahrstuhl, als sich die Türen öffneten.

»Ich habe einundsiebzig Likes bekommen. Wechsel nicht das Thema – du musst kommen.«

»Natürlich komme ich. Wann?«

»Wie wäre es morgen Abend? Samstage sind was Spezielles in der Kinderwelt.«

»Wieso eigentlich?«

»Na, Ella hat keine feste Schlafenszeit. Aufregende Sache.«

Kym lachte. »Ich werde da sein. Kommt Lane auch? Oh! Mädchenabend!«

Anna hatte vorgehabt, es ruhiger angehen zu lassen, Lane nicht zu oft zu sehen, ihren Fokus auf die Kinder zu legen. Aber als Kyms Augen aufleuchteten, konnte sie nicht mehr Nein sagen.

»Was ist mit Tobes?«

»Er ist unter sechs, er zählt nicht. Außerdem schläft er dann schon.«

»Stimmt. Ich frage Lane.«

»Als ob sie Nein sagen würde.«

Anna verdrehte die Augen und folgte Kym durch den Flur.

»Also kommen heute Schwester Lane *und* Kym?«

Anna musste lachen, während sie weiter Karotten schnippelte. »Japp.«

»*Und* ich sehe Schwester Lane am Montag noch mal, wenn sie mir den Gips abnimmt?«

Anna lachte wieder und legte die Karotten auf die Platte zu den Crackern, dem Käse und dem Dip. »Genau, so ist es.«

»Toll!« Ella drehte sich auf dem Absatz um. Sie stürmte hinaus, rannte die Treppe hinauf und rief dabei, dass sie ihren Pyjama anziehen würde.

Den Kopf schüttelnd sah Anna auf ihre Füße, wo Toby gerade an ihren Schnürsenkeln zog. »Hungrig, kleiner Mann?«

Toby sah mit großen blauen Augen zu ihr auf, legte den Kopf in den Nacken und grinste, während er versuchte, sich ihren Schnürsenkel in den Mund zu stecken.

Anna bückte sich und hob ihn hoch auf den Arm.

Seine kleine Hand griff nach ihrem Tanktop.

»Willst du Pasta?«

Seine Augen wurden größer. »Pata?«

Jetzt war es an ihr, ihn anzustarren. »Pasta! Hey, das ist ein neues Wort. Du bist schlauer, als gut für dich ist.« Sie ging mit ihm um die Kücheninsel und setzte ihn in seinen Hochstuhl. Dann gab sie ihm ein Stück Karotte, um ihn zu beschäftigen, während sie etwas Pasta vom vergangenen Abend aufwärmte.

Betrogen besah Toby sich das Stückchen Karotte in seiner Hand an und verengte die Brauen. »Pata?«

»Kommt gleich, Tobes.«

Er sah Anna scharf an, als wollte er sich vergewissern, dass sie die Wahrheit sagte. Dann beobachtete er, wie sie zum Kühlschrank ging und die Schale herausholte. Endlich lächelte Toby, nahm die Karotte und pikte sich nur einmal in die Wange, bevor er seinen Mund traf.

Während sie darauf wartete, dass die Mikrowelle piepste, versuchte Anna erfolglos, nicht über ihre Situation nachzudenken. Lane würde kommen, aber sie hatte ihr nichts davon gesagt, dass Kym übernachten würde. Lane wusste nur, dass sie drei und Ella einen Mädelsabend veranstalten würden – mit Toby.

Anna wäre einerseits nichts lieber gewesen, als dass Lane bei ihr übernachtete. Andererseits machte der Gedanke ihr aber trotzdem Angst. Sie war sich nicht sicher, ob sie jetzt schon mit Übernachtungsbesuchen anfangen sollten. Alles war noch so neu und Anna wollte die Kinder auf keinen Fall verwirren. Kym zu Besuch zu haben, die auf der Couch schlief, war eine Sache. Aber Lane in ihrem Bett? Das war eine ganz andere.

Das Piepsen der Mikrowelle holte sie aus ihren Gedanken. Anna nahm die geradeso warme Pasta – ein Gericht, das nicht mal sie versauen konnte – rührte sie kurz um und stellte die Schale dann vor Toby hin. Sie setzte sich neben ihn und sah ihm dabei zu, wie er versuchte, sich selbst zu füttern. Am Ende übernahm sie doch lieber den Löffel. Seine Versuche liefen darauf hinaus, dass die Hälfte des Essens auf dem Boden landete oder in seinem Haar und in seinem Schoß. Anna hatte schon – öfter als wahrscheinlich normal war – Erbsen in Tobys Ohren gefunden.

Der erste Löffel steckte gerade in seinem Mund, als sie Ella die Treppen runterpoltern hörte. Sie hatte ihren Pyjama an und hüpfte auf und ab. Dann setzte sie sich auf den Stuhl Anna gegenüber.

»Ich hab meinen Pyjama angezogen und ein paar Sachen mitgebracht. Ich will Schwester Lane und Kym eine Karte basteln. Meinst du, wir können nach der Pizza noch ein Eis essen? Warte, welche DVD wollen wir schauen? Können wir zwei schauen?«

Anna blinzelte zu Toby herüber. Sein Mund stand offen, als er blindlings nach seinem Löffel griff und Ella anstarrte, als wäre er ihr nie zuvor begegnet. Anna steckte ihm den Löffel in den Mund und versuchte herauszufinden, wie sie auf Ellas aufgeregte Rede antworten sollte.

»Ähm … wow. Ganz ruhig, Ella Bella. Wir können versuchen, zwei DVDs zu schauen. aber die erste musst du ohne uns anfangen. Wir werden erst mal einfach hier sitzen, okay?«

Ella sah vollkommen niedergeschlagen aus und ließ fast ihren Stift fallen. »Was? Warum?«

Anna fühlte sich furchtbar. »Wir werden vielleicht ein Glas Wein trinken und über die Arbeit reden.«

Ella rümpfte die Nase. »Iiih. Arbeit.«

»Genau. Arbeit.« Anna lachte und löffelte mehr Essen in Tobys Mund. »Aber ich verspreche, dass es nicht lange dauern wird, und dann werden wir kommen und mit dir auf dem Sofa kuscheln, okay? Du kannst deine Pizza vor dem Fernseher essen und wir essen unsere hier. Danach können wir dann alle zusammen einen Film schauen.«

Zufrieden mit dem Angebot nickte Ella und rutschte auf ihrem Stuhl hin und her. »Ich darf wirklich vor dem Fernseher essen?«

Anna zwinkerte ihr zu. »Nur dieses eine Mal.«

Ella nickte und begann damit, ihre Karte auszumalen, während Toby glücklich sein Abendessen verputzte. Als er anfing, seine Lippen zusammenzupressen und vehement den Kopf zu schütteln, wischte Anna ihm das Gesicht ab. Sie setzte ihn auf den Boden, damit er keinen Wutanfall bekam.

Genau in dem Moment klingelte es an der Tür.

»Sie sind da!« Ella fiel vor Übermut fast hin, als sie aufsprang. Dann rannte sie zur Tür.

»Ella!«

»Erst fragen, wer da ist, ich weiß!«

Anna folgte seufzend und hörte aufgeregte Worte, als die Tür geöffnet wurde.

Kym und Lane standen in der offenen Tür. Kym mit Weinflaschen in der Hand und Lane mit der Pizza.

»Hi!«, quietschte Ella.

Beide, Lane und Kym, grinsten das aufgeregte Mädchen an.

Kym trat vor und umarmte Ella. »Ella! Lust, dir wieder mit mir das Sofa zu teilen?«

Ella sah mit einem breiten Grinsen zu Kym auf. »Dummerchen, ich habe doch ein Bett.«

Kyms Mund stand in spielerischem Schock offen. Sie sah zu Anna auf. »Bin ich gerade bei einer Sechsjährigen abgeblitzt?«

Lane stach ihr sanft mit den Pizzakartons in den Rücken. »Sieht so aus, Kym.«

Ella schüttelte den Kopf. »Nein! Ich teile mir mit dir die Couch. Können wir zum Frühstück wieder Pancakes machen?«

»Klar.«

Ella umarmte Lane. »Schwester Lane!«

Kym ging zu Anna hinüber, küsste sie auf die Wange und überreichte ihr die Flaschen. »Ich komme und bringe Wein.«

»Danke.«

»Schwester Lane, du nimmst mir am Montag vor der Schule den Gips ab.«

»Tue ich das? Ich muss erst mit meinem Assistenten sprechen, ob ich Zeit habe und nicht ausgebucht bin.«

Ella sah erschüttert aus. »Du bist dann vielleicht nicht da?«

»Ich mache nur Witze, Ella, du stehst ganz oben auf meiner Liste! Natürlich werde ich da sein.«

Ella folgte Kym in die Küche und zog Lane hinter sich her.

Lane sah zum Anbeißen aus und Anna wollte sie am liebsten küssen. Aber sie begnügten sich damit, einander anzustarren und sich ein total verliebtes »Hey« zuzumurmeln.

Mit etwas Mühe schafften sie es, Ella mit ein paar Stücken Pizza und einer DVD vor dem Fernseher zu platzieren, während die drei Frauen und Toby in der Küche blieben.

Toby saß glücklich auf Annas Schoß. Er wurde langsam schläfrig und lehnte sich schwer gegen sie, während er auf einem Cracker rumkaute.

»Ich bin gestern wieder bei der Gruppentherapie gewesen.« Kym sah nervös aus, als sie das erzählte.

Lane versuchte erfolglos, ihre Überraschung zu verbergen. »Ja? Wie ist es gelaufen?«

Kym zuckte mit den Schultern und blickte auf ihren Teller.

Anna fragte sich, ab wann sie sich darüber sorgen sollte, dass Kym mehr auf das Essen starrte, als es wirklich zu essen.

»Ganz gut. Ich bin sogar für die ganze Sitzung geblieben.«

»Das ist toll, Kym.«

Endlich nahm sie einen Bissen von der Pizza und zuckte nochmals mit den Schultern. »Also, ihr zwei schlaft endlich miteinander.«

Lane spuckte fast ihren Wein aus und Anna verschluckte sich an ihrer Pizza. Dann sah sie vielsagend zu Toby.

»Oh, bitte, Anna, er schläft doch schon fast, und er ist nur ein Baby. Er weiß nicht, wovon ich rede.«

»Flasa«, murmelte Toby mit dem Cracker im Mund.

»Siehst du.«

Anna drückte Toby an sich und sah, dass Lane ihr sanft zunickte. »Er fragt nach seinem Fläschchen; er ist ein kleines Genie. Siehst du, er weiß ganz genau, was vor sich geht.«

Lane sah Kym gespielt böse an, als Anna aufstand, um die Flasche fertig zu machen. »Wir reden nicht über S-E-X vor dem Baby.«

»Ihr zwei wollt einfach nur keine Details erzählen. Ich weiß schon, dass ihr wohl fast die ganze Nacht durchgemacht habt.« Kym trank triumphierend einen Schluck Wein.

Lane drehte den Kopf und sah Anna an. »Das hast du ihr erzählt?« Anscheinend war sie hin- und hergerissen zwischen Stolz und Erschütterung darüber, dass Anna so viel ausgeplaudert hatte.

Anna sah Lane mit großen Augen an, als sie die Flasche in einen Topf mit heißem Wasser stellte, um sie aufzuwärmen. »Was? Nein! Ich sagte nur, dass *ich* nur drei Stunden geschlafen habe. Kyms schmutziges kleines Gehirn ist dann abgeschweift.«

Mit zusammengekniffenen Augen beobachtete Lane, wie Kym glücklich ihren Wein trank. »Du bist böse.«

»Du lässt dich einfach zu leicht manipulieren.«

Schmunzelnd ging Anna aus der Küche. »Ich bin gleich wieder da, Leute, ich werde nur Tobes ins Bett bringen. Sag gute Nacht, Toby.«

Toby hob den Kopf von Annas Schulter und winkte. »Tschö.«

Kym und Lane lachten. »Du bist ein absoluter Frauenmagnet, kleiner Mann.«

Toby legte den Kopf wieder auf ihre Schulter und gähnte.

Oben ließ er sich ohne großes Tamtam ins Bett legen und schlief, mit seiner blauen Decke im Arm, sofort ein.

Als Anna in die Küche zurückkam, war die Flasche Wein schon fast leer.

»Betrinkt ihr euch, um den Disneyfilm zu schaffen?«

»Wir haben uns beide schon als Kinderfilm-Liebhaberinnen geoutet.«

»Auch wieder wahr. Bis vor Kurzem wusste ich gar nicht, wie sehr ich drauf stehe.«

»Vielleicht ist das ein weiterer Punkt, warum du nicht fähig bist, dich um die Kinder zu kümmern.« Lane zwinkerte Anna zu, als sie nach den Crackern griff.

»Ja, vielleicht.«

Kym sah sie fragend an.

Anna seufzte. »Möglicherweise hatten wir Besuch von Sallys Mum. In einem unpassenden Moment.«

»Diese religiöse Fanatikerin, die wir nicht leiden können?«, fragte Kym und Anna nickte, als Kym hinzufügte: »Bitte sag mir, dass ihr was anhattet.«

Anna zuckte zusammen. »Größtenteils. Es war eher das Timing. Sie kam um kurz vor neun und wollte die Kinder sehen. Stattdessen hat sie mich erwischt, Lane in Shorts gesehen, die auch Unterwäsche sein könnten, die Kinder waren zu meiner Mutter ›abgeschoben‹, und ich gehe Vollzeit arbeiten. Sie war *nicht* begeistert.«

»O je. Was hat sie gemacht?«

Lane war sichtlich froh ihren Teil beizusteuern »Sie bedachte uns mit dem steinigen ›Fallt-tot-um‹-Blick. Hat angedeutet, dass Anna nicht gut für die Kinder wäre.«

»Wollt ihr mich *verarschen*?« Kym schien das nicht so amüsant zu finden wie Anna, die es mittlerweile lockerer sehen konnte.

Eindeutig zufrieden darüber, dass Kym ähnlich wütend war wie sie selbst, schaute Lane triumphierend. »Leider nicht. Anna war aber super. Sallys Mum so: ›Sie sollten daran denken, was gut für die Kinder ist‹, und Anna nur: ›Ich denke an nichts anderes‹.«

Anna wurde rot, als Lane ihr einen Blick zuwarf.

»Eigentlich war es total sexy.« Lane wackelte mit den Augenbrauen.

»Hört auf mit dem Augen-Sex.«

Sie brachen den Augenkontakt ab und Anna sah Kym verlegen an. »Sorry.«

»Wenigstens bist du für dich selbst eingestanden.«

»Ich weiß, wie das geht. Außerdem ist sie nur eine wütende Frau, voller wütender Gedanken. Es ist egal.«

»Macht dich ihr Verhalten nicht wenigstens ein bisschen sauer?« Kym sah überrascht aus.

»Das habe ich auch gefragt!«

»Doch natürlich. War ich und bin ich. Aber es war auch irgendwie lustig und so voller Ironie, und letztlich ist es egal. Ich muss loslassen. Sie wird immer ein Teil im Leben der Kinder sein. Zumindest ein kleiner. Ich werde sie nicht komplett voneinander fernhalten können. Also werde ich mir weiterhin denken, was für eine Idiotin sie ist und möglichst nett zu ihr sein.«

Kym nickte. »Sehr erwachsen.«

»Bin ich manchmal.«

Sie tranken langsam ihren Wein aus. Anna saugte die Gesellschaft der beiden Frauen förmlich auf. Sie freute sich darüber, dass Kym zwei Stücke Pizza aß und über Nacht bleiben würde, anstatt im Krankenhaus zu schlafen.

Nach dem dritten Ruf – ›Kommt schon, Leute!‹ – aus dem Wohnzimmer setzten sie sich endlich in Bewegung. Kym ließ sich neben Ella auf die Couch fallen, die sofort auf ihren Schoß kroch und den Kopf an Kyms Schulter legte. Kym legte die Arme um sie.

Anna konnte gar nicht anders, als die zwei anzulächeln – sie wusste nur zu gut, dass ein bisschen Knuddeln mit Ella oder Toby alles etwas besser machte.

Lane setzte sich neben Kym. Ella legte ihren Arm auf Lanes Oberschenkel ab, ohne den Blick vom Fernseher abzuwenden. Anna warf eine riesige Decke über sie alle und ließ sich neben Lane nieder. Nie hätte sie gedacht, dass zu Hause sein und DVDs an einem Samstagabend schauen etwas sein könnte, das ihr so gut gefiel.

Sie kuschelten sich alle zusammen, und als *Aladdin* zu Ende war, verlor Anna drei zu eins bei der Abstimmung *Monster AG* gegen *Cap und Capper. Die Monster AG* gewann, denn der Film war weniger traurig. Sie machten es sich wieder gemütlich, sprachen über ihre Lieblingsfiguren und erschraken übertrieben über das gemeine Monster.

Nach der Hälfte des Films wurde es langsam stiller. Ella fielen immer wieder die Augen zu. Kym zog sie zu sich, sodass das kleine Mädchen vor ihr lag, sich das Kissen mit Kym teilte und müde blinzelte. Die Geste war fürsorglicher, als Anna es von Kym erwartet hätte. Sie stupste Lane an und schaute dann wieder zu den beiden rüber.

Lane folgte ihrem Blick und kicherte leise, dann sah sie zu Anna. »Das ist wirklich extrem niedlich.«

Anna nickte und rückte dichter an Lane, jetzt, wo sie unbeobachtet waren. Lanes Hand lag auf ihrem Schenkel, wo ihr Daumen kleine Kreise malte. Die Berührung war süß und beruhigend, doch bald wanderten Annas Gedanken zu dem, was sie noch alles tun könnten. Sie schaute kurz rüber. Ella war eingeschlafen und Kym würde ihr wahrscheinlich gleich folgen. Wäre es wirklich so schlimm, wenn sie kurz nach oben verschwinden würden? Sie blickte zu Lane, die aussah, als hätte sie ihre Gedanken gelesen.

Sie starrten für weitere zehn Minuten sinnlos in den Fernseher, Lanes Hand kroch dabei immer weiter die Innenseite von Annas Oberschenkels hinauf.

Anna musste sich ziemlich darauf konzentrieren, nicht zu laut zu atmen. Sie sah wieder zu Kym und Ella. Kym schlief und schnarchte leise, während Ella an ihrer Brust zusammengerollt lag.

Anna griff nach der Hand, die sie so geneckt hatte, stand auf und zog Lane mit sich.

Sie hasteten die Treppe hinauf und achteten darauf, nicht zu laut zu sein. Ohne zu zögern, führte Anna Lane in ihr Zimmer und schloss leise die Tür. Sie grinste, als Lane sie sanft dagegen drückte. Beide achteten darauf, Klopfgeräusche zu vermeiden.

Das ganze Wir-müssen-leise-sein-aber-ich-brenne-vor-Verlangen heizte Anna nur noch mehr auf.

Sie biss sich auf die Lippe, als Lane sie gegen die Tür presste und stöhnte sogar leicht. »Ernsthaft, du hast keine Ahnung, wie verdammt heiß du aussiehst, wenn du das tust.«

»Und du hast keine Ahnung, wie sehr mich deine Hand auf meinem Bein angeheizt hat.«

Die Lippen nur Zentimeter von Annas entfernt, sagte Lane: »Ich kann dir *zeigen*, wie sehr es mich erregt, dich einfach nur zu berühren.«

Anna neigte den Kopf und flüsterte »Nur ein Quickie."

»Das wird wohl kein Problem sein.«

Lane küsste sie, zog die Zähne über ihre Unterlippe und neckte Anna mit ihrer Zunge. Anna erwiderte das genauso hingebungsvoll, ihre Beine und Lanes Schenkel bewegten sich gegeneinander. Sie waren beide darauf bedacht, kein Geräusch zu machen.

Schnell wanderte Lanes Hand unter Annas Shirt, schob ihren BH aus dem Weg und umkreiste Annas Nippel mit ihrem Daumen. Anna bäumte sich auf und zog ihre Nägel Lanes Rücken hinunter, dabei schluckte sie Lanes Stöhnen. Anna öffnete ganz mühelos Lanes Jeans und zog langsam den Reißverschluss hinunter.

»Psst.«

Lane ließ ihren Kopf auf Annas Schulter fallen, als Anna ihre Hand in Lanes Slip schob.

»Verdammt, Lane.«

Lane schaute wieder zu Anna. »Das machst du mit mir.«

Heiße Küsse lenkten Anna ab, als Lane ihre Hand unter Annas Shirt hervorzog und sie in Annas Hose schob. Ein Zischen entfuhr ihr, als Lanes Finger begannen, sie zu streicheln.

Lane stöhnte wieder in ihren Kuss. »Du bist so feucht.«

Anna schob Lane eine Hand in den Nacken und krallte sich fest. Sie zog sie zu sich, sodass ihre Stirn an Lanes lag. Lanes freie Hand griff ihre Taille und hielt sie im Gleichgewicht.

Ihre Bewegungen waren gehetzt, fast grob. Als Lane zwei Finger in sie schob, ließ Anna den Kopf nach hinten fallen. Lanes Lippen pressten sich an ihren Hals, knabberten mehr, als dass sie bissen. Anna rieb intensiver mit ihren Fingern, fühlte, wie Lane fester zubiss. Anna konnte ihre Hüften nicht mehr kontrollieren, als Lanes Finger immer wieder in sie eindrangen.

Sie ließ den Kopf sinken, drückte das Gesicht in Lanes Schulter, ihr Atem war heiß und kam stoßartig. »Schneller, Lane.«

Lane kam der Bitte nach und Anna wusste nicht, ob sie still bleiben konnte. Sie bewegte ihre eigenen Finger schneller, und sie beide verloren ihren Rhythmus, als sie kamen.

Anna kam zuerst, ein Bein um Lane geschlungen, ihre Hüften nach vorne drängend. Nur ein paar Sekunden später brach Lanes Orgasmus über sie hinein und sie flüsterte stöhnend Annas Namen.

Anna atmete heftig aus und kicherte dann. Sie setzte ihr Bein ab und ließ ihren Kopf gegen die Tür sinken; ihre Wangen waren ganz rot.

Lane lächelte sie mit leicht glasigen Augen an. »Was?«

Anna hob den Kopf, um Lane in die Augen schauen zu können, die nun fast schwarz aussahen. »So schnell bin ich noch nie gekommen.«

Lane küsste sie. »Das war heftig.«

»Ich kann meine Beine nicht spüren.«

»Ich glaube, ich habe Kratzspuren im Nacken.«

Anna verzog das Gesicht. »Tut mir leid.«

»Tut dir leid? Das war heiß.«

Sie standen für ein paar Minuten einfach da, bevor Anna endliche seufzte. »Jetzt muss ich dich wohl rausschmuggeln.«

»Ich glaube, wenn sie wissen, dass ich hier bin, musst du mich nicht rausschmuggeln.«

»Auch wieder wahr.«

»Ich weiß, dass ich nicht über Nacht bleiben kann.«

Anna sah sie fast schuldbewusst an. »Bin ich so durchschaubar?«

Lane schob Anna eine feuchte Haarsträhne aus dem Gesicht und beließ ihre Hand dort. »Ich versteh es.«

Anna legte die Finger um Lanes Handgelenk. »Du bist viel zu verständnisvoll.«

»Glaube ich nicht.«

»Doch, bist du.«

Anna küsste sie noch einmal und versuchte zu vermitteln, was es für sie bedeutete, wenn Lane einfach zu *wissen* schien, was los war. Lane lächelte während des Kusses, und als sie sich voneinander lösten, grinsten sie beide wie blöd.

»Okay, lass uns runtergehen oder ich schubse dich auf das Bett und gehe nie mehr fort.«

»Jetzt will ich erst recht nicht mehr runter.«

Lane zuckte mit den Schultern. »Gut.« Zwinkernd verabschiedete sie sich ins Badezimmer.

Anna schlüpfte leise ins alte Zimmer ihres Bruders, um das Bad dort zu benutzen. Sie versuchte, nicht über ihre erhitzten Wangen zu grinsen, während sie sich schnell das Haar richtete.

Sie traf am Treppenabsatz wieder auf Lane. Mit ineinander verschlungenen Händen gingen sie leise die Treppe hinunter und schauten kurz ins Wohnzimmer, wo Kym und Ella immer noch tief und fest schliefen, während *Die Monster AG* leise weiterlief.

An der Tür berührte Anna Lanes Wange, dann drückte sie ihre Lippen kurz auf Lanes, um sich zu verabschieden.

»Hören wir uns morgen?«

»Ganz sicher«, sagte Anna und zog widerwillig die Tür auf.

»Ich freue mich, Montag den Zwerg zu sehen.«

»Sie sich auch, da kannst du sicher sein, Schwester Lane.«

Dann ging Lane hinaus. »Schlaf gut.«

»Jetzt ganz bestimmt.«

Kichernd ging Lane zu ihrem Auto.

Anna versuchte, einen zufriedenen Seufzer zu unterdrücken, als sie die Tür schloss. Dann ging sie zurück ins Wohnzimmer, um den Fernseher auszuschalten. Sie versicherte sich, dass Kym und Ella gut zugedeckt waren, bevor sie hinausgehen wollte.

»Du machst hier keinem was vor.«

Anna blieb abrupt stehen und drehte sich zur Couch um.

Kym hatte den Kopf auf die Handfläche gestützt. Ihr Ellbogen bohrte sich in die Couch. Sie grinste breit.

»Oh, halt den Mund, Kym.«

Kyms Kichern folgte ihr die Treppe hinauf.

KAPITEL 3

»Eines Tages wird ein Kind hier reinstürmen.«

Bei diesen Worten musste Anna schmunzeln und vergrub ihr Gesicht tiefer in Lanes Seite. »Wahrscheinlich.«

»Das traumatisiert mich dann vermutlich mehr als das Kind.«

Anna hob schläfrig den Kopf. »Ich ärger dich nur. Die Tür ist abgeschlossen. Ella würden wir rufen hören und Tobys Babyfon ist an.«

Lanes Gesicht entspannte sich zusehends und Anna legte sich wieder hin. Einvernehmliche Stille umgab sie.

»Hast du schon was von Crazy Cathy gehört?«

»Nein, sie hält sich bisher fern.«

Schon halb weggedriftet, brummte Lane.

Trotz des fiesen Nachgeschmacks, den Cathy bei Anna hinterlassen hatte, hatte sich in der letzten Woche langsam alles beruhigt. Kym war zum Abendessen vorbeigekommen und die Kinder hatten ihre Aufmerksamkeit genossen. Lane und Anna benahmen sich wie gewöhnliche Freundinnen vor den Kindern und nutzten die Abendstunden und die Tage im Krankenhaus, um sich gegenseitig mit Zuneigung zu überschütten. Ella, die nun keinen Gips mehr trug, schien Kyms und Lanes Gesellschaft zu genießen.

Anna und Lane kannten ihre Körper langsam gegenseitig auswendig. Manchmal, beim Sex, war sich Anna nicht sicher, wo sie endete und wo Lane begann. Sie bewegten sich zusammen, kamen gemeinsam in einem Tanz, der morgens startete, wenn Anna bei der Arbeit auftauchte und Lane ihr lächelnd einen Kaffee reichte. Mehr als einmal trafen sie sich an unangemessenen Orten im Krankenhaus.

Anna war noch nie mit einer Frau zusammen gewesen, mit der sie sich so ungezwungen unterhalten konnte und gleichzeitig atemberaubenden Sex hatte. Wirklich, wirklich atemberaubenden Sex.

»Weißt du«, Anna drückte die Lippen an Lanes Schlüsselbein, »jemand hat mir letzte Woche was erzählt.«

»Hm?« Lane drehte den Kopf, sodass ihr Gesicht in Annas Haar vergraben war.

»Diejenige sagte, dass sie dich nie glücklicher gesehen hat als in den letzten paar Monaten.«

»Verdammte Kym.«

»Es ist nur, ich freu mich, dass ich dich glücklich mache.«

»Gut«, murmelte Lane. »Denn das tust du wirklich.«

Lane rollte sich plötzlich herum, sodass Anna unter ihr lag. Lane stützte den Kopf auf ihre Hand und ihr Ellbogen grub sich ins Kissen. Beine rieben sanft aneinander und Annas Lächeln verblasste bei dem intensiven Blick, der sich auf Lanes Gesicht zeigte.

»Du bedankst dich ständig dafür, dass ich verständnisvoll bin und so.«

Anna war gebannt davon, wie sich Lanes Lippen bewegten, wie ihre Augen sich verdunkelten, wie das Licht über ihre Haut tanzte – Haut, die Anna den ganzen Tag berühren wollte.

»Aber du hast keine Ahnung, wie dankbar ich bin, dass du mich mit deinem Einkaufswagen angefahren hast.«

»Ich bin so froh, dass ich dir einen blauen Fleck verpasst habe.«

»Das war ich auch. Ich bin auf diese Party gegangen und habe Kym erzählt, dass mich die heißeste Brünette angefahren hat, die ich je gesehen habe.«

Als sie Annas ungläubigen Blick sah, küsste Lane sie auf die Wange. »Bist du.«

»Das sagst du nur, weil ich dich rangelassen habe.«

»Stimmt.«

»Es ist mein Ernst, und Kym hat sich mit ihrer Formulierung noch zurückgehalten– du hast mich wahnsinnig glücklich gemacht. Vorher war ich nicht nur weniger glücklich, eigentlich kam ich gerade aus einer Phase, in der es mir hundsmiserabel ging.«

Annas Gesicht verdunkelte sich vor Sorge. »So schlimm?«

»Schon irgendwie. Ich mochte meinen Job, aber die Dinge waren schwierig. Ich kannte Kyms Mann ganz gut, und als er starb, war sie ein Wrack. Es schien so, als wären alle Frauen, die ich traf, irre. Meine Ex und ich waren schon eine Weile nicht mehr zusammen, aber der Schmerz durch ihren Betrug war immer noch da.«

Während sie Lane zuhörte, schob Anna ihr das Haar hinters Ohr und spielte mit den Locken zwischen ihren Fingern. Vieles davon wusste sie schon, hatte es aber vorher in Scherzen verpackt gehört.

»Ich war mir nicht sicher, ob ich je wieder jemandem vertrauen könnte.« Lane fuhr sich nervös über die Lippen, und als Anna etwas sagen wollte, sprach sie hastig weiter. »Ich war nicht ganz schuldlos an der Trennung, Anna.«

»Wie meinst du das?« Anna sah sie aufmerksam an. »Hast du sie auch betrogen?« Der Gedanke ließ Annas Herz schneller schlagen. Jeder machte Fehler, aber der Gedanke daran, dass Lane jemanden betrog, war weit weg von dem Bild, das Anna von ihr hatte.

»Nein. Das nicht. Aber genauso schlimm.«

Lane ließ sich auf die Seite fallen und stützte sich dann wieder auf den Ellbogen.

Anna tat es ihr gleich. Ihr Bein legte sie auf Lanes Hüfte, damit sie verbunden blieben. Obwohl sie so dicht beieinander waren, vermied Lane den Augenkontakt.

»Was ist geschehen, Lane?«

Lanes Wangen waren gerötet. »Als ich Alex traf, war sie in einer Beziehung. Als das erste Mal etwas zwischen uns passierte, wusste ich das nicht. Aber danach. Und es geschah wieder. Ich … dafür gibt es keine Entschuldigung. Ich schätze, ich hatte ihr geglaubt, als sie sagte, dass sie Probleme hätten und sich trennen würden. Aber es dauerte lange. Ich war die andere Frau, die darauf gewartet hat, dass eine Beziehung zu Ende geht.«

Anna blinzelte. Sie hätte nie gedacht, dass Lane sich in eine solche Position bringen würde. Sie waren für eine Weile still, als Anna diese Information verdaute.

Lane zuckte halbherzig mit den Schultern, sie war offensichtlich nervös und spielte mit dem Laken über Annas Hüfte. »Es war eine schlechte Entscheidung und mir ging es nicht gut damit. Ich dachte wirklich, dass sie sich trennen würden, aber gleichzeitig wusste ich, dass es noch nicht vorbei war und ich ließ es weiter geschehen. Als wir etwa ein Jahr zusammen waren, habe ich erfahren, dass Alex' Freundin es nicht hatte kommen sehen, als sie es beendet hat.« Lane hielt inne. »Offensichtlich hat sie uns beide angelogen.«

»Du wusstest nicht, dass es so ernst war, Lane«, sagte Anna. Das düstere Lächeln auf Lanes Gesicht stach ihr ins Herz.

»Ich wusste, dass etwas nicht stimmte. Ich war nicht unschuldig daran. Ich war vernarrt in sie, obwohl ich nicht weiß, warum. Ich dachte, dass uns etwas verbindet, und wenn ich gezweifelt habe, war sie toll darin, mir alles Mögliche einzureden.«

»Wir alle machen Fehler.«

Lane sah ihr endlich in die Augen. »Bevor das passiert ist, hätte ich nicht gedacht, dass ich jemand bin, der so etwas tun würde. Ich habe Leute, die in so einer Position waren, immer sehr kritisch gesehen. Als sie es endlich beendet hatte, dachte ich, dass es das wäre. Das war der Grund, warum ich daran festgehalten hatte – weil das mit Alex und mir was Ernstes war. Wir haben zusammengelebt, sind die Lebenspartnerschaft eingegangen. Aber dann …« Lane seufzte. »Dann entfernte sich Alex langsam immer weiter von mir. Sie war nicht oft zu Hause. Ist nicht an ihr Telefon gegangen …«

»Die Frau, die eure Veranda gestrichen hat?«

»Es lief sechs Monate lang.«

Anna stand der Mund weit auf. »Sechs Monate!«

Lane ließ sich auf den Rücken fallen. »Ich habe mich so dumm gefühlt, Anna. Natürlich hat sie mich betrogen. Das hatte sie schon einmal gemacht, warum sollte es mit mir anders sein?«

Lanes Stimme klang so gepresst, dass Anna sich vorrollte, bis sie eng an sie geschmiegt lag. »Was meinst du?«

»Ich dachte, zwischen uns wäre es ernst, deshalb habe ich den grauenvollen Anfang auch in Kauf genommen. Aber dann … dann hat es so aufgehört, wie es angefangen hatte. Für mein Verhalten gibt es keine Rechtfertigung.«

»Hey.«

Lane hielt den Blick an die Decke gerichtet.

»Lane, sieh mich an.« Endlich trafen ihre dunklen Augen Annas Blick und Anna lächelte sanft. »Okay, was du getan hast, war nicht so toll. Aber Alex lag falsch. Sie hätte die Verantwortung in beiden Beziehungen übernehmen müssen. Offensichtlich hat sie keinen Respekt vor Beziehungen oder vor Frauen.«

Lane seufzte und sah wieder an die Decke.

»Hey! Das ist wahr. Und sie ist eine Idiotin, dass sie dich aufgegeben hat.«

Diesmal verdrehte Lane komplett die Augen.

Anna legte die Finger an ihre Wange und brachte Lane dazu, sie anzusehen. »Sie ist eine Idiotin.«

»Wie auch immer, ich wollte nur, dass du das verstehst. Danach war ich ein gebranntes Kind. Ich habe mich auf dem ungünstigsten Weg in eine Beziehung gestürzt. Mit einem furchtbaren Ende. Und das Jahr danach war wirklich mies, und dann ist Kyms Mann gestorben und – ich war am Ende.«

Der Ausdruck auf Lanes Gesicht war so ehrlich. Anna beugte sich vor und küsste sie mit Nachdruck. »Bist du immer noch am Ende?«

Lane schubste Anna auf den Rücken und rollte sich über sie. »Nein, bin ich nicht. Und das habe ich dir zu verdanken.«

Dunkle Augen starrten sie an. Anna glitt mit dem Finger Lanes Wange hinab. Seltsamerweise ließ Lanes Vergangenheit Anna nicht ihre Moral hinterfragen; im Gegenteil, sie vertraute Lane nur noch mehr. Lanes Gesichtsausdruck, als sie Anna alles gestanden und ihre Geschichte erzählt hatte, wie sie ihren Teil der Schuld anerkannte. Sie hatte offensichtlich daraus gelernt.

Lane lehnte sich etwas in die Berührung, als sie fortfuhr. »Also, hör auf, dich bei mir zu bedanken. Denn dann werde ich dasselbe tun, aber glaub mir, das wird nervig.«

Lane stupste mit der Nase gegen Annas Wange, ihre Lippen drückten sich auf ihren Mund.

Mit sanftem Blick zog sich Lane zurück. »Was wir haben – das ist ziemlich erstaunlich.«

»Ist es.«

Sie sahen sich weiter an.

Das Gefühl, das in ihrer Brust brodelte, ließ Anna atemlos und sprachlos zurück. Die Emotionen, die Lane in ihr weckte, waren fast überwältigend. Alles, was sie gerade gesagt hatten, brachte Anna dazu, ihre Arme um Lane zu schlingen und sie beschützen zu wollen. Das zwischen ihnen schien alles so schnell zu gehen, aber andererseits auch so langsam. Anna legte die Arme um Lane, drehte sie mühelos um und legte sich zwischen Lanes Beine. Mit einer Intensität, die sie beide nach Atem ringen ließ, küsste Anna sie.

»Wofür war das?«, fragte Lane. Ihre Finger spielten mit Annas Haar, während diese ihre Lippen an Lanes Hals entlanggleiten ließ.

Anna konnte nicht antworten, die Gefühle schnürten ihr den Hals zu. Stattdessen küsste sie Lane so fest sie konnte und krallte die Finger in Lanes Hüfte. Lane erwiderte den Kuss, beide Hände hielten Annas Gesicht.

Anna ließ all ihre Emotionen in diesen Kuss fließen.

Lane streckte sich ihr entgegen.

Erst zwei Stunden später rollte Lane sich aus dem Bett.

Anna lag auf dem Bauch und hatte das Kinn auf die Arme gestützt, die Füße baumelten in der Luft.

Lane sah zu ihr herab, während sie ihre Kleidung anzog.

»Ich finde, du solltest das Laken wegnehmen.«

»Es bedeckt mich kaum.«

Lane beugte sich vor und drückte Anna einen Kuss auf die nackte Schulter. »Jedweder Stoff ist zu viel. Du hast den perfekten Hintern. Warum verstecken?«

»Ich würde sagen, deiner ist besser.«

»Die Wette verlierst du.«

Als Anna versuchte, Lane für einen Kuss zu sich und dann wieder aufs Bett zu ziehen, schüttelte die den Kopf. »Wenn du auf diese unsinnigen Regeln bestehst, die besagen, dass ich mich zu dämlichen Zeiten aus dem Haus schleichen muss, dann musst du auch damit leben, dass ich dein Bett verlasse.«

»Na gut.«

»Du hast es gut. Du musst ja auch nicht in …«, inzwischen fertig angezogen, sah Lane auf die Uhr und unterdrückte ein Stöhnen, »… sechs Stunden arbeiten.«

»Ich werde wahrscheinlich in vier Stunden wachgesprungen. Fünf, wenn ich Glück habe.«

»Ja, und dann hast du einen ganz harten Tag, den du mit zwei Süßen im Park verbringst.«

Anna rollte sich auf den Rücken, schob den Arm unter den Kopf und sah Lane an. Ein Lächeln umspielte ihre Lippen, als Lanes Augen automatisch zu ihrer Brust wanderten. Anna schloss die Augen. »Bei dir klingt das, als wäre das mit ihnen keine harte Arbeit. Außerdem muss ich noch einkaufen gehen.« Sie öffnete die Augen wieder. »Wenn du willst, kannst du das gern übernehmen.«

Blinzelnd wandte Lane den Blick ab, nahm ihre Tasche vom Boden und hängte sie sich um. »Ich glaube, du tust immer nur so, als wären sie so anstrengend.«

»Pass bloß auf, dass ich sie nicht den ganzen Tag mit dir allein lasse.«

Mit großen Augen hielt Lane abwehrend die Hände hoch. »Touché.«

»Geh, bevor ich dich zurück ins Bett ziehe.«

Lane beugte sich über Anna, sodass ihre Gesichter nah aneinander waren und beide von Lanes Locken eingerahmt wurden. »Du kannst mich zurück ins Bett ziehen. Aber noch mal stehe ich dann nicht auf.«

»Mist.«

Lachend küsste Lane sie erneut.

Als sie sich zurückzog, grinste Anna.

»Was?«

»Spiderman-Kuss.«

»Du bist ein Trottel.«

Anna rollte auf ihren Bauch und sah Lane nach, als sie ging. »Lane?«

Sie blieb in der Tür stehen und drehte sich zu Anna um. »Ja?«

»Danke, dass du mir das erzählt hast.«

»Danke fürs Zuhören.«

Mit einem letzten Blick zurück ging Lane hinaus.

Die Kaffeepause mit Kym begann wie immer – wer als Erste vor Ort war, bestellte. Diesmal saß Kym schon vor zwei Kaffeebechern an einem der Tische, als Anna kam.

Anna ließ sich auf den Stuhl sinken. »Oh, heute mal im Sitzen? Nobel.«

»Ich dachte, wir legen mal einen Zahn zu.«

»Super, denn ich habe tatsächlich mal Zeit.«

»Keinen Termin?«

Anna musterte Kym verwirrt.

Kym schaute sie unschuldig über ihren Kaffee hinweg an.

»Was meinst du?«

»Oh, ich dachte, du müsstest vielleicht dem Ruf deines Piepers in den nächstbesten Wäscheschrank folgen.« Kym lachte vergnügt, als Anna rot anlief.

»Ich [illegible] du … oh, halt den Mund, Kym.«

»Was, du leugnest es gar nicht?«

»Wir treffen uns nicht im Wäscheschrank.«

»Bisschen zu spät, Anna.«

Anna nippte fast verzweifelt an ihrem Kaffee. »Wie auch immer. *Wie* war es gestern? Du hast erzählt, dass Sonntagnacht einer deiner Patienten schlecht auf die Medikamente reagiert hat?«

»Netter Themenwechsel. Ich spiele mal mit.«

»Nur, weil du über deine Arbeit reden willst.«

»Na ja, es lief ganz gut. Ich habe es wieder hingekriegt.«

Anna lachte. »Weniger hätte ich von dir auch nicht erwartet. Ella fragt, wann du diese Woche zum Essen kommst.«

»Weil uns etwas Besonderes verbindet.«

»Natürlich. Oh … rate mal, wer uns gestern besucht hat.«

»Sallys reizende Mutter?«

Anna verzog das Gesicht. »Iiiih. Nein. Ein neuer Sozialarbeiter, George Coleman.«

»War Toby diesmal angezogen?«

»Ja, Gott sei Dank. Und Ella hat nicht versucht, ihn in Mädchenkleider zu stecken.«

»Warum kam jetzt ein Neuer?«

Anna antwortete schulterzuckend. »Ich weiß es nicht. Er war nicht der netteste Typ. Er hat was davon gesagt, dass Lorna keine Zeit hatte.«

»Also nur Routine?« Kym sah über den Kaffeebecher zu Anna.

»Ja, ja, alles Routine. Und es lief gut. Er ist nicht lange geblieben. Hat nur kurz reingeschaut, etwas Tee getrunken und gefragt, wie alles klappt. Dann hat er sich das Haus angesehen und ist gegangen.«

»Die haben wahrscheinlich größere Sorgen als dich. Das Testament hat dich zum Vormund bestellt, du hast einen festen Job, die Kinder gewöhnen sich so gut ein, wie es nur geht.«

»Nun ja, Ella hat sich gut benommen und war sehr ruhig, und Toby war schüchtern, aber bezaubernd.«

»Von ihm hätte ich auch nichts anderes erwartet.«

Anna verdrehte die Augen. »Du kannst ihn nicht adoptieren, Kym.«

»Nein, aber ich kann ihn immer für mich haben, wenn ich bei euch bin. Und Ella auch.«

Anna konnte nicht wirklich etwas dagegen sagen – die Kinder liebten Kym. »Das kannst du. Apropos, Ella möchte, dass du ihr eine Geschichte vorliest. Mit dir und Lane werden die Kinder noch ganz verwöhnt.«

»Mit *mir* und Lane wirst *du* noch ganz verwöhnt.«

Annas Pager ging los und entband sie von einer Antwort. Sie sah kurz auf das Display und stand auf, während sie noch ihren Kaffee leerte. »Wie auch immer, Schlaumeier, wie ich schon sagte, Ella fragt, wann du zum Essen kommst. Heute Abend?«

»Gerne. Piept Lane dich wieder an?«

»Nein, ich muss los und echte Ärztin spielen.« Anna wandte sich ab und ging los, bevor sie noch einmal über ihre Schulter sah. »Danach treffe ich mich mit Lane.« Als sie ging, konnte sie Kyms schmutziges Grinsen praktisch fühlen.

Vielleicht sollten sie aufhören, sich überall im Krankenhaus zum Rummachen zu treffen.

Als sie auf den Fahrstuhl wartete, lenkte das Vibrieren in ihrer Tasche Annas Aufmerksamkeit auf ihr Handy. Anna ging zum leeren Treppenhaus, um mehr Zeit zum Reden zu haben. »Hey, Mum.«

»Anna, hallo Liebling.«

»Wie geht es dir?«

»Gut, ich habe nur überlegt – ich will am Donnerstag eine Riesenportion Hackbraten machen, und da dachte ich, dass ich am Freitagabend etwas davon vorbeibringen könnte. Dann kannst du einen Teil einfrieren und den anderen zum Abendessen machen.«

Anna grinste. Sie liebte den Hackbraten ihrer Mutter – und die Kinder auch. »Damit wäre ich sehr einverstanden, Mum, danke.«

»Wunderbar. Vielleicht könnte ich auch zum Essen bleiben?«

»Wenn nicht, würde ich mir Sorgen machen.«

»Und vielleicht könnte ich danach auch noch ein paar Stunden bleiben?«

»Natürlich.«

»Und vielleicht könntest du die Gelegenheit nutzen, um mit Lane auszugehen.«

Anna hielt mitten im Gehen an und musste lächeln. »Sehr subtil, Mum.«

»Nichts ist subtil daran, Amor zu spielen. Er benutzt Pfeile, ich muss mein Gehirn anstrengen.«

Anna biss sich auf die Lippe und dachte darüber nach, als sie die Treppe weiter hochstieg. »Das wäre wirklich richtig toll.«

Sie konnte Sandras gerissenes Grinsen praktisch durch das Telefon sehen. *»Wunderbar. Dann kommst du endlich mal aus dem verdammten Haus raus.«*

»Mum! Ich verlasse das Haus.«

»Einkaufen zählt nicht, Anna.«

»Ich …«

»Arbeit auch nicht.«

Sie sagte nichts mehr.

»Genau. Wir beide vermissen Jake. Wir wollen beide das Beste für die Kinder. Aber wir müssen auch beide versuchen, ein Leben zu haben. Jetzt verabredest du dich schön mit Lane. Wie wär's mit Blumen – oh! Kauf unbedingt Blumen! Und geht spazieren.«

»Es ist eiskalt draußen.«

»Dann eine kleine Rundfahrt mit dem Auto. Etwas Romantisches. Ich habe von einem Fleckchen gehört, zu dem die Leute immer fahren, um …«

»Ja, Mum.«

»Gut. Und ich kann Zeit mit meinen Enkeln verbringen.«

Anna kam in der letzten Etage an. »Das wird ihnen gefallen. Sie lieben es, Zeit mit dir zu verbringen.« Es folgte eine Pause und plötzlich war es still am anderen Ende des Telefons. »Mum?«

»Das … es tut gut, das zu hören.«

Anna atmete mit aufsteigender Panik aus. »Oh, Mum. Geht es dir gut?«

»Ja, ja. Es geht mir gut, ich bin nur sentimental. Dein Vater versteckt sich schon wieder im Büro. Ich freue mich nur auf ein bisschen Zeit mit der Familie.«

»Warum verbringen wir den Freitag nicht zusammen?«

»Nein! Sei nicht dumm. Ich will, dass du ein bisschen Spaß hast. Geh mit Lane aus. Wie ich gestern auch der Sozialarbeiterin gesagt habe, du brauchst auch mal Zeit für dich.«

Anna blieb stehen. »Wem hast du das gesagt?«

»Der Sozialarbeiterin, Lorna, sie hat angerufen.«

»Das ist seltsam, gestern Abend war ein anderer Sozialbearbeiter bei uns.«

»Sie sagte, es wäre nur Routine. Man müsse ab und zu nachfragen, was für einen Eindruck die Leute, denen du nahestehst, von der Situation haben.«

»Was … was hast du gesagt?« Anna wusste nicht, warum ihr Herz so raste.

»Anna, mach dir keine Sorgen. Ich habe ihr gesagt, dass du einen tollen Job machst, und sie sagte, dass sie das genauso sieht.«

»Oh. Aber warum arbeitet sie immer noch daran, wenn wir jetzt jemand Neues haben?«

»Ich weiß es nicht, vielleicht wollen sie verschiedene Meinungen einholen. Entspann dich, Anna.«

Anna atmete tief ein und nickte. »Ja, du hast recht.« Sie lehnte sich ans Geländer. »Der Typ war nur nicht so freundlich. Lorna war immer netter.«

»Also, wie ich schon gesagt habe, du brauchst mal etwas Spaß, abseits deiner Mutter, deiner Nichte und deinem Neffen. Ich passe Freitagabend auf die Kinder auf. Du hast gar keine Wahl.«

Anna schaute auf ihren surrenden Pager. »Okay, *na gut*, ich lade Lane zum Essen ein. Nur, weil du mich zwingst.«

»Na klar. Du hast hübsche Ladys doch schon ausgeführt, bevor ich überhaupt was davon wusste.«

»Sehr witzig.«

»Ist doch wahr. Glaub nicht, dass ich mir nicht schon früher etwas bei deinen ›Übernachtungsbesuchen‹ gedacht habe.«

Anna verzog das Gesicht und wollte das Gespräch jetzt wirklich gerne beenden. »Mum, ich muss wirklich los.«

»Ja, gutes Timing. Geh und rette Leben – ich liebe dich.«

»Ich dich auch.«

Am Freitag war Anna über alle Maßen aufgeregt und fieberte ihrem Date mit Lane entgegen. Mit den Kindern und Lane zusammen zu sein oder mit Kym und Lane oder mit Lane im Bereitschaftsraum – all das waren Momente, die sie liebte. Aber wieder mit Lane allein zu sein? Anna konnte es gar nicht abwarten.

Sie versuchte sich nicht vorzustellen, was Cathy dazu sagen würde.

Es war so wichtig für Anna, dass die Kinder sich sicher fühlten. Obwohl sie sich dazu entschlossen hatte, Cathys Worte zu ignorieren, hatten sich doch nagende Bedenken in ihrem Unterbewusstsein verstärkt. Die Bedenken, die Anna durch den Kopf gegangen waren, als der Anwalt das Testament verlesen hatte: dass sie dafür nicht geschaffen war, ja, dass sie womöglich die schlimmste Person für diesen Job war. Dank Cathy hatten sich die Zweifel darüber, dass sie sich mit Lane traf, auch wieder verstärkt – dass es selbstsüchtig war, gerade weil alles noch so neu war; dass die Kinder damit nicht klarkommen würden; dass sie denken könnten, sie wären nicht das Wichtigste in Annas Leben.

Obwohl sie Cathy gegenüber so getan hatte, als würde sie über ihren giftigen Worten stehen, bedeutete das nicht, dass die Begegnung mit der Frau ihr nicht unter die Haut gegangen war. Aber Kyms Zuspruch und ein Telefonat mit ihrer Mutter hatten sie wieder beruhigt. Es war Anna erlaubt, auszugehen und Spaß zu haben.

Lane wollte sie um sechs abholen. Um fünf kam Sandra mit Ella und mit Mengen an Essen und ging mit Ella im Schlepptau in die Küche.

»Liebling, Hallo.« Sandra stellte alles auf den Tisch und umarmte Anna ausgiebig, dann küsste sie sie auf die Wange.

Anna drückte ihre Mutter an sich, bevor sie sich zu Ella umdrehte, um diese ebenfalls zu knuddeln.

»Tante Na, ich habe heute Nachmittag beim Kochen geholfen.«

»Ihr wart aber ziemlich beschäftigt.« Sie besah sich die Tüten auf dem Tisch. Das war ganz sicher nicht *nur* Hackbraten. »Mum, hey – wie viel Essen hast du mitgebracht?«

Sandra war damit beschäftigt, Tupperboxen auszupacken und im Gefrierfach und Kühlschrank zu verstauen. »Ach, genug für eine Weile, dann kannst du was warm machen und hast es immer griffbereit.«

»*So* mies koche ich auch nicht, Mum.«

Sandra hielt inne, ihr Arm steckte halb in einer Tüte, und sah Ella von der Seite an, die ihren Blick auffing.

Anna fühlte sich, als hätte ihre Nichte sie betrogen. »Leute, ich koche jetzt ständig.«

»Weiß ich doch, Liebes. Du bist auch wirklich gut darin geworden.« Die Augen ihrer Mutter blieben auf die Tüte geheftet, durch die sie sich wühlte.

»Ella! Komm schon, ich kann kochen, oder?«

Ella machte große Augen. »Ähm … Oma, ihre Pancakes sind wirklich gut.«

Ein prustender Laut kam aus der Tüte, in der Sandra nun mit dem Kopf steckte.

»Ihr zwei seid doof. Ich gehe jetzt zu Toby.«

Vom Wohnzimmer aus konnte Anna hören, wie Ella sagte: »Na ja, sie *sind* gut. Meistens sogar noch nicht mal verbrannt.«

Anna ignorierte die Verräter in der Küche, nahm Toby hoch, der über die plötzliche Zuneigung glücklich summte, und trug ihn nach oben. »Du kannst noch nicht reden, also kannst du dich auch nicht über mich lustig machen. Wenn du älter bist, erinnere dich besser daran, wer deine Windeln gewechselt hat.«

Toby legte ihr den pummeligen Arm um den Hals. Anna wurde ganz warm ums Herz, als die Finger seiner anderen Hand mit ihrer Kette spielten.

»Na«, murmelte er und lächelte liebevoll.

Anna drückte ihn an sich, während sie in ihr Zimmer ging, wo sie ihn auf dem Bett absetzte. »Richtig, kleiner Mann. Willst du mir helfen, ein Outfit auszusuchen?«

Toby riss seine kleinen Beine hoch und fiel kichernd rückwärts auf die weiche Matratze.

Sie sah ihn eindringlich an. »Genau, du wirst mir eine große Hilfe sein.«

Er machte mit dem Mund ein pupsähnliches Geräusch.

»Ganz toll.«

Anna fand etwas Passendes zum Anziehen und nahm Toby wieder mit nach unten, um ihn zu den anderen zu bringen, damit sie duschen gehen konnte. Kurz vor sechs kam sie wieder ins Esszimmer, wo ihre Mutter gerade mit den Kindern zu Abend aß.

»Tante Na, du siehst wirklich hübsch aus.«

Anna lächelte. Das Tolle an Kindern war, dass sie die Wahrheit sagten. Einmal war sie aus ihrem Zimmer gekommen und Ella hatte sie gemustert und dann gefragt: »Wo hast du *das* gefunden?« Sie hatte so sehr nach Sally geklungen, dass Anna der Magen geschmerzt hatte. Wenn Ella etwas gut fand, war alles bestens.

»Danke, Ella Bella. Das hatte ich noch so rumliegen.« Sie zwinkerte ihr zu und küsste sie auf den Kopf.

»Du siehst wirklich hübsch aus, Anna.« Ihre Mutter sah sie liebevoll an.

»Danke, Mum. Und danke noch mal wegen heute Abend.«

Sandra winkte ab. »Blödsinn. Wir machen uns einen tollen Abend.«

»Oma hat gesagt, dass wir *zwei* Nachtische haben dürfen.«

»*Zwei*? Na gut, Oma muss sich mit dem Zuckerschock auseinandersetzten, also esst ruhig.«

Begeistert aß Ella weiter, verschlang so viel sie konnte.

Anna wollte ihr gerade sagen, dass sie langsamer machen sollte, bevor ihr noch schlecht werden würde, als es an der Tür klingelte.

Sandra kicherte und Anna wandte sich ihr zu. »Was?«

»Dein Gesicht hat sich gerade förmlich erhellt. Geh schon zur Tür.«

Schmetterlinge tanzten in ihrem Bauch, als sie die Tür aufmachte. Anna ließ ihre Augen hinabwandern und ihr stand der Mund offen, als sie sah, was im Türrahmen wartete: In den schwarzen Hosen, High Heels und einer weißen Bluse mit grauer Weste sah Lane unglaublich aus. Sie war wie eine Mischung aus strenger Chefin und sexy Sekretärin, und Anna war drauf und dran, sich die Spucke vom Mund zu wischen. Sie liebte es, wie feminin Lane in Kleidern aussah, aber das hier war neu.

Lane nahm Annas Hand und zog sie für einen schnellen Kuss zu sich. »Mach den Mund zu, Anna«, sagte sie.

»Du siehst«, Anna ließ ihren Blick hinab und dann wieder hinauf zu Lanes Gesicht wandern, »unglaublich aus.«

»Du aber auch.«

Das bezweifelte Anna. Sie trug eine enge dunkle Jeans, kniehohe Stiefel, ein dunkelrotes, tief ausgeschnittenes Top und eine taillierte Militärjacke. Das war nicht wirklich vergleichbar.

»Bereit zum Aufbruch?«

»Ich sollte deiner Mum und den Kindern Hallo sagen.«

»Oh, ja.« Lanes Anblick hatte Anna einen Blackout beschert.

Lane schob sie aus dem Weg. »Du hast mich gleich für dich allein.«

Anna folgte ihr glücklich.

»Deine Mum hat nicht aufgehört, mich anzugrinsen.«

Anna legte den Arm enger um Lanes Taille, kuschelte sich in ihre Halsbeuge und gab sich dem Gefühl von nackter Haut an nackter Haut hin. Anna scherte sich nicht darum, dass es schon spät war und sie seit Stunden im Bett lagen. Das Bett war ihr Zufluchtsort, denn es war der einzige Platz, an dem sie wirklich allein sein konnten. Und seitdem Lane von ihrer Ex erzählt hatte, war es zu dem Ort geworden, wo sie oft stundenlang miteinander sprachen. Der Schlafmangel, den das nach sich zog, ignorierten sie.

»Glücklicherweise weiß sie nicht, was wir gemacht haben, kaum dass sie aus dem Haus war. Sie denkt, du bist das Beste, was mir hätte passieren können. Und du hast mich sogar zu einem unglaublichen Essen ausgeführt.«

Lane drehte sich um und sah Anna an. »Na ja, ich bin schon ziemlich gut. Einige würden sagen, atemberaubend.«

»Das behauptest du.«

»Ich sage gerne die Wahrheit.«

Anna grinste schief und küsste Lane nochmals. »Du bist schon ziemlich okay.«

»Man kann die Wahrheit ruhig zugeben.«

Kichernd stupste sie Lane mit dem Knie an. »Ich muss gemeiner zu dir sein. Du wirst langsam überheblich.«

Lane schob die Unterlippe vor. »Nein. Nicht gemein werden.«

Anna konnte nicht widerstehen und drückte einen weiteren sanften Kuss auf Lanes Lippen. »Wenn du einen Schmollmund ziehst, sehen deine Lippen nur noch besser aus.«

»Du bist so leicht zu haben.«

»Nur bei dir.«

»Das ist gut, denn ich kann auch eifersüchtig werden.«

»Dann ist jetzt wohl kein guter Zeitpunkt, um dir von meinem Harem zu erzählen?«

Lane pikste sie in die Seite. »Solange du die anderen Frauen im Harem nicht beachtest, ist das okay.«

»Es gibt keine andere, die ich ansehen möchte.«

Lane legte sich vorsichtig auf Anna und küsste sie. Sanft zog sie eine Linie Annas Seite entlang.

Anna stöhnte protestierend, als Lane den Kopf drehte.

»Mist. Es ist nach Mitternacht.«

Anna blinzelte benommen. Sie hatte gehofft, sie würden gerade auf Runde drei zusteuern. Mit glasigen Augen sah sie auf die Uhr. »Und?«

»Ich habe morgen Frühschicht.«

Anna wickelte ein Bein um Lane, drückte ihre Ferse in Lanes Wade und bewegte ihren Schenkel an Lanes Körper. »Und?«

Lanes Lider schlossen sich, während sie die Hüften bewegte. Aber sie zog sich zurück, als Anna versuchte, sie zu küssen. »Und … ich muss noch nach Hause, genug schlafen und dann zu einer selten dämlichen Uhrzeit zur Arbeit.«

Anna grinste. »Und?«

Lane knabberte an Annas Unterlippe und setzte sich schmunzelnd auf die Bettkante. »Und … ich muss schlafen.«

So dramatisch wie sie konnte, warf Anna sich den Arm über die Augen. »Gut. Lass mich halt allein zurück.«

»Ich könnte natürlich auch hier schlafen.« Lanes Ton war spielerisch. »Wenn die Kinder aufwachen, könnte ich schon weg sein.«

Anna linste unter dem Arm hervor und schüttelte den Kopf. »Bei unserem Glück ist dies die Nacht, in der Toby um drei aufwacht und Ella zu mir ins Bett steigt.«

»Auch wieder wahr. Also hör auf zu schmollen.«

Ein dramatischer Seufzer entrang sich Annas Brust. Sie ließ den Arm sinken.

»Du und Ella seid euch so ähnlich.«

Ein Kissen landete in Lanes Gesicht. Gelassen warf Lane es zurück und zog sich an.

Anna setzte sich auf und rutschte zum Bettrand. Stöhnend stand sie auf und schlüpfte in eine Jogginghose und ein Shirt.

Lane stand an der Tür und hob fragend eine Augenbraue. »Was machst du da?«

»Ich bring dich raus.«

Mit ein paar Schritten war Lane wieder bei Anna und legte ihr die Arme um die Taille. »Das brauchst du nicht zu tun. Du hast schon beim ersten Mal klargestellt, wie unromantisch du bist.«

Anna schmunzelte und drückte Lane einen Kuss auf den Hals. »Stimmt. Ich muss mich heute Nacht wohl irgendwie romantischer als sonst fühlen.«

»Das, und es ist früher als das letzte Mal. Du kannst noch stehen.«

»Ganz genau.«

Lane zog sie mit zur Tür und schaute sie über die Schulter an. »Glaub nicht, dass du mich an der Haustür zu einem Quickie überreden kannst.«

»Mist. Bin ich so durchschaubar?«

Als sie die Tür öffnete, senkte Lane ihre Stimme zu einem Flüstern. »Bist du. Ich muss schlafen!«

Anna schmunzelte und folgte ihr.

»Hör auf zu grinsen. Daraus wird nichts.«

Anna räusperte sich und machte dann ein ernstes Gesicht.

»Besser.«

Kaum waren sie bei der Treppe angekommen, hörten sie: »Schwester Lane?«

Anna blieb wie angewurzelt stehen und hielt immer noch Lanes Hand, die schon auf der ersten Treppenstufe stand. Gleichzeitig drehten sie sich zu Ella um, die mit verwuschelten Haaren und einem bis zum Knie hochgerutschten Schlafanzughosenbein vor ihnen stand. Sie blinzelte sie an.

»Bist du immer noch hier?«

Anna biss sich auf die Lippe und sah zu Lane, die Ella so geschockt anstarrte, dass es fast schon lustig war.

Anna ließ Lanes Hand los und wandte sich wieder Ella zu. »Hey, Ella Bella, Lane wollte gerade gehen.«

Ella kratzte sich am nackten Knie, dann zog sie das Hosenbein herunter. »Es ist spät.«

Unfähig, das Lächeln von ihren Lippen zu verbannen, nahm Anna Ella hoch. Sie wurde langsam zu schwer dafür.

Schwer oder nicht, Ella legte schläfrig den Kopf an Annas Schulter, als sie zu Lane gingen, die sie immer noch mit großen Augen anschaute.

»Es ist schon etwas spät, deshalb geht Lane auch heim. Dann gehe ich ins Bett, damit ich mich ganz doll ausruhen kann, um morgen fit für den Park zu sein.«

»Ja, wir gehen alle mit Oma zum Picknick.« Ella blinzelte Anna schläfrig an und wandte sich dann an Lane. »Kommst du auch, Schwester Lane?«

Lane bewegte sich endlich wieder und lächelte Ella nervös an.

Anna versuchte, nicht über sie zu lachen. Es war ihre eigene Schuld – sie hatte daraus eine große Sache gemacht. Aber Lane stand da, wie eine eingefrorene Zeichentrickfigur.

»Ich muss morgen arbeiten, Ella, tut mir leid.«

Ella verzog das Gesicht und spielte an dem Knopf ihres Pyjamas. »Wir gehen nicht vor dem Mittagessen.«

»Wenn du dann schon fertig bist, solltest du auch vorbeikommen«, versuchte Anna Lane lächelnd zu beruhigen.

»Okay. Vielleicht kann ich um halb zwei fertig sein. Eine Schwester schuldet mir noch einen Gefallen.«

»Wir können zusammen rutschen, Schwester Lane.«

»Das klingt gut, Ella.«

Als sie Ella runterließ, drückte Anna ihr einen Kuss auf den Scheitel. »Nun, Fräulein, ab ins Bett, und ich komme gleich, um dich ordentlich einzupacken.«

»Okay, Nacht.« Ella trat vor und wickelte die Arme um Lanes Beine.

Lane kniete sich hin und umarmte sie. »Gute Nacht, Ella. Süße Träume.«

Als sie sicher war, dass Ella wieder im Bett war, wandte Anna sich Lane zu. »Dein Gesichtsausdruck war zum Schießen.«

»Sei still.«

Kichernd ging Anna nach unten.

»Dafür wirst du bezahlen.«

»Hoffentlich.«

Gerade als sie unten angekommen waren, hörten sie: »Schwester Lane?«

Ella stand oben und hielt sich am Geländer fest.

»Ja?«

»Kannst du mir eine Geschichte vorlesen, bevor du gehst?«

»Natürlich.« Sofort ging Lane wieder nach oben.

Anna folgte ihr lächelnd.

KAPITEL 4

»Können wir wieder bei Oma schlafen?« Ella ignorierte ihr Essen und starrte Anna mit großen, bettelnden Augen an.

»Natürlich.«

»Danke.« Ein Lächeln zuckte über Ellas mit Soße beschmiertem Gesicht. »Ich vermisse Opa.« Das Lächeln verschwand wieder.

Anna kaute langsamer.

Toby, der in seinem Hochstuhl saß, griff sich noch ein Hackbällchen und steckte es sich komplett in den Mund. Seine Wangen beulten sich aus, wie bei einem Hamster.

»Du vermisst ihn?«

Ella stupste ihr Hackbällchen an. »Japp. Er kommt gar nicht mehr vorbei.«

Während sie schluckte, überlegte Anna, wie sie das Thema angehen sollte. Ehrlichkeit wirkte am besten. Das hatte sie inzwischen gelernt. »Ich denke, manchmal ist er traurig, Ella Bella.«

»Vermisst er Dad?«

Anna drehte sich der Magen. Ob diese Reaktion je verschwinden würde? »Ja. Er vermisst deinen Daddy.«

Ella zerdrückte das Bällchen mit ihrer Gabel und sah plötzlich nachdenklich aus. »Du vermisst Daddy. Und Mummy.«

»Tue ich. Ziemlich doll.«

»Und Oma vermisst sie.«

»Ja, sehr sogar.«

»Und ich vermisse sie.« Ella flüsterte fast. Als könnte sie es nie wieder zurücknehmen, sobald sie es ausgesprochen hatte.

Anna schob ihren Stuhl zurück und mehr brauchte es nicht, damit Ella aufsprang und auf Annas Schoß kletterte. »Ich weiß, dass sie dir fehlen, Liebes.« Sie strich Ella das Haar aus dem Gesicht und hielt sie fest.

Ella weinte nicht, aber ihr Gesicht war rot, als sie verzweifelt versuchte, etwas zu verstehen. »Wir alle vermissen sie, sogar Toby, und der ist noch ein Baby.«

Toby, dessen Wangen immer noch mit Essen vollgestopft waren und der noch mehr Soße im Gesicht hatte als Ella, schaute auf, als er seinen Namen hörte. Mit glitzernden Augen versuchte er, sich ein weiteres Bällchen in den Mund zu schieben.

»Tut er.«

»Warum kann Opa sie dann nicht mit uns zusammen vermissen?«

Nicht zum ersten Mal hätte Anna alles dafür gegeben, wenn sie Verstand in ihren Vater schütteln könnte. Er vernachlässigte die Kinder, seine Frau und seine Tochter. Dabei suhlte er sich in seiner Trauer, während alle anderen weitermachen mussten. Und so war Annas Vater noch jemand, der in Ellas und Tobys Leben fehlte.

Anna stützte ihr Kinn auf Ellas Kopf und wiegte sie sanft. »Er weiß nicht wie, glaube ich.«

»Du weißt wie.«

»Manchmal weiß ich es auch nicht. Aber ich weiß, dass ich bei dir und Toby sein will, egal, wie ich mich fühle.«

Nickend spielte Ella mit einem losen Faden an Annas Shirt. »Also können wir bei Oma übernachten? Das letzte Mal hat er sich zu mir gesetzt und mir ein bisschen vorgelesen. Er riecht gut.«

Anna drückte Ella fester an sich. »Natürlich könnt ihr. Wie wäre es in zwei Tagen? Also noch zwei Mal schlafen? Dann ist Freitag, und ihr könnt den Samstag mit Oma und ihm verbringen? Vielleicht macht ihr was im Garten?«

»Okay.«

»Willst du Oma nach dem Essen anrufen?«

»Ja.«

Ella machte keine Anstalten, schon aufzuspringen, und Anna hatte kein Problem damit, sie so lange auf ihrem Schoß sitzen zu lassen, wie sie wollte.

Die Arbeit im Krankenhaus war ein Albtraum. Jemand hatte zu viele Konsile angesetzt und dann war noch ein Notfall reingekommen, der sie noch weiter im Zeitplan zurückgeworfen hatte. Zu allem Überfluss hatte Anna Lane seit achtundvierzig Stunden nicht gesehen. Durch den Notfall hatte sie ihren Frühstückskaffee mit Kym verpasst und auch keine Zeit fürs Mittagessen gehabt. Ausnahmsweise war sie mal dankbar dafür, dass sie sich angewöhnt hatte, mit den Kindern zu frühstücken; eine Mahlzeit, die sie in der Vergangenheit sehr oft hatte ausfallen lassen.

Es war nach drei, als Anna aus dem OP-Saal kam und sich müde die OP-Haube vom Kopf zog. Sie schaute kurz in den zweiten OP, als sie daran vorbeiging, und sah, dass Lane als Springer eingeteilt war. Der Patient wurde herausgeschoben, die Chirurgen waren schon gegangen und die Schwestern zählten ein letztes Mal das Material nach. Anna berechnete, dass sie knapp zehn Minuten hatte. Schnell rannte sie zu den Treppenaufgängen.

Nur fünf Minuten später kam sie mit zwei Kaffees zurück, ging zur Tür des OPs und stahl sich in den Waschraum. Sie öffnete die Tür und war erleichtert, dass nur Lane darin war. »Hattest du auch so einen hektischen Tag wie ich?«

Lane drehte sich freudestrahlend zu ihr um, während sie sich weiter die Hände trocknete. »Gott, was ist heute nur los? Haben sich die Krankenhausgötter gegen uns verschworen?«

Anna schmunzelte und hielt ihr den Kaffee hin. Es war wirklich ein irrer Tag gewesen. Warme Finger legten sich um Annas Handgelenk, als Lane sie zu sich zog.

»Hey.«

»Hi.« Lane lehnte sich an sie. »Ich habe meine Freundin vermisst.«

»Ich auch.«

»Seit dem Picknick am Samstag habe ich dich kaum gesehen.«

Ihre Arme berührten sich, als Anna sich neben Lane stellte und beide ihren Kaffee tranken. »Ich weiß. Die Kinder und unsere Arbeitspläne haben uns nicht viel Zeit gelassen.«

»So unfair. *Und* ich sollte in der Notaufnahme eingeteilt sein, bin aber hier hoch verbannt worden.«

»Bist du nicht oft in der Chirurgie?«

»Öfter in der Notaufnahme. Da liegt meine Passion.« Lane zwinkerte. »Da kann ich mehr zupacken.«

Mit dem Mund dicht an Lanes Ohr flüsterte Anna: »Was machst du morgen Abend?«

Lanes Augen leuchteten auf. »Etwas mit dir?«

»Und, rate was noch?«

»Machst du mich glücklich?«

»Ganz sicher. Aber außerdem …?«

»Was?«

»Die Kinder sind nicht da.«

Langsam breitete sich ein Lächeln auf Lanes Lippen aus. »Die ganze Nacht?«

»Sie übernachten bei Oma.«

»Willst du bei mir schlafen?«

»Sehr gern.«

»Willst du ausgehen? Essen, ein Date?«

Anna schüttelte lächelnd den Kopf. »Nicht wirklich.«

»Willst du zu Hause bleiben, was beim Chinesen bestellen, und nackt essen?«

»Ich liebe Chinesisch.«

»Ich auch.«

Anna wünschte sich, jeden Morgen neben Lane aufwachen zu können. Schon immer hatte Anne in Nächten, die sie nicht allein verbrachte, Berührung gesucht. Sie mochte das Gefühl, die Haut und Gegenwart einer anderen Person zu spüren. Aber sie war noch nie so derart verschmolzen mit jemandem aufgewacht wie mit Lane. Sie lagen beide auf der Seite, ihr Beine ineinander verschlungen. Annas Gesicht war an Lanes Hals gepresst, Lanes Arm lag um ihre Taille. Es war einfach wunderbar.

Halb schlafend, halb wach genoss Anna das Gefühl von warmer, weicher Haut. Lanc schlief tief und fest, atmete gleichmäßig und Anna verteilte sanfte Küsse auf ihrer Haut.

Sie waren lange aufgeblieben und hatten es genossen, nicht leise sein zu müssen. Weder die Kinder noch ihre Arbeit würden sie stören oder aus dem Haus treiben. Erst am Nachmittag würde Anna die Kinder wieder abholen.

Der unangenehme Geruch der Essensreste vom chinesischen Lieferservice stieg Anna in die Nase. Die Behälter standen irgendwo auf dem Boden. Sie hatten im Wohnzimmer angefangen zu essen und hatten zumindest versucht, so zu tun, als könnten sie die Hände voneinander lassen. Schnell hatten sie das aufgegeben und stattdessen Sex auf der Couch gehabt und dann auf dem Fußboden, bevor sie schließlich im Bett gelandet waren. Ein paar Stunden später war Lane wundervoll nackt hinausgeschlendert und hatte das mittlerweile kalte Essen hereingeholt, nachdem Anna sich über ihre schwindenden Energiereserven ausgelassen hatte.

Es gab keinen Ort, an dem Anna im Moment lieber gewesen wäre. Keine Schuldgefühle nagten an ihr und niemand brüllte so lange, bis sie sich aus dem Bett quälte. Sie hatte die ganze Nacht mit Lane verbracht. Die Schuldgefühle und die Unsicherheit, die sie vorher wegen des frühen Datings gehabt hatte, waren für den Moment besiegt.

Es schien alles im Gleichgewicht.

Sie waren erst seit ein paar Wochen ›offiziell‹ zusammen, aber sie und Lane waren stabil, ihre Verbindung schon von Beginn an stark. Lane war überhaupt nicht unsicher. Anna hatte noch nie eine solche Leichtigkeit empfunden.

Lane bewegte sich. Ihr Arm legte sich enger um sie.

Anna presste einen Kuss auf Lanes Hals, dann lächelte sie, als sie Lane leise seufzen hörte.

»Wach auf«, murmelte sie an Lanes Haut.

Mit leiser Stimme antworte Lane: »Ich genieße es, so aufzuwachen.«

Anna küsste ihr Kinn, dann ihre Lippen, bevor sie sich zurückzog und lächelte, als Lane langsam die Augen öffnete. Ein Lächeln breitete sich auf Lanes Gesicht aus. Anna fuhr mit der Fingerspitze ihre Wange entlang.

»Ich auch.«

»Daran könnte ich mich gewöhnen …«

»Ich mich auch.«

Mit noch immer schläfrigen Bewegungen küsste Lane sie. »Vielleicht könnten wir das öfter machen?«

Sie fuhr mit den Fingern über Lanes Schlüsselbein und hielt dort inne. Anna mochte die Zurückhaltung in Lanes Stimme nicht, aber sie konnte sie nicht verurteilen, wenn man bedachte, wie strikt Anna ihre ›Regeln‹ durchgehalten hatte. »Vielleicht?«

»Wirklich?«

»Wirklich. Wir könnten mit Ella reden, die Dinge ein wenig erklären.«

»Wirklich?«

Anna musste über die freudige Ungläubigkeit in Lanes Stimme lächeln. »Ja, wirklich. Sie wird total aufgeregt sein, da bin ich mir sicher. Wir sollten am Anfang nichts überstürzen. Aber wir könnten ganz langsam anfangen?«

»Wirklich?«

Anna rollte sich auf Lane und stützte sich auf die Ellbogen. »Ja! Wirklich.«

»Das«, sagte Lane, während ihre Hände Annas Rücken hinauf und dann in ihr Haar hineinfuhren, »macht mich sehr, sehr glücklich.«

»Das werden wir noch sehen, wenn Toby dich um drei Uhr nachts aufweckt und Ella um fünf reingesprungen kommt und nach Frühstück fragt.«

Lanes Lächeln schrumpfte. »Fünf?«

Annas Lächeln wurde hingegen breiter. »Japp. Fünf.«

»Wie in fünf Uhr morgens? Selbst an den Tagen, an denen wir ausschlafen können?«

»Japp.«

»Du siehst viel zu glücklich darüber aus.«

»Dein Gesicht sieht nur so lustig aus, das macht es einfach, glücklich zu sein.« Anna küsste sie. »Du weißt, worauf du dich einlässt, ja?«

»Wahrscheinlich nicht. Aber ich weiß, dass du dabei bist, also finde ich es gern heraus.« Lane legte den Kopf schief. »Warum so besorgt?«

»Was? Keine Sorge. Neckerei.«

Lane schüttelte den Kopf. »Fang nicht damit an. Als du mich gefragt hast, ob ich weiß, worauf ich mich einlasse, habe ich es gesehen. Denkst du, die Sache mit den Kindern macht mir Angst?«

Anna biss sich auf die Lippe. »Es ist nur … die Kinder verlangen dir einiges ab. Und das meine ich nicht von oben herab, ich bin mir sicher, das weißt du. Ich liebe sie so sehr. Aber Toby ist nicht immer niedlich und entzückend, und manchmal ist Ella rotzfrech. Sie trauern immer noch, ziemlich stark; werden sie wohl auch für immer. Sie schlafen wie Kätzchen auf Crack, sie haben viel zu viel Energie, und manchmal will ich mich in meinem Zimmer einschließen und so tun, als würde ich allein leben und hätte nichts weiter zu tun, als den Abend mit einem Glas Wein zu verbringen. Wusstest du, dass du den ganzen Tag damit beschäftigt sein kannst, ihnen hinterherzulaufen und ihr Zeug aufzuräumen? Sie hinterlassen ein Feld der Zerstörung, und sie sind beide immer noch so zerbrechlich, und …«

Lane unterbrach Anna mit einem Kuss und drückte ihre Schultern. »Anna. Atme, Liebling.«

Anna lief rot an. »Sorry.«

»Das ist okay. Ich weiß auch nicht, wie du das alles schaffst.«

»Ich liebe sie.« Anna zuckte mit den Schultern, als wäre es das Einfachste auf der Welt. Was es irgendwie auch war. »Sie haben so viel von Jake und Sally. Ich sehe es nicht als Pflicht.« Sie hielt inne. »Nicht mehr.«

»Ich bin dabei, Anna. Inklusive durchgedrehter Kinder und der Wuschelfrisur nach dem Aufstehen.«

Anna versuchte beleidigt zu wirken, doch sie war zu glücklich über Lanes ›Ich bin dabei‹. »Meine Haare sehen nach dem Aufstehen toll aus.«

»Na gut, dann Bett-Sex-Frisur.« Lane grinste. »Mir gefällt es.«

Anna brauchte Kontakt, also küsste sie Lane und legte alles, was sie nicht aussprechen konnte, in diesen Kontakt. Sie war so stark davon ausgegangen, dass Lane nicht wusste, worauf sie sich einließ. Doch Lane hatte es, wie immer, geschafft, dass sie sich vollkommen beruhigt fühlte. Anna zog sich zurück, als Lane langsam die Augen öffnete.

»Wofür war der?«

»Weil du dabei bist.«

Es war Mittag, als sie schließlich aufstanden, duschten und sich ein spätes Mittagessen zusammensuchten. Nach einem letzten, langen Kuss vor Lanes Haustür ging Anna schließlich. Niemals wollte sie die Erinnerung an diese wunderbare Zeit und die morgendliche Wärme, die sie gespürt hatte, vergessen.

Sie würde Lane später zum Abendessen wiedersehen. Genau wie Kym, die sie eingeladen hatte. Ella hatte am Vorabend gefragt, ob sie alle dabei sein könnten. Abgesehen von Nächten wie der letzten, konnte nichts einen Abend auf dem Sofa mit Disney und den Mädels schlagen.

Auf dem Weg zu ihrer Mutter konnte Anna nicht aufhören zu grinsen. Alles fühlte sich *gut* an.

Erst als sie in die Einfahrt einbog, legte sich eine dunkle Wolke über sie. Anna fragte sich, ob es ihrem Vater wohl gelungen war, sich aus seinem Büro zu bewegen und Zeit mit seinen Enkelkindern zu verbringen. Sie stieg aus dem Wagen und wollte zur Vordertür, doch sie hörte Ellas Kichern im Garten, also öffnete sie das Tor und ging stattdessen dort hinein.

Anna musste grinsen, als sie Ella mit schmutzigen Beinen inmitten von Sandras Gemüsebeet stehen sah. Toby trug einen Overall, saß neben Ella und grinste, während er seinen Fuß mit Dreck bewarf. Er lachte entzückt. In Anna breitete sich bei dem Geräusch ein warmes Gefühl aus. Ihre Mutter bewässerte das Beet und bespritzte ab und an die Kinder, was Ella wiederum zum Quieken brachte.

»Oma! Nicht! Ich darf nicht nass werden!«

Anna verschränkte die Arme, lehnte sich an die Hauswand und beobachtete, wie Sandra lachte und immer mehr Wasser verspritzte. Ein Schwall traf Toby und er sah sich verwirrt um, bevor er weiter mit Dreck um sich warf.

»Aber du bist schmutzig! Du brauchst ein Bad.«

Mit den Händen an ihren schmalen Hüften verdrehte Ella die Augen. »Dafür sind *Badewannen* da.«

Anna konnte nicht widerstehen und rief: »So wie du aussiehst, kommst du mir nicht in die Badewanne, Miss Ella Bella!«

Ella drehte den Kopf und grinste. »Tante Na! Sag Oma, dass sie aufhören soll, mich nass zu spritzen!«

»Na! Na!« Grinsend und kichernd rannte Toby auf sie zu.

Lachend nahm Anna ihn auf den Arm und kuschelte sich an ihn. Es war ihr völlig egal, dass er von oben bis unten schmutzig war. »Hey, kleiner Mann.«

Mit mehr Kraft, als ein Junge seines Alters haben sollte, wickelte Toby sich um sie. Er streckte sein Beinchen vor und deutete mit ernster Miene darauf. »Mutzig.«

»Japp. Die sind definitiv schmutzig.« Anna sah wieder zu Ella. »Mum, ich finde, du solltest nicht aufhören, sie weiter nass zu spritzen. So schmutzig kommt sie mir nämlich nicht ins Auto.«

Empört öffnete Ella den Mund, um zu protestieren, aber alles, was sie tun konnte, war zu quietschen, als das kalte Wasser auf ihre Zehen traf. »Tante Na! Du musst dich für mich einsetzen.«

Mit glitzernden Augen blickte Sandra zu Anna. »Genau, Anna.«

»Oh, na gut.« Sie wandte sich an Toby, der sie mit großen blauen Augen anstarrte und immer noch auf seine Hosen deutete. »Ich liebe es, wenn sie sich gegen mich verbünden.«

Ella kicherte und kam zu ihr, legte Anna die Arme um die Taille und drückte ihr Gesicht in Tobys Bauch und versuchte dagegen zu pusten, um ihn zu kitzeln.

Laut kichernd schob er ihren Kopf unsanft weg.

Anna legte ihren freien Arm um Ellas Schultern, drückte sie und sagte: »Und jetzt machst du mich auch ganz schmutzig.«

Ella strahlte vor Begeisterung. »Jetzt musst du abgespritzt werden!«

Anna riss die Augen auf und sah zu ihrer Mutter, die sie boshaft angrinste.

»Mum, nicht!« Sie hielt Toby unter den Achseln vor sich, wie einen menschlichen Schutzschild, woraufhin er vergnügt quietschte und seiner Großmutter zuwinkte. »Ich habe hier ein Baby!«

Ihre Mutter ließ den Schlauch fallen und ging zum Hahn, um das Wasser abzustellen. »Feigling … ein Baby zu benutzen!«

Toby kicherte wieder. »Mehr!«

Anna drehte ihn um und warf ihn in die Luft, bevor sie ihn runterließ; sofort rannte er zurück in das inzwischen schlammige Gemüsebeet und vergrub seine Hände darin.

Ella setzte sich zu ihm und redete mit ihm über Würmer.

Sandra kam zu Anna und küsste sie auf die Wange. »Hattest du Spaß mit Lane?«

»Hatte ich.«

»Gut. Ich mag sie.«

Anna legte ihrer Mutter einen Arm um die Schulter, während sie die beiden Kinder beobachteten. Toby buddelte im Schlamm, Ella redete ununterbrochen auf ihn ein und malte mit einem Stock Bilder in den Matsch.

»Ich auch.«

»Das sehe ich.«

Sie stieß mit der Hüfte gegen ihre Mutter. »Psst.«

»Tue ich aber. Du bist eindeutig verknallt.«

Anna konnte das nicht wirklich leugnen. »Man kann sich leicht in sie verknallen.«

»Eindeutig. Ella redet ständig über sie und du lächelst jedes Mal, wenn ihr Name fällt. Wenn du mich fragst, ist sie ein sehr willkommener neuer Jemand in deinem Leben.«

»Da stimme ich dir zu.«

»Und offensichtlich hattet ihr den ganzen Tag Sex.«

Geschockt und mit offenem Mund schaute Anna schnell zu den Kindern, um sicherzugehen, dass sie nichts gehört hatten, dann zurück, um ihre Mutter wütend anzustarren. »Mum!«

»Was denn? Hattet ihr doch.«

Anna nahm den Arm von der Schulter ihrer Mutter und funkelte sie weiterhin an. »Hatten wir nicht.«

»Gute Antwort, Anna. Hast du das von Ella gelernt?«

Ella blickte vom Matsch auf. »Was?«

»Nichts!«, riefen sie gleichzeitig.

Mit heißem Gesicht verschränkte Anna die Arme. »Wie auch immer. Wie geht es Dad? Warum ist er nicht hier bei den Kindern?«

»Er sagte, er muss noch arbeiten.«

Anna hob die Augenbrauen.

»Er hat gestern mit Ella eine DVD geschaut und ihr vorgelesen. Dann ist er verschwunden. Toby vermisst ihn.«

»Ella fragt, warum sie ihn so selten sieht.«

Ihre Mutter seufzte und zuckte mit den Schultern. »Er kriegt sich schon wieder ein. Da ist er ein bisschen wie du.«

»Hey, ich bin hier.«

Ihre Mutter nickte in Richtung der Kinder. »Dank ihnen bist du das. Sonst wärst du wahrscheinlich auch verschwunden.«

Anna öffnete den Mund, um zu widersprechen, schloss ihn jedoch schnell wieder. Ihre Mutter hatte recht. Sie legte Sandra den Arm wieder um die Schultern und zog sie zu sich. Einen Moment lang standen sie in inniger Umarmung da und schauten den Kindern beim Spielen zu.

»Also ist der Sex gut?«

»Mum!«

Mit immer noch heißem Gesicht schaffte es Anna, die Kinder ins Auto zu verfrachten, und war dankbar dafür, dass ihre Mutter immer Kleider und andere Sachen der Kinder in deren Zimmer aufbewahrte.

Als sie zu Hause ankamen, hüpfte Ella vor Freude aus dem Wagen, weil Lane und Kym tatsächlich zum Essen kommen würden. Anna hob Toby aus seinem Sitz und lächelte, als er sich bereitwillig in ihre Arme fallen ließ und sich in ihre Halsbeuge kuschelte. Gähnend rieb er sich die Augen, während Anna ihm den Rücken streichelte. Sie blieb stehen, als sie sah, dass Ella vor der Tür stand und eine Papiertüte hochhielt.

»Was ist das, Ella Bella?«

»Weiß nicht. Es lag auf der Fußmatte. Ich glaube, es ist für mich und Toby.«

Als Anna die Hand ausstreckte, verrenkte Toby auf ihrer Hüfte den Hals, um zu sehen, was sie da tat.

Ein Zettel klebte auf der Vorderseite: ›Für meine Enkelkinder‹. Der Drang, die Augen zu verdrehen, überkam sie – offensichtlich war Cathy wieder unangekündigt vorbeigekommen. Insgeheim erleichtert, dass sie sie verpasst hatten, öffnete Anna die Tür und Ella fiel fast ins Haus.

»Du wirst immer besser im Lesen – das ist für euch.«

»Gestern wurde ich Erste beim Schreibwettbewerb in der Schule.«

»Wirklich? Dann darfst du dir heute das Abendessen und einen Nachtisch aussuchen, Schlaumeier.«

Anna hielt Ella das Päckchen hin. Sie verbarg ihr Lächeln, als Ella auf- und abhüpfte, es entgegennahm und ohne Umschweife aufriss.

»Von wem ist es?«

»Von deiner anderen Oma.«

»Mummys Mum?«

»Japp.«

Ella riss immer noch am Papier und rümpfte die Nase. »Sie riecht komisch.«

Anna hüstelte und überdeckte damit ein Lachen. »Das ist nicht sehr nett, Ella. Was hast du bekommen?«

Ein Buch kam zum Vorschein und Ellas Augen leuchteten auf. Sie liebte Bücher. »Eine neue Geschichte. Die habe ich noch nicht!"

Toby war gerade besonders kuschelbedürftig und begann, wieder an Anna hochzuklettern, als sie versuchte, ihn runterzustellen. Anna genoss die Zuneigung und ließ ihm seinen Willen. »Na, das ist doch toll. Vielleicht können wir es heute Abend mit Toby zusammen lesen?«

»Kann Schwester Lane es vorlesen?«

Anna stellte ihre Tasche auf den Tisch. »Aber klar kann sie das.«

»Kann Kym dann auch was vorlesen?«

Anna sah sie gespielt ernst an. »Du versuchst doch wohl nicht, zwei Gutenachtgeschichten abzustauben, oder?«

Ella verteidigte sich ernst und sagte: »Ich will nicht, dass sich eine von ihnen ausgeschlossen fühlt.«

»Wenn sie dir vorlesen wollen, dann kriegst du zwei Geschichten.«

Mit leuchtendem Gesicht legte Ella das Buch auf den Tisch und war schon fast aus dem Zimmer verschwunden. »Ich suche nach einem anderen Buch, das Kym mir vorlesen kann.«

Anna sah zu Toby, der nun über ihre Schulter lugte, um zu sehen, wohin seine Schwester so schnell verschwunden war. »Deine Schwester ist ein Wirbelwind, Tobes.«

»El eg?«

»Sie kommt wieder.«

Nach fünf Minuten ließ Toby sich endlich von Anna absetzen. Sie gab ihm eines von seinen Autos, die auf dem Tisch standen.

Er zog sofort die Räder über den Boden und machte dabei Autogeräusche.

Anna griff abgelenkt nach dem Buch, um zu sehen, was es war, und lächelte über die Töne, die von Toby kamen. Als sie den Umschlag sah, spannte sich ihr Kiefer vor Wut an. In ihren Händen hielt sie eine Kinderbibel.

Es hätte sie nicht so wütend machen sollen. Anna hatte kein Problem mit Religion, aber Sally schon. Sie hatten lange, ausufernde Gespräche darüber geführt und auch über Sallys schwere Kindheit gesprochen. Die Kinder sollten es sich später selbst aussuchen dürfen, aber bis dahin hatte Sally nicht gewollt, dass Religion eine Rolle in ihrem Leben spielte. Cathy und Sally hatten sich im letzten Jahr furchtbar deswegen gestritten. Anna erinnerte sich daran, dass Jake sie einmal spätabends angerufen und gesagt hatte: »Du musst das Gekeife mal übernehmen, ich ertrage das seit drei Stunden«, und plötzlich war Sally am Hörer gewesen, voller Wut und Zorn.

Sally hatte ihrer Mutter gegenüber klargestellt, dass sie die Kinder nicht in die Sonntagsschule schicken würde oder sonst etwas in der Art. Und jetzt lag diese Kinderbibel von Sallys Mutter vor ihr.

Anna sah seufzend zu Toby hinab. Sie nagte an ihrer Unterlippe und registrierte flüchtig, wie er das Auto auf den Boden knallte. Das Buch könnte im Papierkorb landen oder gespendet werden, aber das wäre irgendwie auch nicht fair. Sie selbst hatte eine Kinderbibel gehabt, obwohl sie nicht christlich aufgewachsen war. Wenn es ihre Kinder gewesen wären, wäre es keine allzu große Sache gewesen, sie hätte den religiösen Aspekt der Geschichten einfach unter den Tisch fallen lassen. Aber Sally hatte ihre Wünsche deutlich geäußert. Mehr als alles andere wollte Anna, dass die Kinder so aufwuchsen, wie Sally und Jake es gewollt hätten.

Sie legte das Buch auf den Tisch und entschied, dass sie später darüber nachdenken würde. Cathy war im Moment nicht ihre Lieblingsperson. Und Anna hatte die Aussicht auf einen Abend mit Lane, ihrer besten Freundin und den zwei süßesten Kindern der Welt.

»Gut, Tobes. Lass uns dich waschen, du bist immer noch ganz schmutzig vom Garten.«

Mit plötzlich versteinertem Blick stoppte er sein Auto mitten in der Bewegung und sah zu ihr. »Bab?«

»Japp, ein Bad.«

Er sah aus, als würde er mit dem Gedanken spielen, das Auto nach ihr zu werfen.

»Und *dann* Abendessen mit Lane und Kym.«

Er war sofort ganz Ohr, ließ das Spielzeug fallen und hielt die Arme hoch. »Bab!«

»Erst baden, dann Kym! Guter Plan.«

Die nächsten paar Stunden vergingen schnell. Anna hatte die Kinder gebadet und in ihre Schlafsachen gesteckt. Das Abendessen aus Pommes und Pasta, das Ella sich gewünscht hatte, war fertig. Anna hatte noch einen gemischten Salat zubereitet, den die Kinder wahrscheinlich ignorieren würden.

Kym und Lane waren pünktlich. Lane kam mit einer Flasche Rotwein in der Hand und Kym hielt die größte Schachtel mit Brownies vor sich, die Anna je gesehen hatte. Mit viel Getöse rannten

Ella und Toby zu ihnen, und irgendwann schafften sie es dann auch alle gemeinsam an den Tisch.

Anna und Lane grinsten sich immer wieder heimlich an, während sie das Abendessen auftischten.

Kym vermied jedwede Arbeit und saß mit Toby auf dem Schoß am Tisch, während Ella sich mit ihr unterhielt. Sie schienen darüber zu debattieren, ob Nüsse in Brownies gehörten.

»Kym lächelt hier mehr, als irgendwo sonst«, sagte Lane leise, als sie die Pommes auf die Teller verteilte.

Anna sah von der Salatschüssel hoch und beobachtete Kym. Es stimmte. Wann immer sie bei Anna war und sich entspannte, schien der Stress aus Kyms Blick zu verschwinden.

Als der Tisch gedeckt war und Anna Toby aus Kyms Armen hob, klopfte es an der Tür. Anna nahm Toby also auf ihren Arm und sah die drei Paar Augen, die sie überrascht anblinzelten, ebenso überrascht an. Sie erwartete niemanden. »Ähm … Ich mache kurz auf.«

Anstatt Toby in seinen Hochstuhl zu zwingen, wenn er ohnehin lieber mit ihr kommen wollte, ließ Anna ihn auf ihrem Arm, als sie zur Tür ging. »Was meinst du, wer das ist, Tobes?«

Toby sah sie an. »Pata.«

»Gleich.« Sie öffnete die Tür und versuchte, ihre Überraschung zu verbergen. »Lorna. Hi. Ähm … Kann ich Ihnen helfen? Sie waren doch vor Kurzem erst hier?«

Lorna lächelte steif, und dann sah Anna den Polizisten hinter ihr stehen, der die Hände hinter dem Rücken hielt und ruhig auf den Boden sah. Es schien, als wäre er darauf bedacht, nicht aufdringlich zu wirken. Anna sah wieder zu Lorna, die Härchen auf ihren Armen stellten sich auf.

»Anna, es tut mir wirklich leid.«

Anna blinzelte sie an und hielt Toby instinktiv fester. »Was tut Ihnen leid?«

»Leider wurden uns Bedenken zugetragen, was Ihren Umgang mit den Kindern angeht. Während wir dem nachgehen, müssen wir die Kinder in Pflege geben.«

»Was?«

Lorna atmete tief ein. »Jemand hat ernsthafte Anschuldigungen vorgebracht, und wir müssen dem nachgehen, obwohl ich *nichts* bemerkt habe, was darauf hindeutet, dass die Kinder vernachlässigt werden.«

»*Vernachlässigt*?« Anna konnte ihre Stimme kaum kontrollieren.

Toby grub die Finger in ihr Shirt, als er sich an ihr festhielt, dann sah er von Lorna zu Anna und wieder zurück.

Lornas Gesichtsausdruck blieb neutral. »Sie sind sich bewusst, dass Sie nur das vorübergehende Sorgerecht haben, bis die Papiere durch den Richter abgesegnet werden und alles offiziell unterschrieben ist, damit Sie dauerhaft als Vormund für die Kinder gelten?«

Anna schaffte es irgendwie zu nicken. »Man hat mir versichert, dass alles okay wäre. Mein Bruder und Sally haben in ihrem Testament festgehalten, dass ich mich um die Kinder kümmern soll.«

»Jemand hat das Gericht um die Vormundschaft ersucht. Das ist legal.«

In Annas Ohren begann es zu summen. Es fühlte sich an, als hätte ihr jemand den Boden unter den Füßen weggerissen.

»Unter normalen Umständen würden Sie die Kinder bis zur Anhörung über die Vormundschaft bei sich behalten, aber diese Anschuldigungen haben die Sache verkompliziert.«

»Also nehmen Sie mir die Kinder weg?«

»Hoffentlich nicht für immer, Anna.«

»Können Sie nicht bei meinen Eltern bleiben?«

Kopfschüttelnd sagte Lorna: »Vielleicht, aber nächste Woche ist ein Anhörungstermin wegen der vorläufigen Vormundschaft, die dann bis zum regulären Termin gilt. Die Kinder kommen solange zu einer Pflegefamilie.«

»*Pflegefamilie*?« Sie schrie nicht, um Toby nicht aufzuregen, der sich schon jetzt fest an sie drückte. Stattdessen fauchte sie, was wahrscheinlich noch schlimmer war.

»Es ist eine tolle Familie, und hoffentlich wird sich nächste Woche bei der Anhörung alles klären. Am Montag gibt man den Termin bekannt. Rufen Sie morgen früh Ihren Anwalt an.«

Anna wurde übel. Sie dachte, sie müsste sich übergeben. Während ihr Blick den Polizisten streifte, drückte sie Toby fester an sich. »Meinen Anwalt?«

»Ja. Er kann Ihre Frage beantworten. Ich werde bei der Anhörung dabei sein und aussagen. Die Person, die die Anschuldigungen erhoben hat, wird auch kommen.«

»Vor Gericht?« Sie wollte nicht, dass die Kinder in ein System rutschten, aus ihrem Zuhause gezerrt wurden, um zu einer Pflegefamilie abgeschoben zu werden. Sie hatten gerade ihre Eltern verloren. Das hier war das Letzte, was sie jetzt brauchten.

»Es wird nicht wie im Fernsehen sein. Nur ein Richter, ein Tisch und die Anwälte. Und natürlich die Fürsorgebeauftragten und Vertreter des Jugendamts. Dann werden wir uns die Forderungen ansehen und schauen, wohin uns das bringt.«

Anna blinzelte. »Sie bringen sie zu Pflegeeltern? Weg von ihrem Zuhause? Weg von mir?«

»Sie wissen doch, wie das System funktioniert. Es gab Anschuldigungen. Wir müssen dem nachgehen und tun, was das Beste für die Kinder ist.«

»Das Beste für die Kinder ist, bei *mir* zu sein. In ihrem Zuhause.«

Lorna zögerte, etwas zu sagen.

Anna fragte sich, ob sie ihr nicht zustimmen wollte.

»Was sind das für Anschuldigungen?«

Einen Moment lang schwieg Lorna, dann antwortete sie: »Vernachlässigung. Die Kinder werden immer wieder allein gelassen. Es wurde von«, sie hielt inne, sah zu Toby und dann zurück zu Anna, »ständig wechselnden Sexualpartnern gesprochen. Neben anderen Dingen.«

»Ich dachte, dass man diesen Dingen nachgeht, bevor drastische Maßnahmen ergriffen werden.«

Lorna zögerte wieder. »Es gibt Dinge, die ich nicht beeinflussen kann.«

»Tante Na?«

Mit klopfendem Herzen drehte Anna sich um. Lane stand mit bleichem Gesicht und großen Augen ein paar Meter hinter ihr. Ella und Kym standen in der Küchentür. Anna schluckte den Kloß in ihrem Hals herunter. »Ella Bella.«

»Was ist los?« Ella sah an Anna vorbei. »Warum ist ein Polizeimann da?«

Anna versuchte, so beruhigend wie möglich zu schauen. Sie wusste nicht, was sie sagen sollte.

»Hey, Ella, erinnerst du dich an mich?«

Ella nickte Lorna stumm zu, während sie sich an Kym klammerte.

»Wir nehmen euch für ein paar Tage zu jemand anderem mit.«

»Was? Warum?«

»Wir müssen über ein paar Erwachsenendinge reden. Deshalb musst du für ein paar Nächte bei einem sehr netten älteren Paar bleiben. Mit Toby. Das wird wie eine Pyjamaparty.«

»Nein.« Ella klang unglaublich verwirrt. In ihren Augen stand eine Panik, die eine Sechsjährige gar nicht kennen sollte. Sie schaute zu Anna auf. »Willst du uns nicht mehr, Tante Na?«

Anna schüttelte nachdrücklich den Kopf. »Natürlich will ich euch, Ella.« Alles, was sie sehen konnte, war die Hitze in Ellas Gesicht, die Panik, die sie überkam.

»Ich will nirgendwo hin. Ich kenne die nicht.« Die Hysterie in Ellas Stimme brachte Anna endlich dazu, sich in Bewegung zu setzen.

Sobald sie sich hingekniet hatte, flog Ella in ihren ausgestreckten Arm, mit dem anderen hielt Anna Toby weiterhin fest umschlungen. Finger bohrten sich in ihren Rücken. Die nächsten Minuten zogen wie in einem schlechten Traum an ihr vorbei.

Lane ging nach oben und packte Ellas Tasche; Anna erinnerte sie mit zittriger Stimme daran, dass es die in Koala-Form sein sollte. Kym bereitete Tobys Tasche vor, und viel zu schnell standen beide Frauen am Fuße der Treppe und hielten die beiden Gepäckstücke fest.

Ella klammerte sich die ganze Zeit an Anna; ihre Finger würden blaue Flecken hinterlassen.

Sie versuchte, Ella zu beruhigen, doch die hörte nicht zu. Ihre Wangen waren rot und ihr kleiner Kiefer fest zusammengepresst, als sie von Lorna zu Anna und dann zu dem Polizisten im Hintergrund sah.

Anscheinend war er mitgekommen, um sicherzustellen, dass alles glattlaufen würde.

Wiederholt versicherte Anna Ella, dass alles gut werden würde, dass sie es regeln würde.

Ella verschluckte sich an einem stillen Schluchzer und sagte nichts.

Kym und Lane reichten die Taschen an den Polizisten weiter, der sie unauffällig hinausbrachte.

Anna ließ Ellas Hand nicht los, als sie Lorna zu dem Wagen in der Einfahrt folgte, Toby war ganz still auf ihrem Arm. Als Lorna die Autotür öffnete, warf Ella sich gegen Anna und brach schließlich zusammen. Hysterische Schluchzer schossen aus ihrer Brust hervor. Anna hielt sie fest an sich gedrückt und rieb ihr über den Rücken. Sie versuchte, sie so festzuhalten, dass Ella merkte, dass Anna sie nicht gehen lassen wollte.

Schließlich zog Lorna sanft an dem Mädchen und Ellas Schluchzer wurden zu lautem Jammern. »Nein, nein, nein!«

Am Ende schaffte Lorna es, Ella aus Annas Umarmung zu lösen.

Anna schluckte, als sie zusah, wie Ella auf den Rücksitz des Wagens gesetzt wurde. Sie sah zu, wie Lorna sie anschnallte. Ella, gut erzogen, wie sie war, saß ganz still, obwohl sie von Schluchzern geschüttelt wurde.

Mit einem Knall schloss sich die Tür und Ella drehte sich um, legte ihre Hand an das Glas, ihr tränennasses Gesicht war sogar im Dunkeln zu sehen. »Tante Na!«

Anna versuchte, tröstend zu lächeln, und winkte mit zitternder Hand.

Als Lorna ihre Hände ausstreckte, um Toby zu nehmen, konnte sich Anna immer noch nicht überwinden, ihn loszulassen.

»Anna. Bitte.«

Das brachte Anna nur dazu, ihn fester zu halten. Die Arme kreuzte sie über seinem Rücken. Anna bemerkte wie durch einen Schleier, dass ihr ganzer Körper zitterte.

Lorna starrte sie an, der Polizist beobachtete sie aufmerksam und Anna trat vor und versuchte, Toby an Lorna weiterzugeben – doch der hatte mittlerweile verstanden, was geschah und fing an zu weinen. Er hielt sich stärker fest, als Anna es bei so einem kleinen Menschen für möglich gehalten hätte.

Lorna streckte schließlich ihre Hände aus und versuchte, Toby sanft von Anna wegzuziehen.

Seine Fingernägel kratzten an Annas Hals und er schrie und trat um sich. »Na! Na!«

Anna wollte den Mund öffnen, ihn beruhigen, aber es waren keine Worte mehr übrig. Sie hatte die Arme halb erhoben, so, als würde sie Toby noch immer halten, und sah Lorna dabei zu, wie sie ihn routiniert in den Kindersitz drückte.

Die Tür schloss sich mit einem Knall und Anna konnte Toby schreien hören. Ella hatte die Beine angezogen und den Kopf auf ihre Knie gelegt, die Hände drückte sie gegen ihre Ohren, als könnte sie damit die Welt fernhalten.

Annas Herz zerbrach in tausend Stücke.

Lorna stand an der Fahrertür; der Polizist war nur noch im Hintergrund, ging dorthin zurück, wo auch immer er hergekommen war. »Rufen Sie Ihren Anwalt an, Anna. Wir bekommen das wieder hin.«

Sie nickte wie betäubt.

»Man wird sich gut um sie kümmern.«

Schließlich schaffte sie es, eine Frage zu formulieren: »Wann kann ich sie sehen?«

»Rufen Sie am Montag im Büro an.«

Als Lorna den Wagen anließ, konnte Anna Toby selbst dann noch weinen hören, als Lorna rückwärts aus der Einfahrt fuhr. Sie sah dem Wagen nach, wie er die Straße herunterfuhr, sah, wie Ella sich auf den Sitz kniete und aus dem Fenster schaute, ihre Hand gegen das Glas gedrückt – genau so, wie sie es immer tat, wenn sie darauf wartete, dass Anna sie nach der Arbeit abholen kam.

Und dann waren sie verschwunden.

KAPITEL 5

Anna hatte das Gefühl, nicht mehr atmen zu können. Als hätte jemand sämtliche Luft um sie herum abgesaugt, was unmöglich war, denn Anna befand sich nicht in einem abgeschlossenen Raum, sondern vor ihrem Haus.

Was war da gerade geschehen?

Sie drehte sich um.

Kym stand am Fuße der Verandatreppe und hielt die Hand hoch, als wollte sie Lorna mit dieser Geste davon abhalten, wegzufahren. Lane war einen Schritt vor Kym, hatte einen Fuß nach vorn gestellt, den anderen dahinter, als kämpfte sie mit sich, ob sie zu Anna gehen sollte oder nicht.

Beide waren blass und ihre Augen vor Schock geweitet; Anna war sich sicher, dass sie nicht viel anders aussah. Es war, als hätte man ihr gerade erneut gesagt, dass ihr Bruder tot war.

Sie fuhr sich über die Lippen und öffnete den Mund, um etwas zu sagen, dabei sah sie von Kym zu Lane. Dann schloss sie ihren Mund wieder. Es kam ihr nichts in den Sinn, was sie sagen konnte.

»Anna.« Lanes Stimme klang rau. »Wir kriegen das hin.«

Diese Worte hatte sie schon einmal gehört. Vielleicht hatte sie selbst sie gesagt.

Lane trat auf sie zu und Anna machte gleichzeitig einen Schritt zurück, schüttelte den Kopf und kniff die Lippen zusammen. Lane blieb stehen, sah unsicher und hilflos aus.

Anna bemerkte, dass sie an ihren Nägeln knibbelte und ließ schnell die Hände sinken.

»Das ist doch nur Müll«, sagte Kym. »Vor keinem Gericht der Welt wird dieser Mist standhalten.«

Anna starrte weiter geradeaus und nickte energisch, als sie an den überforderten Frauen vorbei ins Haus ging.

In ihren Ohren rauschte es und die Härchen auf Annas Armen stellten sich auf. In der Küchentür hielt sie kurz inne, um einen Blick auf die Teller auf dem Tisch zu werfen. Das Essen war sicher schon kalt. Auf Tobys Hochstuhlablage stand sein kleiner Batman-Teller aus Plastik. Sein Essen hatte sie in die perfekte Größe zum Greifen geschnitten – etwas, das Anna nur getan hatte, weil sie sich daran erinnerte, wie Sally es gemacht hatte.

An Ellas Platz stand der Teller mit dem Prinzessin Jasmin-Motiv – ihre Lieblings-Disneyfigur, weil sie genauso gern Abenteuer erlebte wie Ella. Auf ihrem Teller lag keine Tomate, denn Ella hasste es, wie die sich im Mund anfühlten.

Würden die Pflegeeltern das wissen? Könnte Ella genug Vertrauen aufbringen, um zu fragen? Oder … nach diesen hysterischen Schluchzern … würde sie da einfach tun, was sie in den ersten Wochen nach dem Tod ihrer Eltern getan hatte – sich in sich selbst zurückziehen und nicht sprechen?

Toby würde so verwirrt sein, und er hatte doch gerade erst angefangen, sich wieder zu entspannen.

Anna biss sich auf die Lippe, ging auf den Tisch zu und griff wahllos nach Geschirr, stapelte volle Teller aufeinander und störte sich nicht daran, dass das Essen sich auf dem Boden verteilte. Sie warf eine Ladung ins Waschbecken, hörte es splittern, ging dann zurück zum Tisch, um sich den Rest zu holen.

Kym und Lane standen unschlüssig in der Tür und beobachteten sie. Kyms Hand lag auf Lanes Unterarm, als wollte sie sie davon abhalten, vorzutreten.

Anna sah nur kurz zu den beiden hinüber und ignorierte sie dann.

Sie warf die zweite Ladung ins Waschbecken und ließ Wasser darüber laufen, dann schüttete sie die Reste von den Tellern in den Müll. Als sie sich umdrehte, um einige Teile Geschirr auf den Tisch zu stellen, bevor sie noch mehr aus dem Waschbecken holte, fiel ihr ein buntes Buch ins Auge, das am Tischrand für die spätere Gutenachtgeschichte bereitlag.

Plötzlich überkam Anna ein unbändiger Zorn. Wütend drehte sie den Wasserhahn ab und griff nach der Kinderbibel. Sie hielt sie vor sich, ihr Blick wanderte über den Umschlag und die bunte Arche in der Mitte. Tiere schauten aus allen Bullaugen hervor, ihre Comicgesichter grinsten breit.

Annas Fingerknöchel waren weiß. Warum zitterte das Buch?

Sie wusste ganz genau, wer hinter dem Auftauchen der Sozialarbeiterin steckte. Diese Kinder waren durch die Hölle gegangen. Sie waren hindurchgejagt worden und gerade dabei, auf der anderen Seite wieder hervorzukommen. Sie erinnerte sich an die Szene im Garten ihrer Eltern … die spielenden, entspannten Kinder, die voller Matsch waren, Ellas quiekendes Lachen – es hatte sehr, sehr lange gebraucht, um dort anzukommen. Anna hatte sich den Hintern dafür aufgerissen, damit die Kinder sich in Anbetracht der Umstände so sicher und glücklich wie nur möglich fühlen konnten. Sie wollte, dass die Kleinen das Ganze halbwegs heil überstanden; Ella, die alt genug war, um sich ein Leben lang daran zu erinnern, was sie nun entbehren musste, und Toby, der in der Unsicherheit aufwachsen würde, nicht zu wissen, ob die Erinnerungen an seine Eltern nur Einbildungen waren, die er aus Geschichten über sie kannte oder ob es wirklich Bilder der Vergangenheit waren.

Anna wusste nicht, was trauriger war.

Nein, sie waren immer noch nicht die Kinder, die sie vor dem Unfall gewesen waren. Aber sie hatten Fortschritte gemacht. Quälend langsame, aber sichtbare Fortschritte.

Und nun hatte Sallys *verdammte* Mutter sie aus ihrem Zuhause gerissen.

Alles, was nach dem Tod ihrer Eltern noch so war wie früher, waren die Betten, in denen sie aufwachten, die Küche, in der sie aßen, die Badewanne mit ihren Lieblingsspielsachen darin. Und Anna. Die Kinder hatten sie. Jeden Morgen und jeden Abend hatten sie sie.

Das Buch zitterte immer noch in ihren Händen.

Anna legte es auf den Tisch und breitete ihre Finger für eine Minute auf dem Umschlag aus, sah es dabei aber kaum an.

Ella hatte gefragt, ob Anna sie nicht mehr wollte.

Sie öffnete eine beliebige Seite. Die Bilder verschwammen. Sie griff das Papier und riss es heraus, zerfetzte es, bis die kleinen Stückchen neben ihr zu Boden segelten. Als sie nichts mehr in der Hand hatte, tat sie das Gleiche mit einer weiteren Handvoll, dann mit noch einer. Papierschnipsel bedeckten den Tisch vor ihr. Sie hörte nicht auf, bis sich starke Hände um ihren Oberarm legten und sie festhielten. Annas hektische Bewegungen ließen nach.

Sie atmete schwer. Anna hatte das Gefühl, am Abhang einer Klippe zu stehen. Und jeden Moment von ihr herunterzufallen.

Sie schloss für eine Minute die Augen, machte sich bewusst, dass sie noch in der Küche war. Sie hörte ihr Herz schlagen, hörte ihr schweres Atmen. Sie fühlte Kyms Blick von der Tür aus. Sie fühlte, wie sich ihre Finger ins Holz drückten.

Lane hielt sie fest und presste sich eng an Annas Rücken.

Anna drehte sich langsam zu ihrer Freundin um.

Lanes Griff wurde sanfter.

Annas Hand klemmte zwischen ihren Körpern. Die andere klammerte sich immer noch an den Tisch hinter ihr. Sie versuchte, langsamer zu atmen, während ihre zitternden Finger sich in Lanes Shirt krallten. Anna konnte sogar durch den Stoff hindurch spüren, wie Lanes Herz raste. »Sie sind weg.«

Lane standen Tränen in den Augen. »Ich weiß, Schatz.«

»Ihre Eltern sind erst vor ein paar Monaten gestorben, und jetzt sind sie *weg*.«

Lane nicke. »Ich weiß.«

»Sallys Mutter wird versuchen, sie mir wegzunehmen.«

»Das schafft sie nicht.«

»Und wenn doch?«

»Sie schafft es *nicht*.«

Anna überkam wieder das Gefühl, als gäbe es keine Luft mehr im Raum. »Er hat mir vertraut. Jake … und Sally. Sie haben mir ihre Kinder anvertraut, und jetzt sind sie in einer Pflegefamilie.« Anna wollte nach etwas schlagen. »Eine *Pflegefamilie*, Lane.«

Lane zog Anna in ihre Arme. Die wollte sich weigern, doch als Lane ihre Arme um sie legte, gab sie sich der Umarmung hin. Ihre Hand war immer noch zwischen ihnen gefangen. Ihre Finger lösten sich endlich vom Tisch, um sich in Lanes Rücken zu krallen.

»Ich weiß, Anna.«

Sie drückte ihre Stirn an Lanes Schulter.

Lorna hatte gesagt, dass sie Montag im Büro anrufen könnte. Morgen war Sonntag. Das bedeutete, dass es höchstwahrscheinlich fast achtundvierzig Stunden dauern würde, bis Anna die Kinder sehen konnte – oder zumindest sicherstellen konnte, dass es ihnen gut ging. Wenn man sie die Kinder überhaupt sehen ließ.

Man würde ihren Fall untersuchen. Mit großer Wahrscheinlichkeit würde sie die Kinder vor der Anhörung Ende nächster Woche gar nicht zu Gesicht bekommen.

Das hier war ein Albtraum.

Anna löste sich schließlich von Lane, besah sich das Chaos in der Küche, das zerfetzte Papier auf dem Boden, die Teller im Spülbecken, auf dem Tisch, einer davon zerbrochen, weil sie sie zu heftig ins Becken geworfen hatte. Ihr Blick wanderte zu Kym, die sich an den Türrahmen lehnte und auf die Lippe biss.

»Es tut mir leid.«

»Als Simon gestorben war, habe ich jeden einzelnen Teller zerschmettert, den wir zusammen ausgesucht hatten.« Kym lächelte schmal. »Dann habe ich die nächsten zwei Tage damit verbracht, sie wieder zusammenzukleben.«

Anna ging um den Tisch und setzte sich hin. Dann stützte sie die Ellbogen auf und ließ den Kopf sinken. Sie hörte, wie Stühle zurückgezogen wurden, als Lane und Kym sich auch setzten.

»So«, Kym sprach als Erste. »Das ist alles Bullshit, und das wird wieder werden. Wir stellen das klar. Gleich morgen rufen wir deinen Anwalt an, Anna. Er wird mehr wissen. Und er hat Zugang zu den gerichtlichen Informationen, zu den Beschwerden, die dieses Miststück vorgebracht hat.«

Anna nickte.

Als ob dieser Plan sie motiviert hätte, fügte Lane hinzu: »Und dann fragen wir *ihn*, an welchen Anwalt wir uns wenden sollen.«

Anna räusperte sich. »Ja. Ich glaube, der Anwalt, den wir hatten, kümmerte sich eher um Jakes und Sallys Testament. Wir brauchen einen, der sich auch im Familienrecht auskennt.«

Wärme breitete sich auf Annas Knie aus, als Lane ihre Hand darauflegte und es tröstend massierte.

»Wir werden jemanden finden. Mein Dad hat ein paar Anwaltsfreunde.«

»Und Lane und ich können bezeugen, dass du niemals die Kinder in irgendeiner Weise vernachlässigt hast.«

Nickend drückte Lane erneut Annas Knie. »Das stimmt. Und es gibt noch so viele andere, die das auch bezeugen können. Jeder weiß, dass du nur das Beste für sie tust.«

Als sie sprach, klang Annas Stimme rau: »Ich muss Hayley anrufen.« Aber sie schaute nicht auf, bis sie Lanes Hand auf ihrem Knie zucken spürte. »Morgen ist Sonntag, also wird es wohl unmöglich sein, von jemandem eine klare Antwort zu bekommen. Sie wird zumindest ein paar Informationen haben, vielleicht kann sie mir sagen, wo ich in all dem stehe.«

»Gute Idee.« Lanes Stimme war fest.

Anna legte den Kopf wieder in ihre Hände. Hinter ihren Augen pulsierte es schmerzhaft.

»Toby braucht vor dem Schlafengehen noch ein Fläschchen Milch. Meint ihr, die wissen das?«

Die Stille zwischen ihnen war greifbar; Lane festigte ihren Griff um Annas Knie.

»Und Ella wurden heute zwei Geschichten versprochen. Sie war die Beste in einem Schreibwettbewerb an der Schule. Sie war so aufgeregt, dass sie bestimmen durfte, was es heute als Abendessen gibt.« Ihre Stimme brach bei dem letzten Wort. »Das ist nicht fair. Für sie.«

»Ist es nicht. Und für dich auch nicht.«

Anna liebte Kym dafür.

Irgendwann gingen sie ins Wohnzimmer und legten einen Film ein, um zu versuchen, sich abzulenken. Als dieser zu Ende war, machten sie einen weiteren an, und etwa nach der Hälfte waren sie alle eingeschlafen.

Anna wachte auf, als der Abspann lief, und sah nach rechts, wo Kym sich in der Ecke der riesigen Couch zu einem Ball zusammengerollt hatte. Links von ihr war Lane ziemlich weit runtergerutscht. Ihr Kinn lag auf ihrer Brust und sie schlief tief und fest.

Normalerweise hätte Ella sich nun an eine von ihnen gekuschelt oder würde irgendwie über ihnen allen liegen, tief und fest schlafend. Wahrscheinlich würde sie Anna dabei in den Bauch treten.

Anna nahm Lanes Hand vorsichtig von ihrem Oberschenkel und legte sie auf die Couch, dann biss sie die Zähne zusammen und stand auf. Sie ging nach oben und blieb unschlüssig vor Tobys Zimmer stehen. Der Anblick des leeren Bettchens mitten in der Nacht bereitete ihr Übelkeit. Sie löschte das Licht und ging zu Ellas Zimmer, das sie unordentlich hinterlassen hatte, als sie sich nach dem Duschen so beeilt hatte, alles rechtzeitig zu erledigen.

Anna ging hinein, hob das feuchte Handtuch auf und hängte es über das Ende des Bettes. Zwei Stapel Bücher lagen auf Ellas Bett. Ohne Zweifel hatte sie versucht, die guten von den schlechten Geschichten zu trennen, um besser aussuchen zu können, welche Kym ihr vorlesen sollte. Anna war sich sicher, dass all diese Bücher die dicksten in Ellas Sammlung waren.

Eine Diele knarzte. Anna verschränkte die Arme vor ihrer Brust.

Lane lehnte im Türrahmen und beobachtete sie. »Wie geht's dir?«

Anna zuckte mit den Schultern.

Lane nickte.

Anna ging auf sie zu und legte die Stirn an Lanes Schulter, dann seufzte sie, als Lane ihre Arme um sie schlang. Sie hob langsam den Kopf, drückte ihre Lippen sanft auf Lanes. Lane neigte den Kopf und erwiderte den Kuss.

Anna hob die Hände, um Lanes Gesicht zu umfassen, und vertiefte den Kuss.

Lane erwiderte auch das, hinterfragte nicht die Dringlichkeit, sondern schloss die Arme fester um Anna und drückte sie nach hinten. Sie zogen einander aus und fanden sich in Annas Zimmer wieder, wo sie aufs Bett fielen.

Anna würde heute Nacht unter keinen Umständen schlafen, und sie durfte nicht nachdenken. Denn wenn sie das tat, schwappte sofort eine Woge der Übelkeit in ihrem Bauch und das Mantra *Was, wenn ich sie nicht zurückbekomme* wiederholte sich in ihrem Kopf.

Also verlor Anna sich stattdessen in den Geräuschen und dem Geschmack und dem Gefühl von Lane.

Aus Gewohnheit wachte Anna früh auf. Als sie die Augen öffnete, erwartete sie im ersten Moment, dass Ella am Ende des Bettes auf- und abspringen und nach Frühstück verlangen würde.

Dann traf sie die Erinnerung an den vorigen Abend wie eine Tonne Pflastersteine und raubte ihr die Luft.

Anna seufzte und zog Lanes Arm fester an sich, wollte diesem Albtraum entkommen. Waren sie mit ihrer Beziehung zu selbstsüchtig gewesen? Hatte sie die falschen Prioritäten gesetzt? Hatte sie zu sehr an sich selbst gedacht, als sie an die Kinder hätte denken sollen? War sie zu sehr mit Lane beschäftigt gewesen?

Sie betrachtete Lanes vom Schlaf entspanntes Gesicht, ihre dunklen Haare auf dem weißen Kissen. Dann küsste Anna sie auf die Stirn und glitt aus dem Bett. Mit ein paar sauberen Klamotten ging sie in das Badezimmer ihres Bruders, um den Spielsachen in dem anderen Bad aus dem Weg zu gehen. Das Badezimmer war kalt und sie duschte nur kurz, bevor sie sich schnell anzog.

Ein Blick auf die Uhr verriet ihr, dass es erst sechs war. Viel zu früh, um etwas zu erreichen, außer vielleicht, Hayley anzurufen, doch dazu hatte Anna noch nicht die Energie. Sie brauchte Kaffee, und sie musste wissen, dass es den Kindern gut ging. Wie sollte sie noch bis morgen durchhalten?

Aufgewühlt tappte Anna die Treppe hinunter und fühlte sich ein wenig schuldig, weil sie Kym letzte Nacht noch nicht einmal ein Kissen oder eine Decke angeboten hatte.

Als sie unten ankam, stieg ein wundervoller Geruch in ihre Nase. Sie folgte ihm in die Küche und lächelte, als sie Kym kochen sah.

»Setz dich.« Kym reichte ihr einen Kaffee und stellte einen Teller mit Eiern und Speck vor ihr hin. »Iss.«

Anna zögerte.

Kym kniff die Augen zusammen und deutete mit dem Pfannenwender auf sie. »Versuch es gar nicht erst. Du hattest kein Abendessen. Iss.«

Anna nahm ihre Gabel und machte übertriebene Bewegungen, als sie ein Stück Rührei aufspießte, sich in den Mund schob und dramatisch kaute.

Kym setzte sich mit ihrem eigenen Teller hin.

Beim ersten Bissen merkte Anna, wie hungrig sie war; trotz der Übelkeit, die in ihrem Magen rumorte.

»Hast du geschlafen?«

Anna zuckte mit den Schultern. »So was in der Art.«

»Viel Sex, um dich abzulenken?«

Anna hielt mitten im Kauen inne.

»Du bist so durchschaubar.«

Anna trank ihren Kaffee und wärmte sich an der Tasse. »Kym«, sagte sie und starrte auf die Tasse, »ich muss die Kinder zurückbekommen.«

»Wirst du.«

»Das ist … wie konnte das passieren?«

»Menschen sind Arschlöcher.« Kym zog die Augenbrauen zusammen. »*Einige* Menschen sind Arschlöcher. Kannst du Hayley anrufen? Nicht, dass ich denke, du solltest es tun – sie ist nämlich auch ein Arschloch. Aber sie hat vielleicht mehr Ahnung.«

»Sie ist kein Arschloch. Sie hat eine Entscheidung getroffen. Eine, die ich an ihrer Stelle vielleicht auch getroffen hätte.« Sie hielt inne. »*Wahrscheinlich sogar.*«

»Ich bin deine beste Freundin. Sie hat mit dir Schluss gemacht. Da darf ich automatisch denken, dass sie ein Arsch ist.« Kym sah Anna über ihre Tasse hinweg an. »So läuft das.«

Ein kurzes Nicken war alles, was Anna hinbekam. »Okay. Ich rufe sie an, aber es ist noch früh.« Sie nahm ihre Tasse, knallte sie dann plötzlich wieder auf den Tisch. »Ich bin so wütend. Und frustriert.«

Kym blinzelte.

»Es ist ein verdammter Sonntag. Einen Anwalt ans Telefon zu bekommen ist unmöglich. Ich kann vor Montag nicht mal bei denen anrufen, um herauszufinden, ob es den Kindern gut geht. Es ist sogar zu früh, um Hayley anzurufen. Wie zur Hölle soll ich das wieder hinkriegen?« Sie sah Kym verzweifelt an.

Kyms Finger schlossen sich um Annas Arm. »Warte noch ein paar Stunden. Lane wird sofort ihren Vater anrufen, wenn sie aufgestanden ist, und dann bekommen wir den Namen eines großartigen Anwalts. Du kannst Hayley anrufen, die vielleicht auch jemanden kennt und vielleicht sogar selber ein paar hilfreiche Information beisteuern kann. Und sobald du morgen aufwachst, rufst du unermüdlich beim Jugendamt an, bis sie dir Antworten geben.« Sie drückte Annas Arm. »Ich weiß, dass es nicht viel hilft, aber es wird ihnen gut gehen. Lorna hat gesagt, es ist ein nettes älteres Paar. Den Kindern geht es gut.«

Anna nickte. Das hörte sich alles vernünftig an. Und trotzdem ging es ihr nicht besser.

Den Rest ihres Kaffees tranken sie in einvernehmlichem Schweigen.

Als sie Lane die Treppe herunterkommen hörte, setzte sich Anna aufrecht hin und lächelte ihr angespannt zu.

Lane nahm ihr Frühstück mit einem dankbaren Nicken entgegen. »Ich habe gerade mit meinem Vater geredet.«

»Es ist noch so früh.«

»Er ist ein großer Junge; das hat er verkraftet. Er wird seinen beängstigend großen Freundeskreis durchklingeln und ein paar Namen einholen.«

Anna berührte Lanes Knie unter dem Tisch. »Danke.«

»Ich tue alles, was ich kann, um zu helfen.«

Etwas vornehmer, als Anna es getan hatte, aß Lane ihr Frühstück. »Danke, Kym. Ich verhungere.«

Abwesend fummelte Anna an ihrem Fingernagel, Angst breitete sich in ihrem Magen aus. Das Schweigen am Tisch ließ ihr zu viel Platz zum Denken.

Als Lane aufgegessen hatte, klingelte ihr Handy. »Hey, Daddy.« Sie sah Anna in die Augen, bevor sie aufstand und aus dem Zimmer ging.

Kym sah Anna an. »Schritt eins. Es geht voran.«

Aufgewühlt und frustriert legte Anna die Hände um ihre Kaffeetasse.

Ein paar Minuten später kam Lane wieder herein, das Handy in der Hand.

»Alles okay?«, fragte Anna.

»Er hat mir einen Namen genannt, Scott Matthews. Anscheinend ein renommierter Anwalt für Familienrecht in Melbourne. Dad gibt mir noch seine Kontaktdaten durch.« Sie räusperte sich. »Der Anwalt ist außerdem dafür bekannt, dass er schwule und lesbische Fälle betreut.«

Kym hob ihre Tasse. »Großartig.«

»Dad war schon immer gern der rettende Superheld.« Lane schob ihr Handy zu Anna hinüber, das Display zeigte Scott Matthews' Telefonnummer und Adresse. »Er sagte, man könnte Matthews sonntags ab neun anrufen.«

Die Uhr zeigte erst acht.

Kym stand auf. »Anna, es tut mir wirklich leid, aber ich muss in einer Stunde auf der Arbeit sein.«

»Mach dir keinen Stress. Wir wissen alle, dass du jede Schicht nimmst, die du kriegen kannst. Geh und hilf traurigen Menschen. Ich werde wahrscheinlich den ganzen Tag am Telefon hängen.« Horror durchflutete sie. »O Gott, ich muss es Mum sagen. Ich muss zu ihr.«

»Schreibst du mir, wenn es was Neues gibt? Oder wenn ich etwas tun kann?«

Anna nickte.

»Das meine ich auch so, egal, um was es geht. Selbst wenn ich nur heute Abend Wein mitbringen soll.«

»Mache ich. Versprochen.«

Kym stand auf und ging zur Tür.

»Und, Kym?«

»Ja?«

»Danke.«

Sie lächelte Anna zu. »Nicht mal über unsere Leichen werden wir zulassen, dass man dir die Kinder wegnimmt, Anna.«

Als sie hörte, wie sich die Haustür schloss, sah Anna zu Lane. »Ist es okay für dich, wenn ich Hayley anrufe?«

»Sei nicht albern. Tut mir leid, falls du das Zucken in meiner Hand gestern gespürt hast. Automatische Reaktion.« Lane sah sie eindringlich an. »Ist es denn für dich okay, sie anzurufen?«

»Unter normalen Umständen wohl eher nicht. Vor Ewigkeiten hat sie angerufen, kurz nachdem wir uns getrennt hatten, um ›mal zu hören, wie es mir so geht‹. Ich habe sie gebeten, mich in Ruhe zu lassen, was sie respektiert hat. Aber im Moment ist sie die Einzige, die vielleicht ein paar Antworten weiß, und ich kann nicht den ganzen Morgen hier sitzen und warten.«

»Ich muss eigentlich auch gleich zur Arbeit. Ich hatte überlegt, ob ich mich krankmelden soll.«

»So gern ich dich auch bei mir hätte, hast du nicht gesagt, dass die Schwestern diese Woche reihenweise im Urlaub sind?«

Lane sah sie betroffen an. »Oh, ja.«

»Der Notfallkoordinator würde dich köpfen.«

»Wird er wahrscheinlich sowieso. In letzter Zeit ist er ziemlich unausstehlich.«

»Wahrscheinlich.«

Lane küsste Annas Wange, bevor sie ihre Stirn an Annas presste. »Schließ mich nicht aus, Anna.«

Das Flüstern an ihrer Haut war so leise, dass Anna es fast nicht hörte. »Was?«

Lane sah sie eindringlich an. »Ich kann es sehen. Das hast du gestern Abend gemacht, und du bist noch nicht ganz wieder da. Was okay ist, wenn es das ist, was du tun musst. Diese Situation ist einfach schmerzhaft. Aber ich bin hier, okay?«

»Ich weiß.« Sie sah Lane an. »Es tut mir leid. Das mache ich immer.«

»Ich verstehe es. Aber – sprich mit mir. Verschwinde nicht ganz.«

»Werde ich nicht.« Sie hob ihre Hand, griff sich Lanes Shirt und zog sie zu sich, um sie sanft zu küssen. Als sie sich zurückzog, sagte Anna: »Danke. Dafür, dass du so toll bist.«

»Ruf mich an, okay? Wenn du etwas brauchst. Wenn ich muss, dann kann ich mich von der Arbeit losreißen.«

»Mache ich.«

Es war offensichtlich, dass sie nicht gehen wollte. Mit einem angestrengten Lächeln versetzte Anna ihr einen kleinen Schubs. »Geh, oder wir sitzen den ganzen Tag hier und wollen nicht, dass du gehst.«

In der Tür blieb sie stehen. »Ich meine es ernst – ruf mich an. Ich komme sofort.«

»Mache ich.«

Einen Moment später ließ das Geräusch der sich schließenden Haustür Anna allein in einem stillen Haus zurück.

Es war acht Uhr morgens an einem Sonntag. Normalerweise würden sie jetzt Pläne schmieden. Ella würde fragen, ob sie ins Kino gehen könnten oder in den Zoo oder in den Park oder ins Schwimmbad. Sie wäre voller Energie, Ideen, zappelig und liebenswert. Toby würde auf Annas Schoß klettern, sein Gesicht beschmiert mit Erdnussbutter, während sie verzweifelt versuchte, ihren Kaffee zu trinken. Er würde seine klebrigen Finger an ihre Wangen drücken, sich auf ihren Schenkeln hinknien und sie angrinsen.

›Na‹, würde er sagen, vollkommen begeistert darüber, dass sie da war. Er würde ihr einen feuchten Kuss auf die Wange drücken und sie würde lachen, ihn kitzeln und ihm ein Kichern entlocken.

Dann würden sie vielleicht Trickfilme anschauen. Oder sie würden Musik auflegen, Klassiker, die ihr Bruder geliebt hatte und die Anna in den letzten Wochen ausgegraben und aufgelegt hatte.

Anna hatte vorgehabt, Ella Geschichten zu erzählen. Nicht sofort, aber bald: Geschichten über Jake und sie als Kinder, Bruder und Schwester. Geschichten darüber, dass Jake Tomaten gehasst hatte, wie Ella auch, und wie er aus praktisch allem eine Festung bauen konnte. Sie wollte Ella erzählen, dass Jasmin auch Sallys liebste Prinzessin gewesen war und dass sie Tomaten auf dieselbe Art wie Äpfel gegessen hatte.

Sie hatte auf diese Dinge hingearbeitet und Anna war so wütend darüber, dass die Kinder jetzt nicht da waren, quasselten und laut und glücklich einen ruhigen Sonntagmorgen ruinierten.

Der Kampf, in diesem Haus wieder Platz für Geborgenheit zu schaffen, war anstrengend gewesen, hatte sich aber gelohnt.

Wie sollten die beiden, besonders Ella, sich nach dieser neuen, erschütternden Erfahrung je wieder geborgen fühlen, selbst wenn es Anna gelang, sie zurückzubekommen? Die Erinnerung daran, dass jemand mitten in der Nacht kommen und sie abholen konnte, war jetzt sicher in ihren Köpfen verankert.

Wäre all das auch geschehen, wenn Cathy nicht herausgefunden hätte, dass Anna lesbisch war? Wenn sie nicht in einer Beziehung wäre, hätte Cathy dann trotzdem das Jugendamt eingeschaltet? Was genau hatte sie als Gründe für die Vernachlässigung genannt und wie hatte das solch dramatische Folgen haben können?

Die Uhr tickte laut in dem ansonsten stillen Haus. Anna musste etwas tun. Sie ging hinauf und holte ihr Handy, scrollte durch die Kontaktliste, bis sie Hayleys Namen gefunden hatte und drückte auf *Anrufen*. Hayley nach so langer Zeit auf dem Anrufbeantworter zu hören, löste kaum etwas in ihr aus. Nach dem Piep hinterließ sie eine Nachricht.

»Hayley, hier ist Anna. Es tut mir leid, dass ich anrufe. Ich brauche deine Hilfe. Oder besser gesagt, ich muss dich etwas fragen. Sie haben mir gestern Abend die Kinder weggenommen und sie in eine Pflegefamilie gesteckt. Sallys verrückte Mutter hat dem Jugendamt erzählt, ich würde sie vernachlässigen.« Die Wut ließ ihre Stimme zittern; Anna hielt kurz inne. »Ich muss nur wissen, wo ich stehe. Ich muss sie zurückbekommen. Kannst du mich anrufen, wenn du Zeit hast? Danke.«

Sie saß vollkommen verloren auf dem Bettrand.

Sie musste es ihrer Mutter sagen.

Wenn sie Anna die Kinder morgen nicht sehen ließen, würde sie Sandra auf sie loslassen. Es gab keinen Grund, warum sie nicht den

Besuch der Großmutter erlauben sollten. Anna kochte zwar immer noch vor Wut, doch sie wusste, dass Lorna das gesetzliche Prozedere einhalten musste. Und sie wusste auch, dass das System immer versuchte, zum Wohle der Kinder zu entscheiden. Selbst Eltern, denen es besser nicht erlaubt sein sollte, durften ihre Kinder unter Aufsicht besuchen. Sicher würde man Anna das zugestehen oder zumindest ihrer Mutter. Kinder brauchten ihre Familie.

Anna nickte, atmete tief ein und stand auf.

Ihr Handy vibrierte und sie las die Nachricht. Lane hatte die Kontaktdaten des Anwalts weitergeleitet und um die zwanzig X dahintergesetzt. Sie schickte ihr ein X und ein Danke zurück, ging dann hinunter, nahm ihre Tasche und die Schlüssel und stieg in den Wagen.

Sie würde zu ihrer Mutter gehen.

In der Einfahrt ihrer Eltern blieb sie noch einen Moment sitzen und hielt sich am Lenkrad fest. Sandra würde die Nachricht nicht gut aufnehmen.

Anna atmete tief ein und stieg aus, dann öffnete sie die Haustür, ohne darauf zu warten, dass jemand auf ihr Klopfen reagierte, und rief in den Flur: »Mum?«

»Anna? Hier hinten!«

In der Küche stand ihre Mutter am Spülbecken; Anna hatte sie den Rücken zugewandt.

Der Anblick der grauen Haare ihrer Mutter, die sie zu einem Knoten hochgebunden hatte, war ihr so vertraut, dass es Anna im Magen schmerzte.

Sandra sah kurz über ihre Schulter. »Hey, Liebling. Wo sind meine Enkel?«

Anna öffnete den Mund, um zu antworten, aber kein Wort kam heraus

Als sie keine Antwort erhielt, drehte Sandra sich mit nassen Händen um und griff nach einem Handtuch, um sie zu trocknen. »Liebling?« Sie sah Anna endlich richtig an. Ihre Hände hörten auf, sich zu bewegen, das Handtuch fest im Griff. Ihr Gesicht wurde kalkweiß. »Anna? Wo sind die Kinder?«

Anna sah die Panik in den Augen ihrer Mutter und zwang sich zu antworten. »Sie … es geht ihnen gut. Sie sind nicht verletzt.«

Der Gesichtsausdruck ihrer Mutter änderte sich nicht. »Was ist dann geschehen?«

Anna fuhr sich mit der Hand durch die Haare. »Cathy hat dem Jugendamt gesagt, dass ich sie vernachlässige. Sie haben die Kinder gestern Abend in eine Pflegefamilie gebracht.«

Das Handtuch fiel zu Boden.

»Und außerdem hat sie beim Gericht das Sorgerecht beantragt.«

Sandras Gesicht war nicht länger blass – ein tiefes Rot kroch über ihre Wangen. »Sie sind in einer *Pflegefamilie*? Geht es ihnen gut?« Ihre Stimme war kurz vorm Explodieren.

»Vor morgen bekomme ich keine Information, aber es geht ihnen gut. Denke ich.«

»Warum, verdammte Scheiße«, Anna hatte ihre Mutter nie dieses Wort benutzen hören, »erzählt dieses idiotische Weib denen, dass du die Kinder vernachlässigst?«

Anna hatte keine Kraft mehr. Sie setzte sich an den Tisch.

Sandra sah sie an und wartete auf eine Antwort.

»Vor ein paar Wochen ist sie aufgetaucht, als ich lange arbeiten musste und sie bei dir übernachtet haben.«

»Und?«

»Sie tauchte auf und«, Anna verzog das Gesicht, »Lane war gerade da. Cathy hat mir da schon irgendwie Vernachlässigung vorgeworfen. Sie hat angedeutet, dass ich nicht tue, was das Beste für die Kinder ist.«

»Das ist kein Grund für das hier.«

Anna zuckte mit den Schultern. »Sie ist wohl Freitagabend aufgetaucht, als die Kinder wieder hier waren. Sie hat eine Kinderbibel dagelassen.«

Ihre Mutter hob die Brauen, blieb aber still.

»Niemand war an dem Abend zu Hause. Wer weiß, was sie ihnen erzählt hat, Mum.«

Sandra ging steif zum Tisch hinüber und setzte sich Anna gegenüber. »Ich verstehe immer noch nicht, wie das dazu führen kann, dass man sie mitnimmt.«

»Ich auch nicht, wenn ich ehrlich bin. Sie hat wohl angedeutet, dass ich«, Anna wurde rot, »wechselnde Sexualpartner habe. Das System arbeitet schnell, und sie müssen allem nachgehen, was unter Misshandlung fallen könnte.«

»Das ist einfach nur lächerlich. Meine armen Kleinen.«

Anna zupfte an ihren Fingern und schüttelte den Kopf. »Gott, Mum. Sie mussten sie mir beide aus den Armen reißen.«

Sandra wurde bleich. »Also, was passiert jetzt?«

»Lane hat den Namen eines Anwalts in Erfahrung gebracht, der ein großartiger Familienrechtler sein soll. Ich kann ihn um neun anrufen.«

»Ich kann nicht glauben, dass diese Frau das Sorgerecht beantragt hat. Und ihnen damit so sehr schadet.«

»Ich weiß.« Anna biss sich auf die Lippe. »In dieser Woche wird es eine Anhörung zum vorübergehenden Sorgerecht geben. Anscheinend, um die Anschuldigungen gegen mich zu prüfen und um zu entscheiden, wo die Kinder hinkommen. Also, bis zur Verhandlung über das permanente Sorgerecht, die auch noch ansteht, weil sie das ebenfalls beantragt hat.«

Mit rotem Gesicht und funkelnden Augen sah Sandra aus, als würde sie gleich in die Luft gehen. »Diese Frau ist …«, sie suchte nach dem richtigen Wort, »… ein Miststück.«

»Ist sie.«

»Du wirkst so ruhig.«

»Bin ich nicht. Ich … bin ich nicht. Ich hab das Buch zerrissen, das sie vor die Tür gelegt hat.«

»Gut. Blöde Kuh.«

Sie schwiegen einen Moment.

»Mum. Das ist … ich kann absolut nichts tun. Ich will sie zurückholen.«

»Ich weiß.« Sandra sah auf die Uhr an der Wand. »Es ist nach neun. Ruf den Anwalt an.«

Gehorsam nahm Anna ihr Handy und wählte die Nummer.

»Es ist besetzt.«

Ihre Mutter sah aus, als würde sie gleich mit etwas werfen. »Um Himmels willen«, murmelte sie und stand auf. »Tee?« Sie musste offensichtlich irgendetwas tun.

Obwohl Anna den Kopf schüttelte, begann Sandra, zwei Tassen herauszuholen und den Wasserkocher anzuwerfen.

Diesmal, als Anna auf Wahlwiederholung drückte, klingelte es.

»Scott Matthews.«

»Ähm … Hi. Mein Name ist Anna Foster, ich …«

»Ja, Doktor Foster? Ich habe gerade mit Hayley Sears gesprochen. Sie hat mir ein bisschen was über Ihre Situation gesagt.«

Anna blieb der Mund offen stehen. »Ähm.«

»Wir sind zusammen zur Uni gegangen. Ich habe die meisten Informationen, Namen der Kinder und so weiter. Ich brauche nur heute Morgen Zeit, um Informationen zu beschaffen. Ein Teil des Jugendamts ist heute besetzt. Es ist immer jemand im Büro. Um diese Dinge muss sich leider rund um die Uhr jemand kümmern. Ich kenne den Mann, der die Sonntagsschicht hat, persönlich. Ich werde so viele Information über die Vorwürfe zusammentragen wie möglich. Dann rufe ich Sie an, und sie kommen heute Nachmittag in mein Büro, damit wir durchgehen können, was ich habe und was ich von Ihnen noch brauche. Klingt das akzeptabel?«

Anna blinzelte und wusste nicht, was sie sagen sollte. Dieser Kerl war großartig. »Ja, ja, das klingt gut.«

»Ich weiß, dass Sie viele Fragen haben, aber wenn wir uns das bis heute Nachmittag aufheben könnten, dann können wir alles zusammen klären.«

»Ähm … okay.«

»Gut. Ich rufe Sie an, wahrscheinlich gegen zwölf. Ich habe Ihre Nummer.«

»Danke. Warten Sie, Mr Matthews?«

»Nennen Sie mich Scott.«

Anna sah zerstreut auf die Tasse Tee, die ihre Mutter gerade vor sie hingestellt hatte. »Wenn Sie dort anrufen, können Sie bitte versuchen, herauszufinden, wie es den Kindern geht? Ich will nur wissen, ob alles in Ordnung ist.«

»Natürlich. Bis nachher.«

Und weg war er.

Anna konnte nur auf das Handy starren.

»Und!?«

Anna sah hoch; Sandra starrte sie gespannt an. »Ähm. Hayley hat ihn schon angerufen. Sie sind zusammen zur Uni gegangen.«

»Du hast Hayley angerufen?«

»Heute Morgen. Ich habe nur eine Nachricht hinterlassen. Ich wollte ihr ein paar Fragen stellen.«

»Sie ist schnell.«

Wenn es eines gab, das Hayley war, dann effizient. »Also, er ruft beim Jugendamt an, eine Abteilung, die immer besetzt ist, zu der Normalsterbliche wie wir allerdings keinen Zugang haben. Er holt sich alle Informationen, die er braucht, dann ruft er mich an und ich soll heute Nachmittag in sein Büro kommen, meine Fragen stellen und ihm meine Sicht schildern.«

»Und er findet heraus, wie es den Kindern geht?«

»Ja.«

Ihre Mutter knallte die Tasse auf den Tisch, genau wie Anna es vor gerade mal einer Stunde getan hatte. »Das ist absurd. Das sind meine Enkelkinder, und deine Nichte und dein Neffe. Es sollte uns erlaubt sein, sie gleich jetzt zu holen.« Als Anna nicht antwortete, sah Sandra sie durchdringend an. »Anna. Woran denkst du?«

In Gedanken versunken, betrachtete Anna einen Fleck an der Wand. »An nichts.«

Ihre Mutter beobachtete sie, fragte aber nicht weiter nach.

Als Annas Handy erneut klingelte, ging sie ran, sobald sie sah, wer es war. »Hayley?«

»Anna. Hey. Es tut mir so leid. Als ich deine Nachricht abgehört hatte, habe ich meinen Freund in Melbourne angerufen, er ist Anwalt für Familienrecht.«

»Ich weiß, er wurde mir auch empfohlen. Ich habe ihn angerufen und er war schon an meinem Fall dran. Danke dafür.«

»Er ist super. Er leistet Großartiges für das Familienrecht in Australien. Gott weiß, wir brauchen das. Ich weiß, dass alles auf Vernachlässigung aufbaut, aber soweit ich Sallys Mutter richtig in Erinnerung habe, wird es wohl nicht nur dabei bleiben.«

»Da könntest du recht haben.«

»Wie geht es dir?«

Anna schluckte und atmete langsam aus. »Geht so. Ich mache mir Sorgen um die Kinder und darum, was das mit ihnen machen wird. Was, wenn ich sie nicht zurückbekomme?«

»Es gibt viele Horrorgeschichten über das Pflegesystem, aber ich bin mir sicher, dass es ihnen gut geht. Die meisten Leute übernehmen so was, weil sie sich was aus den Kindern machen. Was den Rest angeht – du musst Fragen haben. Schieß los.«

Zwanzig Minuten später legte Anna das Handy auf den Tisch.

Ihre Mutter stand wieder am Spülbecken und säuberte das restliche Geschirr. »Was hat sie gesagt?«

Anna atmete tief ein. »Nun ja. Wenn bei der ersten Anhörung alles gut geht, werden die Kinder wohl wieder mir zugesprochen, zumindest bis zur offiziellen Anhörung für das permanente Sorgerecht.«

Ihre Mutter wurde etwas blasser. »Gut. Und wenn nicht?«

»Wirst du ihr Vormund oder Cathy oder sie gehen zurück in die Pflegefamilie. Und ich werde für die Sorgerechtsanhörung gar nicht erst in Betracht gezogen, denn ich werde damit beschäftigt sein, vor Gericht gegen eine Anklage wegen Vernachlässigung zu kämpfen.”

Ihre Mutter konnte unmöglich noch viel blasser werden. »Aber die Wahrscheinlichkeit, dass das passiert, ist doch gering, oder? Du hast sie nicht vernachlässigt!«

Anna wusste nicht, was sie dazu sagen sollte. Sie war völlig am Ende. »Hayley meint, die Gefahr ist gering bis nicht existent. Eigentlich denkt sie, dass der Richter das alles schon vorher abschmettern wird, denn es sieht so aus, als gäbe es nichts, was auch nur im Entferntesten auf Vernachlässigung hindeutet. Sie versteht auch nicht wirklich, wie es dazu kommen konnte, dass die Kinder abgeholt wurden.«

»Also traumatisiert Cathy dich und die Kinder für gar nichts.« Ihre Mutter sah sie durchdringend an.

Anna schüttelte langsam den Kopf; sie wusste auch nicht, was Cathy warum tat.

»Aber wir werden nicht viel mehr erfahren, bis du mit dem Anwalt gesprochen hast?«

»Genau.«

»Oder bis zur Anhörung?«

Als Anna nur nickte, ließ Sandra sich schwer auf einen Stuhl fallen.

»Ich frage ihn nach Besuchszeiten, vielleicht können wir die Kinder morgen sehen; wenn nicht ich, dann wenigstens du.«

Ihre Mutter starrte auf den Tisch.

Anna war übel. »Gott, Mum. Toby wird so verwirrt sein.«

Mit Tränen in den Augen schüttelte Sandra den Kopf. »Anna, nicht.«

Fast hätte Anna erzählt, dass Ella sie angesehen und gefragt hatte, ob Anna sie nicht mehr wollte. Aber was hätte das gebracht, außer ihrer Mutter noch mehr Schmerz zuzufügen.

Sie blieb, niemand sprach viel, ihr Vater war irgendwo unterwegs. Irgendwann rief Scott endlich an und bestellte Anna zu sich.

Anna glitt gedankenverloren durch den Verkehr.

Es war wirklich unglaublich: Vor ein paar Monaten noch hatte sie gedacht, dass sie die schlechteste Wahl bezüglich der Vormundschaft für die Kinder war, hatte gewollt, dass ihre Eltern das übernehmen, irgendjemand, nur nicht sie. Sie hatte nicht geglaubt, dass sie dafür gemacht war; sie war zu selbstsüchtig, zu glücklich mit ihrer Freiheit und Kinderlosigkeit. Anna hatte ihren Bruder und ihre Schwägerin für irre gehalten, weil sie ihr zwei kleine Kinder überließen.

Und jetzt? Jetzt konnte Anna sich ein Leben ohne die Kinder gar nicht mehr vorstellen. Die drei hatten Monate damit verbracht, zu lernen, eine Einheit zu bilden. Anna wäre es immer noch lieber, wenn Jake und Sally am Leben wären, aber das waren sie nicht, und das hier war ihr Leben. Und sie wollte auf keinen Fall, dass sich etwas änderte. Die Kinder waren ihr zu wichtig.

Als sie die Kanzlei betrat, begrüßte sie ein gepflegt aussehender Mann in einem gut geschnittenen grauen Anzug, mit stylischem Haarschnitt. Mit seinem Lächeln und der charmanten Präsenz sah er aus, als würde er in einer Anwaltsserie mitspielen.

Er streckte ihr seine Hand entgegen. »Doktor Foster? Scott. Normalerweise würde meine Sekretärin Sie begrüßen, aber heute ist Sonntag, also bin nur ich hier.«

Anna schüttelte seine Hand. »Bitte nennen Sie mich Anna.«

Er legte die Hände aneinander. »Wunderbar. Folgen Sie mir.«

Das gut beleuchtete Büro war mit Bücherregalen an einer langen Wand ausgestattet und hinter dem Schreibtisch hing das geschmackvolle Bild einer Meereslandschaft. Anna setzte sich vor den dunklen Mahagonitisch, Scott nahm ihr gegenüber in einem bequemen Ledersessel Platz. Der ganze Raum roch nach Nadelwald.

»Also, auf diesen Teil lasse ich Sie nicht warten: Ich habe mit Ben vom Jugendamt gesprochen, und er hat heute Morgen die Pflegefamilie kontaktiert; reine Routine, wenn man bedenkt, dass die Kinder erst gestern Abend angekommen sind.«

Anna hing an jedem seiner Worte.

»Mir wurde versichert, dass es den Kindern gut geht.«

Anna sank erleichtert in den Sessel zurück.

»Ella war ziemlich still, hat offenbar nicht viel geredet. Sie hat nur in ihrem Essen rumgepickt.«

Anna nickte nachdenklich. »Wir haben es nach dem Tod ihrer Eltern gerade erst wieder geschafft, sie zum normalen Essen zu bewegen.«

»Ein weiterer Grund, warum mich diese Situation nicht gerade begeistert. Toby benimmt sich gut. Er ist in der Nacht mehrmals aufgewacht, aber es geht ihm gut. Verwirrt natürlich.«

»Gut.« Anna wusste nicht, was sie sagen sollte. »Ich will sie sehen, Scott.«

»Ich weiß. Rufen Sie morgen früh beim Amt an, sprechen Sie mit ihrem Sachbearbeiter. Schauen Sie, was passiert. Rufen Sie mich an, wenn Sie nicht damit einverstanden sind, was man Ihnen anbietet.«

»Okay.«

Scott richtete sich auf. »Also. Lassen Sie uns alles besprechen.«

Anna saß eine Stunde in seinem Büro. Scott wollte, dass sie ihm alles erzählte: Wie sie zu den Kindern gekommen war, wie es ihnen seitdem ergangen war, ihr Arbeitsverhältnis, ob Toby fremdbetreut wurde – etwas, das keinerlei Auswirkung auf die Vernachlässigungsvorwürfe hatte, wie Scott ihr versicherte. »Die Hälfte aller Familien in Australien würden ihre Kinder vernachlässigen, wenn es danach ginge.«

Als Scott sie weiter über den Sachverhalt aufklärte, erfuhr sie, dass Cathy vor Wochen beim Jugendamt angerufen und Lorna gegenüber ihre Befürchtungen geäußert hatte, dass Anna sich nicht richtig um die Kinder kümmerte. Sie glaubte, dass Anna sie vernachlässigte, weil sie kaum mit ihnen zu Hause war.

Das, dachte Anna, würde die vermehrten Besuche von Lorna erklären.

»Ich gehe davon aus, dass Cathy nicht damit zufrieden war, was Lorna ihr nach den Besuchen berichtet hat und sich dann an eine höhere Instanz gewandt hat. Es gibt auch Aufzeichnungen über eine anonyme Beschwerde.«

»Das wird wohl auch Cathy gewesen sein.«

Scott hob die Hände. »Wahrscheinlich. Aber sie behandeln es wie eine weitere Beschwerde. Am Freitag rief Cathy wieder an und hat eine ernste Beschwerde eingereicht. Sie sagte, dass die ganze Nacht über niemand zu Hause gewesen sei …«

»Sie hat mein Haus beobachtet?«

Scott setzte sich energisch auf und stützte sich auf seinen Tisch. »Sieht so aus. Sie sagte, weil sie sich Sorgen gemacht hat, ist sie zum Krankenhaus gegangen, wo sie Sie mit ›so einer Frau‹ gesehen hat, und danach seien Sie nicht nach Hause gefahren.«

Die Haare auf Annas Armen stellten sich auf. »Das ist unheimlich.«

»Das ist es, ja. Sie behauptet, dass mindestens zwei Frauen mehrfach zu Besuch gewesen wären und zu seltsamen Stunden das Haus wieder verlassen hätten. Die Beschwerden gehen noch weiter, beschränken sich aber generell auf solche Dinge.«

Je mehr er redete, desto wütender wurde Anna.

Cathy hatte sie beobachtet.

Cathy hatte behauptet, dass Anna mehr arbeitete, als dass sie die Kinder sah. Dass sie zu unangemessenen Zeiten arbeitete – und daher die Kinder bei ihren Großeltern ›abladen‹ würde. Dass sie verschiedene Frauen zu Besuch hätte und die Kinder ignorierte. Sie behauptete, dass Anna unangebrachten sexuellen Aktivitäten nachginge.

Scott hatte alles gesagt und wollte nun Annas Seite hören.

»Lane ist meine Freundin – trotzdem verbringe ich die meiste Zeit mit den Kindern. Ich war am Freitagabend nur mit ihr unterwegs, weil Ella darum gebeten hatte, bei ihren Großeltern übernachten zu dürfen. Bis dahin hatte Lane nur einmal bei uns übernachtet und das war, als die Kinder ebenso bei ihren Großeltern waren.«

Scott nickte und schrieb etwas in sein Notizbuch.

»Kym ist eine gute Freundin und die Kinder lieben sie. Sie isst oft mit uns und hat zweimal auf die Kinder aufgepasst. Letztes Jahr hat sie ihren Mann verloren und ich würde sagen, wir haben uns gegenseitig so was wie Halt gegeben.«

»Und übernachtet sie bei Ihnen?«

»Manchmal, ja. Sie schläft auf der Couch. Ich schätze, dass sie nicht gerade gern bei sich zu Hause ist.« Anna wollte nicht zu viel über Kyms Privatleben erzählen. »Die Kinder lieben sie – Ella bittet sie immer, bei uns zu übernachten.«

Scott überflog noch einmal, was er sich notiert hatte. »Und das eine Mal, als Cathy aufgetaucht ist und die Kinder am Morgen nicht da waren?«

»Es war das einzige Mal, dass mein Job dazwischenkam – es gab einen Notfall, also sind die Kinder bei meinen Eltern geblieben. Ich …«

»Anna.« Scott sah sie mitfühlend an. »Das reicht als Antwort. Allen Eltern kommt manchmal der Job dazwischen. Ich bin erstaunt, dass es nur dieses eine Mal geschehen ist. Sehen Sie mich an; es ist Sonntag.« Er zwinkerte ihr zu.

Anna lächelte.

»Für mich«, sagte Scott, »klingt das, als wollte jemand für Ärger sorgen. Es sieht so aus, als wären ihre Behauptungen übertrieben und falsch, selbst wenn sie sie für wahr hält. Nichts spricht für Vernachlässigung, und, Anna, ich gehe ganz klar davon aus, dass wir nichts zu befürchten haben.«

Anna stieß den Atem aus, von dem sie gar nicht gewusst hatte, dass sie ihn angehalten hatte. »Sind Sie sicher?«

»Ich kann nichts garantieren. Aber das alles hört sich nach einer Frau an, deren religiöse Überzeugungen und persönliche Abneigung gegen Entscheidungen, die Sie als Vormund treffen können – wie zum Beispiel Kindesbetreuung – sie dazu gebracht haben, einige extreme und falsche Anschuldigungen zu erheben. Alle Eltern geben ihre Kinder gelegentlich zu den Großeltern. Sie haben die Kinder nie allein gelassen, sie nie geschlagen oder sie verbal misshandelt. Die beiden haben zu essen, gehen zur Schule, sind gut angezogen – ich denke nicht, dass sie ihre Beschuldigungen aufrechterhalten kann. Es wundert mich eher, dass es so weit kommen konnte.«

»Die Sachbearbeiterin war auch ziemlich freundlich.«

Scotts Brauen zogen sich zusammen. »Da wundert mich noch was: Es ist ungewöhnlich, den Fallbetreuer zu wechseln, und noch dazu den alten Fallbetreuer dann wieder einzusetzen, auch wenn Lorna anscheinend im Urlaub war. Ich frage mich, ob es eine Verwechslung gab oder …«, er hielt inne, »… so was. So wie ich das sehe, stehen die Dinge günstig für Sie.«

Erleichtert nickte Anna, obwohl sie sich immer noch sorgte.

»Was die ›Sexualpartner‹ angeht … Sie dürfen ausgehen. Niemand sagt, dass sie eine alte Jungfer werden müssen. Wir brauchen diese …«, er sah auf seine Notizen, »diese Kym, um zu versichern, dass sie keine Beziehung haben – zumindest keine sexuelle.«

»Das wird kein Problem sein.«

»Und Lane wird wahrscheinlich zu Ihrer Beziehung aussagen müssen. Von Ihnen benötige ich eine Liste mit Leuten, die etwas über Ihren Charakter berichten können. Einige werden etwas Schriftliches abgeben müssen und andere werde ich bitten, auszusagen – Leute, wie Tobys Erzieherin, Ihren Vorgesetzten, Ihre Mutter, Ellas Lehrer. Wir werden Lane und Kym hier nicht dazuzählen, da sie schon involviert sind. Aber jede weitere Person ist in Ordnung.«

Sie gingen die Namen und Telefonnummern durch. Als Anna aufstand, um zu gehen, fiel ihr Blick auf das Foto auf Scotts Schreibtisch. Es zeigte eine lächelnde Frau, die ihre Arme um zwei kleine Jungen geschlungen hatte.

»Danke, Scott. Sie haben eine wunderbare Familie.«

Er lächelte das Foto an. »Habe ich. Und ich glaube, dass jeder das Recht haben sollte, zu erleben, was ich auch habe.«

Anna nickte ihm zu. Als sie sich zum Gehen wandte, rief er sie zurück. »Anna! Darf ich Sie etwas fragen?«

Er grinste und sie konnte den jungen Mann erkennen, der wahrscheinlich viele wilde Partys mit ihrer Ex an der Uni gefeiert hatte. »Wie zum Teufel haben Sie es geschafft, Hayley für drei Jahr festzusetzen?«

Anna musste fast lachen. »Wir dachten, dass wir die gleichen Dinge wollten.«

»Und nun?«

»Nun will ich nur noch die Kinder zurück.«

Er nickte. »Wir bleiben in Kontakt. Rufen Sie mich morgen an, wenn es Probleme mit Lorna gibt. Leider haben die ihre eigenen Richtlinien, gegen die wir Anwälte nicht viel tun können.«

Anna nickte, dankte ihm noch einmal und ging.

Sie fühlte sich nicht, als wäre sie einen Schritt näher daran, die Kinder wiederzubekommen.

Das alles war wie ein Albtraum.

Anna saß im Wagen und starrte aus dem Fenster.

Es *sah so aus*, als würde zu ihren Gunsten entschieden, aber Scott hatte gesagt, dass es dafür keine Garantie geben konnte. Und als sie gefragt hatte, wie die Anhörung zur permanenten Vormundschaft ausgehen würde, wenn Anna die Kinder in dieser Woche zurückbekommen würde, hatte er gesagt, dass sie es Schritt für Schritt angehen müssten. Dass das Gericht normalerweise den von den Eltern bestimmten Vormund als permanenten Betreuer bestimmte – sofern sie die Kinder zurückbekommen würde. Aber er hatte auch gesagt, dass sie sich erst einmal auf die Verhandlung zur vorläufigen Vormundschaft und auf die Vernachlässigungsvorwürfe konzentrieren sollten.

Anna konnte nicht anders, als sich zu fragen, wie diese Verhandlung ausgehen würde, wenn solche Vorwürfe im Raum standen. Sie fühlte sich krank. Ihr war schwindlig und ihr Kopf schmerzte.

Hatte sie, wenn auch nur gering, die Kinder wegen Lane vernachlässigt? Anna war sich nichts dergleichen bewusst. Lane hatte Annas Leben während dieser unglaublich anstrengenden Zeit so viel positiver gemacht, und sie wusste wirklich nicht, wie sie all das hätte aufhalten sollen. Hätte sie Lane abweisen sollen?

Sie umkrallte das Lenkrad. Im Rückspiegel fielen Anna die Kratzer an ihrem Hals auf, die Toby dort hinterlassen hatte, als Lorna ihn von ihr weggezogen hatte. Sie waren nicht tief, sehr schmal, aber lang; er hatte nicht losgelassen, bis er dazu gezwungen worden war. Was, wenn sie sie nicht zurückbekam, egal, was Scott sagte? Oder was, wenn sie das vorläufige Sorgerecht bekam und der Richter sich in der folgenden Anhörung dann doch für Cathy entschied? Cathy, die ein stabiles Leben hatte, die keine Lesbe in einer neuen Beziehung war. Den Teil mit der Lesbe konnte man auch streichen: Cathy, die ein gesetztes Leben hatte, verheiratet war; Cathy, die nicht Vollzeit arbeitete. Es war Anna nie in den Sinn gekommen, dass ihre Sexualität sich auf die Vormundschaft auswirken könnte. Selbst nachdem Scott und Hayley ihr versichert hatten, dass dem nicht so war, machten sich Zweifel in ihr breit.

Ihr Kopf schmerzte von den ganzen Fragen. Anna fuhr die Straßen wie auf Autopilot entlang. Nachdem sie vor dem Krankenhaus geparkt hatte, blieb sie sitzen und starrte aus dem Fenster.

Jake und Sally würden nicht wollen, dass die Kinder in einer Pflegefamilie aufwuchsen – oder bei Cathy. Sie wollten ja nicht einmal, dass Annas Eltern diese Position übernahmen. Und wenn man bedachte, wie ihr Vater sich seit Jakes Tod benahm, konnte sie die Entscheidung jetzt noch viel besser nachvollziehen als zu Beginn.

Ohne nachzudenken, zog Anna ihr Handy hervor und schickte Kym eine SMS:

Ich brauche heute Abend einen Wein, bitte.

Sie stieg aus dem Wagen und ging zu ihrem Büro. Dabei vermied sie Augenkontakt mit jedem, der sie kannte. Sie schloss die Tür hinter sich, stand mitten im Raum und sah sich um. Anna stärkte sich für etwas, auf das sie den ganzen Tag zugesteuert war.

An ihrer Wand hing eine Zeichnung mit Fingerfarben, die Toby in der Krippe gemalt hatte, gleich neben einem Bild von Ella. Tobys Bild war ganz in Rot, seiner momentanen Lieblingsfarbe. Ella hatte ein getupftes Bild von ihrem Pandabären gemalt. Der Baum auf dem Bild hatte pinke Blätter. Anna hatte noch Ellas verblüffend einfache Erklärung für die ungewöhnliche Farbe im Ohr: »Warum nicht, Tante Na?«

Anna wartete und beobachtete die Tür.

Es dauerte nicht lange und Lane kam mit einem betroffenen Gesichtsausdruck ins Büro.

Anna richtete sich auf. Sie wollte lächeln. Lane sah so vertraut aus, so besorgt um sie, als sie die Tür hinter sich schloss. Obwohl

Anna sie begrüßen wollte, zwang sie sich, einen Schritt rückwärts zu machen.

Lane hielt inne, als sie die Bewegung sah und zog die Brauen zusammen.

»Anna? Was ist passiert? Warst du bei diesem Anwalt?«

Anna verschränkte die Arme vor ihrer Brust. Sie räusperte sich. »War ich. Er ist sehr zuversichtlich, dass ich sie zurückbekomme.«

Lane sah erleichtert aus. »Gott sei Dank. Hast du Neuigkeiten von den Kindern?«

»Habe ich. Es geht ihnen anscheinend gut. Ich weiß aber immer noch nicht, ob ich sie morgen sehen darf.«

»Hoffentlich klappt es. Du wirst dich so viel besser fühlen, wenn du sie mit eigenen Augen gesehen hast.«

Anna konnte Lane nicht in die Augen blicken. Ihr Magen drehte sich. Anna wollte nicht tun, was sie gleich tun würde. Ihre Finger verkrampften sich, die Nägel gruben sich in die Handflächen.

Lane sah sie eine Sekunde lang an. »Anna? Was ist los?«

Anna musste es sagen, aber es fiel ihr so schwer. Sie schluckte und sah Lane endlich in die Augen, presste die Zähne aufeinander und versuchte sich zusammenzureißen.

Lanes Augen verdunkelten sich und sie schüttelte mit geröteten Wangen den Kopf. »Anna.« Ihre Stimme war leise. »Nein.«

»Lane …«

»Nein. Tu das nicht.«

»Lane. Es tut mir leid.« Anna schluckte schwer. »Ich muss sie zurückbekommen.«

»Das wirst du. Das wirst du!« Lane blickte sie fast wild an. »Anna, du hast gesagt, der Anwalt glaubt, dass alles gut wird.«

»Tut er auch.« Sie fuhr sich mit der Zunge über die Lippen, die plötzlich ganz trocken waren. »Aber was ist danach? Die andere Anhörung? Ich … was, wenn ich sie zurückbekomme?«

»Dann ist das etwas Gutes.«

»Aber dann, die andere Anhörung. Vorausgesetzt sie werden mir zugesprochen.«

»Was?«

Es gab keine Worte, um das zu erklären. Sie konnte es sich selbst kaum erklären. »Ich glaube, das ging zu schnell für die Kinder. Für mich und die Kinder. Ich muss mich konzentrieren, auf sie.«

Mit offenem Mund, als könnte sie nicht glauben, was sie hörte, schüttelte Lane erneut den Kopf.

»Lane … Ich denke …«

»Du kannst es nicht mal sagen«, donnerte Lane.

Anna atmete tief ein und schloss die Augen. Bevor ihr wieder die Kraft fehlte, machte sie es schnell: »Ich denke, wir sollten uns nicht mehr sehen.«

Als Anna die Augen öffnete, wünschte sie, sie hätte es nicht getan.

Lane hatte die Lippen geschürzt und Tränen rannen ihr über die Wangen. »Anna …«

»Lane … du, du bist so wunderbar. Aber ich … mit den Kindern, ich bin so verwirrt …«

Lane schüttelte den Kopf. »Nein. Nein. Tu das nicht, Anna. Sag mir nicht, wie toll ich bin, nachdem du es beendet hast.«

»Die Kinder.«

Lanc schloss den Mund.

Sie fühlten sich beide verloren.

Annas Handy vibrierte auf dem Schreibtisch und sie beide schauten in die Richtung. Anna griff danach. Kym.

Roten oder Weißen? Verdammt, ich bringe beide mit. Bis um sechs.

Anna presste die Zähne aufeinander und sah zurück zu Lane.

»Meinst du das ernst, Anna?«

»Tue ich.« Sie schluckte schwer. »Ich muss sie zurückbekommen. Ich muss mich darauf konzentrieren.«

Lane wischte sich wütend die Tränen von den Wangen und nickte. »Dann musst du hier rausgehen, denn ich kann es nicht.«

Die Aufforderung war fast zu viel. Einerseits verspürte Anna den Drang, die Lücke zwischen ihnen zu schließen und Lane zu küssen, andererseits wusste sie, dass es das Beste war, zu gehen. Mit bloßer Entschlossenheit griff sie ihr Handy, schob es zurück in ihre Jacke und warf sich die Tasche um. Dann machte sie ein paar Schritte.

Als sie neben Lane stand und ihre Schultern sich berührten, blieb Anna stehen. Lanes Geruch umfing sie. Anna schloss kurz die Augen, wollte Lanes Nähe noch einmal aufsaugen. Sie drehte den Kopf, um Lane von der Seite anzusehen.

»Lane.« Ihre Stimme war ein Flüstern.

Lane wandte ihr den Kopf zu.

Als Anna Lanes verletzten Gesichtsausdruck sah, schaffte sie es fast nicht, zu gehen. Annas Stimme brach. »Es tut mir so, so leid.«

Die Tränen auf Lanes Wangen straften ihr flüchtiges Nicken Lügen.

Anna wandte den Blick ab. Ihr Finger streifte ganz leicht Lanes Handrücken, bevor sie einen Schritt vorwärts machte, die Tür aufzog und hinaustrat. Sie atmete langsam aus, als sich die Tür hinter ihr schloss.

Das Schluchzen, das sie auf der anderen Seite der Tür hörte, brach ihr fast das Herz.

Ihre Finger zitterten und sie gab es auf, ihre Jacke schließen zu wollen.

Erst als sie ihren Wagen erreicht hatte, brach ihr eigener Schluchzer aus ihrer Kehle hervor. Auf dem leeren Parkplatz, mit der Hand an der Tür, sank sie langsam auf die Knie und ließ die Stirn gegen das kühle Metall fallen.

KAPITEL 6

»Okay. Wiederholen wir das, Anna: Beim Anwalt lief es so gut, wie es eben ging; du weißt immer noch nichts Genaues, aber er ist optimistisch.« Als Anna nickte, fuhr Kym fort, lehnte sich auf dem Sofa zurück und legte die Füße auf den Tisch. »Den Kindern geht es gut, das haben wir heute rausgefunden. Morgen wirst du wissen, ob du sie sehen kannst, aber für den Moment geht es ihnen gut.«

Anna nickte erneut und starrte auf die leere Weinflasche neben Kyms Füßen.

»Hayley war nett am Telefon und hat dich nicht gestresst.«

Ein weiteres Nicken.

»Und wir haben eine Flasche Wein getrunken.«

Anna nickte ein weiteres Mal und nahm noch einen Schluck Wein.

»Okay. Also, was zum Geier?«

Anna war so überrascht, dass sie aus ihrer Starre erwachte und Kym anblinzelte. »Was?«

»Genau – was? Die Dinge sind Scheiße, wirklich, wirklich Scheiße, und sie haben die Kinder mitgenommen. Das streite ich ganz und gar nicht ab. Aber warum siehst du zehnmal schlimmer aus als heute Morgen? Nicht, dass es nicht okay wäre, du kannst alles rauslassen. Aber ich dachte, dein Akt mit dem Buch gestern wär's gewesen.«

»War es auch.«

»Okay. Also dann? Warum die roten Augen, als du die Tür aufgemacht hast? Warum musste ich dich fast zum Reden zwingen? Warum krallst du dich an deinem Weinglas fest? Und warum riechst du nach Zigaretten?« Kym setzte sich aufrecht hin. »Und *wo* ist Lane? Sie hat mich den ganzen Morgen gefragt, ob es wohl okay wäre, dir zu schreiben, und ob ich denke, dass es dir gut geht, und ob sie vielleicht lügen und sagen könnte, sie hätte Ebola, um von der Arbeit wegzukommen. Also … was ist passiert?«

Anna schluckte und sprach es endlich aus: »Ich … ich, also, ich habe mit Lane Schluss gemacht.«

Kyms Mund klappte leicht auf und sie starrte Anna an. Ihr Mund schloss und öffnete sich erneut. Schließlich fragte sie: »Du hast was?«

Anna wollte es nicht wiederholen. Tränen traten ihr in die Augen und sie wollte wirklich nicht noch einmal zusammenbrechen. Sie blickte wieder zur Weinflasche.

»Okay.« Das Wort klang lang gezogen, als wüsste Kym nicht, was sie mit dieser Information anfangen sollte. »Okay.« Sie näherte sich der nächsten Frage wie einem wilden Bären. »Darf ich fragen, warum?«

Das Weinglas zitterte in Annas Hand und sie versuchte, Kyms großen, mitfühlenden Augen auszuweichen. Sie hörte das Rascheln, als Kym sich vorbeugte, dann spürte sie eine Hand auf ihrem Unterarm.

»Ich muss die Kinder zurückbekommen.« Anna atmete langsam und zittrig aus, dann sah sie endlich zu Kym.

Die beobachtete sie nur.

»Das muss ich wirklich, Kym. Das muss ich.« Ihre Stimme klang rau. »Und Lane ist einfach … *fuck*!« Eine Träne lief Annas Wange hinab, und sie wischte sie mit einer entschlossenen Handbewegung fort. »Lane ist einfach wunderbar. Sie ist geduldig und liebenswert und liebt die Kinder, und ich denke, dass sie mich liebt. Ich musste es beenden.«

»Warum? Warum musstest du das beenden?«

»Hast du nicht gehört, warum Cathy die Beschwerden eingelegt hat? Wenn ich nicht in einer Beziehung gewesen wäre und mich mehr auf die Kinder konzentriert hätte, wäre das vielleicht nicht passiert.«

Kym ließ Annas Arm los, nahm die zweite Flasche Wein und goss ihnen beiden noch Wein nach. »Anna, du bist so auf die Kinder fokussiert. Du darfst auch auszugehen. Alle Eltern dürfen das.«

»Das weiß ich! Es ist nur … es war zu früh, nach allem. Ich bin total dafür, dass Eltern auch ausgehen dürfen. Ich glaube ganz und gar nicht, dass ihr Leben zu Ende ist, nur weil sie Kinder haben.«

»Okay, gut.«

»Aber es war eindeutig zu früh. Alles war noch so frisch. Und wenn … *falls* ich sie bei der ersten Anhörung zurückbekomme …«

»Das wirst du.«

»*Wenn* es dazu kommt, wie kann ich sicher sein, dass sie mir auch für immer zugesprochen werden? Cathy hat das Sorgerecht beantragt. Diese Anschuldigungen in der Akte könnten alles für mich zerstören. Wenn ich irgendeine anrüchige Beziehung habe und es so aussieht, als würde ich meine Bedürfnisse über die der Kinder stellen, warum sollten sie sie dann nicht der gesetzten, verheirateten Cathy geben, die sie haben will?« Anna konnte fühlen, wie ihre Wangen glühten, als sie Kym ansah und stumm um Antwort bat.

»Ich sehe, worauf du hinauswillst.« Kym sprach langsam. »Aber es ist doch keine anrüchige Beziehung, oder?«

»Nein.«

»Was ist falsch daran, wenn zwei Kinder ihren Vormund in einer stabilen, ernsthaften Beziehung erleben?«

»Kym, du siehst das Wesentliche nicht. Es ist zu früh, es hat das mit der Vormundschaft versaut. Mein Bruder, er wollte, dass die Kinder bei *mir* leben. Und nun sind sie in einer Pflegefamilie.« Sie sah Kym an. »Sie sind in einer *Pflege*familie und, Gott, ich vermisse sie so.«

Kym stellte ihr Glas ab und zog Anna zu sich, und Anna ließ sich in die tröstende Umarmung ihrer Freundin fallen.

»Das weiß ich, Süße.«

»Und ich vermisse Lane.«

Kym seufzte. »Das ist *so* dermaßen beschissen.«

»Ist es wirklich.«

»Ich wünschte, dass Cathy durch die Tür geschossen käme und das hier sehen könnte. Dann wärst du offiziell als Nutte abgestempelt.«

Diesmal war Annas Lachen echt. »Sie hockt wahrscheinlich mit einem Teleobjektiv in den Büschen. Dann kann sie zur Anhörung die Beweisfotos vorlegen.« Anna setzte sich auf und wischte sich über die Augen, bevor sie Kyms und ihr Glas wieder auffüllte.

»Wird sie. Denn weißt du, ihr Lesben, ihr schlaft doch echt mit jeder.«

Anna brachte ein schwaches Lächeln zustande. »Oh, stimmt. Die Frau aus der Cafeteria, die süße Kleine im Supermarkt, wir schlafen mit jeder.« Anna hielt ihr Glas fest und wackelte ein wenig mit den Brauen. »Sogar mit dir, wie es scheint.«

»Ach, das hättest du wohl gern«, antwortet Kym und wackelte ebenfalls gespielt lüstern mit den Brauen.

Annas Lächeln hielt nicht lang. »Es ist nicht fair, Kym.«

Beide sahen sich im Wohnzimmer um, das voll war mit Ellas DVDs, Tobys Bausteinen; ihre Spielsachen lagen überall verstreut. Das hier war ein Zimmer, in dem sie alle, Lane und die Kinder, in den letzten Wochen zusammen gelebt hatten.

Kym seufzte. »Das ist es wirklich nicht.«

Anna wachte am Montagmorgen um acht mit schmerzendem Kopf und schwerem Herzen auf. Todmüde rief sie als erstes ihren Boss an, um ihm zu berichten, was mit den Kindern geschehen war.

Er klang wütender und erschrockener, als sie gedacht hätte.

McDermott bot ihr an, den Tag freizunehmen, wenn sie wollte. Sie sollte ihn wissen lassen, wann die Verhandlung sein würde und wann sie sich mit dem Anwalt treffen musste, dann würde er dafür sorgen, dass jemand ihre Schichten übernahm. Er versicherte ihr auch, dass er aussagen würde, dass Anna den Job nur unter der Bedingung angenommen hatte, dass sie an den Abenden und am Wochenende zu Hause sein könnte. Gerade während des ersten Jahres, während Anna und die Kinder sich noch eingewöhnen mussten. Eine Statistik über ihre Arbeitszeiten könnte er ebenfalls vorlegen und diese mit denen von anderen Mitarbeitern vergleichen.

Ein wenig beeindruckt sagte Anna, dass sie das Jugendamt anrufen würde, und wenn man ihr erlaubte, die Kinder zu sehen, würde sie den Tag freinehmen. Falls nicht, plante sie, zur Arbeit zu kommen, um sich abzulenken. Außerdem teilte sie ihm noch mit, dass Scott Matthews sich wegen einer Charaktereinschätzung bei ihm melden würde und dass sie unglaublich dankbar dafür war, dass er hinter ihr stand.

Gleich nachdem sie aufgelegt hatte und nichts mehr ihre Gedanken am Rotieren hinderte, breitete sich Schwere in ihr aus.

Sie wollte Lane anrufen. Einfach nur mit ihr sprechen.

Aber sie konnte nicht mit Lane reden, denn Anna hatte mit ihr Schluss gemacht.

Die Stille im Haus erinnerte sie daran, warum. Fest entschlossen, sich dem Gefühl der Hoffnungslosigkeit nicht hinzugeben, stand Anna vom Bett auf, nahm ihr Handy und zog sich einen Hoodie über.

Das Haus war zu still, zu ruhig. Sie wollte Tobys speckige, kleine Kinderarme um ihren Hals fühlen, wenn sie ihn aus seinem Bettchen nahm. Sie wollte hören, wie Ella von ihrem Tag erzählte, die Kleinigkeiten teilte, die so wichtig waren, wenn man sechseinhalb war. Anna wollte Ella hinterherrufen, dass sie nicht die Treppen runterrennen sollte, oder sich mit einem von Tobys Wutanfällen auseinandersetzen. Und sie wollte Ella in die Arme nehmen, wenn diese verzweifelt aussah.

Sie wollte einfach nur, dass die Kinder wieder zu Hause waren.

Nachdem sie so hart mit dem Gedanken gekämpft und sich erst dagegen gesträubt hatte, sie in ihrem Leben zu haben, wappnete sie sich nun für den schweren Kampf, sie wiederzubekommen. Die Kinder hatten oberste Priorität und Anna musste sich immer wieder daran erinnern, wenn ihr Magen sich bei der Erinnerung daran verkrampfte, dass sie die Beziehung ihrer Träume beendet hatte.

Lanes Worte – *Dann musst du hier rausgehen, denn ich kann es nicht* – sollten ihr nicht länger wieder und wieder im Kopf herumschwirren.

In der Küche schaltete Anna die Kaffeemaschine an und trank ein Glas Wasser mit einem Aspirin. Bei dem Geruch von Nikotin an ihren Fingern verzog sie das Gesicht. Sie leistete wirklich keine gute Arbeit darin, wie eine gesunde, aufgeräumte Person auszusehen, die es verdiente, die Kinder ihres Bruders aufzuziehen. Sie lehnte sich an die Kücheninsel, während der Geruch von Kaffee sich um sie ausbreitete. Dabei scrollte Anna durch ihre Kontakte, und als sie Lornas Nummer fand, drückte sie den Anrufknopf.

Sie wurde zu einer Bandansage weitergeleitet, die sie darüber informierte, dass das Büro um neun Uhr öffnete. Anna knallte das Handy auf die Ablage und funkelte es wütend an. Sie würde wahnsinnig werden, wenn sie nicht bald Antworten bekam. Wenn sie die Kinder nur endlich sehen könnte, Ella sagen könnte, dass alles gut werden würde, Toby knuddeln könnte, dann wäre sie beruhigter. Dann könnte sie sich auf die Verhandlung konzentrieren.

Einen Moment lang überlegte sie, ob sie Scott anrufen und fragen sollte, ob es schon einen Verhandlungstermin gab. Frustration machte sich in ihr breit, als sie sich daran erinnerte, dass es zu früh war und er auch noch nicht in seiner Kanzlei sein würde. Außerdem hatte er gesagt, dass er sich am Nachmittag mit neuen Informationen melden würde. Sie konnte nicht alle zehn Minuten überall anrufen.

Sie goss sich einen Kaffee ein, nahm ihr Handy und ging hinaus, um sich auf die Hintertreppe zu setzen; die Zigaretten ließ sie bewusst im Haus.

Anna fühlte sich machtlos. Sie konnte nichts tun, um den ganzen Prozess zu beschleunigen. Seufzend nahm sie ihr Handy, wählte Lornas Nummer, nur für den Fall, dass sie doch schon da war. Der Anrufbeantworter sprang an und Anna hinterließ eine kurze Nachricht, dass sie es sehr schätzen würde, wenn Lorna sie so schnell wie möglich zurückrufen würde.

Die kühle Morgenluft ließ sie zittern, als ihr Kaffee neben ihr auf der Veranda dampfte.

Es war wirklich zu still.

Gott, was, wenn sie sie nicht zurückbekam?

Ihr Handy klingelte und Anna fiel es fast aus der Hand, weil sie es so eilig hatte, ranzugehen. »Hallo?«

»Hallo, Liebes.«

»Oh. Mum, Hey.«

»Hast du Lorna erreicht?«

»Ich habe gerade versucht, sie anzurufen; vor neun ist keiner da.«

»Oh.« Sandra klang so enttäuscht, wie Anna sich fühlte. *»Ich wollte nur wissen, ob es was Neues gibt. Wir haben zwar erst gestern Abend telefoniert, aber, na ja «*

»Ich versteh schon. Ich gebe dir Bescheid, sobald ich etwas weiß.«

Sie plauderten noch kurz. Anna vermied dabei sämtliche Andeutungen auf Lane. Sie war noch nicht bereit, diese Neuigkeiten mit ihrer Mutter zu teilen.

Nachdem sie aufgelegt hatte, trank Anna ihren Kaffee und wartete. Zehn vor neun rief sie Lorna erneut an, hinterließ eine weitere Nachricht.

Sechs Minuten vor neun rief sie nochmals an und hinterließ wieder eine Nachricht.

Um neun ließ sie es klingeln und legte dann erfolglos auf.

Kurz nach neun klingelte ihr Handy, und diesmal ließ sie tatsächlich die Kaffeetasse fallen, weil sie nicht schnell genug abheben konnte. »Hallo?«

»Anna. Hi, hier ist Lorna.«

»Hi, ich habe versucht, Sie zu erreichen.«

Die Stimme am anderen Ende klang fast belustigt. *»Ich weiß, ich habe Ihre Nachrichten bekommen.«*

»Tut mir leid.«

»Muss es nicht. Das Wichtigste zuerst: Ich habe auf dem Weg zur Arbeit mit der Pflegefamilie gesprochen und es geht Toby und Ella gut.«

Anna blieb vor Erleichterung fast die Luft weg. »Gut.« Ihre Stimme brach. »Ella kann manchmal sehr still sein. Und sie isst dann nicht viel. Und Toby wird manchmal einfach ein bisschen anhänglich …« Sie brach ab.

»Man kümmert sich gut um sie, Anna. Das alles tut mir leid.« Lornas Stimme war sanft.

»Kann ich sie sehen?«

Es herrschte kurz Stille und Annas Magen drehte sich.

»Tut mir leid, Anna. Heute werden Sie sie nicht sehen können. Es gibt viele Regeln zu beachten. Und, also, vielleicht schaffe ich es gar nicht, dass Sie sie sehen können.«

»Was?!«

»Ich weiß. Ich werde es versuchen. Aber wenn Sie nicht kommen dürfen, dann definitiv Ihre Mutter. Leider wird es mir frühestens am Mittwoch möglich sein, einen Termin zu machen.«

Ihr Mund wurde trocken. »Lorna … die Kinder werden so verwirrt und verstört sein. Würden Sie … kann ich sie sehen? Mit ihnen reden?«

»Es tut mir leid, das kann ich vor Mittwoch nicht beantworten.«

Anna schloss die Augen, zählte bis drei und öffnete sie wieder. »Könnten Sie ihnen zumindest etwas von mir ausrichten?«

Lorna zögerte. *»Na gut.«*

»Sagen … sagen Sie ihnen, dass ich sie vermisse und es nicht erwarten kann, sie zu sehen. Sagen Sie Ella, dass ich sie natürlich – auf jeden Fall – haben will.« Sie hatte einen Kloß im Hals.

»Ich werde es ihnen sagen.«

»Danke.«

»Wir werden in den nächsten Tagen nicht Däumchen drehen, Anna. Ich werde mit Ihren Kollegen sprechen, mit Ihrer Familie – mit allen, die am Verhandlungstag aussagen müssen. Okay?«

»Ja. Sicher.«

»Passen Sie auf sich auf.«

»Werde ich.«

Anna legte auf und starrte stumm auf ihr Handy. Dass sie die Kinder nicht sehen konnte, war nicht das gewesen, was sie hatte hören wollen. Sie ließ den Kopf schwer in ihre Hände fallen. Wie sollte sie ihr Leben normal weiterleben, während Ella und Toby in einer Pflegefamilie waren?

Eines war sicher: Sie konnte nicht den ganzen Tag zu Hause rumsitzen.

Nachdem sie ihren Boss angerufen und ihm alles erklärt hatte, ging Anna zur Arbeit. Sie parkte weit weg von dem Platz, auf dem sie sonst immer stand. Als sie aus dem Auto gestiegen war, blieb sie erst mal wie angewurzelt stehen. Jesus, was, wenn sie Lane begegnete?

Im Lauf des Tages wurde klar, dass es nicht schwer war, sich nicht zu begegnen, wenn beide Parteien damit beschäftigt waren, sich aus dem Weg zu gehen. Anna stürzte sich in die Arbeit.

Am Nachmittag sah sie Lorna, die auf dem Weg in McDermotts Büro war.

Reflexartig ging Anna ein paar Schritte auf Lorna zu, bevor sie sich zwang, anzuhalten und wegzugehen. Es würde nichts Gutes dabei herauskommen, wenn sie die Frau in die Ecke drängte und sich vergaß.

Später zog sich Annas Magen zusammen, als sie geistesabwesend den Flur Richtung Betreuung hinunterging und sich erinnerte, dass Toby nicht dort sein würde. Dass sie nicht hineingehen und ihm zusehen konnte, wie er alles fallen ließ, auf sie zurannte und glücklich war, weil sie in seine kleine Welt gekommen war. Das letzte Mal war sie mit ihrem Arbeitskittel voller roter Farbe wieder herausgekommen, die er auf ihr hinterlassen hatte, als er sich um ihre Beine gewickelt hatte. Anna fühlte sich verloren, ging den Weg wieder zurück und dann zur Cafeteria.

Gegen Mittag traf Kym sie mit einem Kaffee in der Hand. »Ich habe Lane gesehen.«

Anna sah nicht mal von ihrem Schreibtisch auf. »Nicht, Kym. Nicht jetzt.«

Anna konnte regelrecht spüren, dass Kym einiges zu sagen hatte, wie sie so neben dem Tisch stand.

»Anna, denkst du nicht, dass …«

»Ich muss in den OP, Kym.« Und sie schlüpfte aus ihrem Büro und ließ Kym zurück, die aussah, als wäre sie zwischen Mitleid und Frust hin- und hergerissen.

Am Nachmittag rief Scott an und teilte Anna mit, dass die Verhandlung für Freitag angesetzt war. Anna erzählte ihm, dass Lorna gesagt hatte, dass sie die Kinder nicht würde sehen können.

Er seufzte, erklärte ihr, dass das System Macken hatte, aber alle Bestimmungen irgendwo sinnvoll waren. Er erinnerte sie daran, dass es für den Fall nur in ihrem Interesse war, wenn Anna nach den Regeln spielte.

Sie meinte, dass das lächerlich wäre, denn dass sie die Kinder sehen wollte, wäre doch ein gutes Zeichen.

»Rufen Sie sie immer wieder an und fragen Sie nach den Kindern, aber tun Sie, was man Ihnen sagt«, riet er. *»Und vor allem, seien Sie geduldig.«*

Sie legte noch frustrierter auf.

Anna arbeitete bis weit nach Mitternacht, stahl Operationen von den Bereitschaftsärzten, die sie ihr erfreut abtraten und sich dann einen Raum zum Schlafen suchten. Irgendwann begegnete Kym Anna auf einem der Flure und gab ihr ein abgepacktes Sandwich, das sie sich mit ihr teilen wollte.

»Weißt du«, sagte sie nachdenklich, »es ist noch gar nicht so lange her, dass Lane und Tess und dann du, zu mir ins Büro gekommen seid, um sicherzustellen, dass ich esse.«

Anna schluckte lustlos ein Stück Weißbrot herunter. »Es geht mir gut, Kym. Ich brauche nur die Ablenkung.«

»Weiß ich.«

Anna erzählte Kym von ihrer Unterhaltung mit Lorna und Scott. Die Verbitterung über die Situation schwang dabei in ihren Worten mit.

Kym legte Anna die Hand auf die Schulter und hörte schweigend zu.

Sie aßen, ohne zu reden, dabei schmeckte Anna das Essen kaum.

Als ob sie etwas sagen wollte, wandte Kym sich ihr zu und öffnete den Mund, schien sich dann anders zu entscheiden und schwieg. Am

Ende sagte sie einfach: »Pass nur auf, dass du ein bisschen schläfst, ja?«

Anna nickte nur abwesend.

Sie verließ gegen ein Uhr früh erschöpft das Krankenhaus.

Am Dienstag wachte Anna groggy, aber sehr früh auf, trotz der späten Stunde, zu der sie ins Bett gegangen war.

Die Schwere, die seit Tagen auf ihr lastete, war an diesem Morgen noch unerträglicher.

Die Abwesenheit der Kinder forderte ihren Tribut.

Genauso wie Lanes.

Anna kam viel zu früh bei der Arbeit an. Die Schwestern, die gerade ihre morgendliche Runde begannen, sahen sie erstaunt an. Trotz der frühen Uhrzeit hatte Anna Lorna schon eine Nachricht hinterlassen und nach neuen Informationen über die Kinder gefragt und danach, ob es schon Neuigkeiten wegen des Besuchs gab.

Anna unterbrach ihre Arbeit an diesem Morgen nur, um einen Anruf von Lorna entgegenzunehmen und sie ihre Phrase »Den Kindern geht es gut«, wiederholen zu hören. Obwohl Lorna diesmal noch etwas anderes sagte: »Ella«, setzte sie an, »Ella sagte, dass sie es wisse, von Ihrem Gesichtsausdruck, als wir weggefahren sind.«

Der Schluchzer, der in Annas Hals feststeckte, brach fast aus ihr heraus.

Dankbar, dass sie an diesem Tag keine Beratungsgespräche hatte, warf Anna sich stattdessen in die OPs. Um vier Uhr machte sie sich gerade Notizen zu ihrer letzten Operation des Tages, als ihr Boss auftauchte.

»Gehen Sie nach Hause, Foster.«

Sie drehte sich überrascht um. »Was? Warum?«

Das Mitgefühl auf McDermotts Gesicht war fast unerträglich. »Sie sind gestern Abend viel zu spät gegangen und heute viel zu früh wiedergekommen. Gehen. Sie. Nach. Hause.«

»Kann ich diese OP noch beenden?«

»Foster …«

»Ich hatte gestern mit ihm das Vorgespräch, ich bin vorbereitet. Meine Unterschrift ist auf den Anästhesiepapieren.« Sie hielt inne. »Bitte?«

Er zögerte einen Moment. »Die letzte?«

Sie versuchte nicht zu triumphierend auszusehen. »Danke.«

Aber sie ging mit einem flauen Gefühl im Bauch in den OP. Sie wollte nicht nach Hause, in die Stille, zu ihren Gedanken.

Die Ärzte warteten schon im Waschraum. Die Schwestern waren bereit und sortierten die Instrumente. Als sie ihre Anästhesieschwester anschaute, versuchte Anna zu lächeln. Als sie durch die Glasscheibe in den Waschraum sah, bemerkte sie, wie Lane sich wusch und Anna direkt anstarrte.

Lanes Blick senkte sich zurück auf das Waschbecken. Das war nicht die Art von Arbeitsablenkung, die Anna wollte.

Die Chirurgen waren angezogen und trugen ihre Handschuhe, und als Lane eine Sekunde später hineinkam, grüßten die anderen Schwestern sie freundlich. Der Chirurg, ein Mann namens Troy Fields, von dem Anna gehört hatte, er wäre zu niemandem sonderlich freundlich, grüßte Lane, als wäre sie eine alte Freundin.

»Lane! Bist du heute mir zugeteilt?«

Lane nickte. »Ja, ich wurde gerade gerufen. Ich habe gehört, euch fehlt jemand.«

Troy ging zum Patienten. »Klasse, immer gut, dich dabeizuhaben.«

Nach der Sicherheitsprozedur begann die Operation.

Lane sah sie nicht an.

Anna verbrachte viel zu viel Zeit damit, zu starren. Lane war offensichtlich unglaublich hoch angesehen, und es schien, als hätte sie schon oft mit diesen beiden Chirurgen gearbeitet, denn sie ahnte jeden ihrer Griffe im Voraus und reichte ihnen Instrumente an, noch bevor sie danach gefragt hatten. Der Operationssaal war ihr zweites Zuhause.

Anna wünschte sich so sehr, dass Lane sie ansah.

Die Operation ging gleichzeitig viel zu langsam und viel zu schnell vorbei. Es war schmerzhaft, so nah bei Lane zu sein und zu spüren, dass sich eine riesige Distanz zwischen ihnen aufgebaut hatte. Bevor Anna wusste, wie ihr geschah, wurde der Patient aus dem Saal geschoben.

Anna saß auf ihrem Stuhl, während die Schwestern um sie herum sauber machten; sie war hin- und hergerissen zwischen dem Verlangen, mit Lane zu reden, und dem Bedürfnis, sofort zu verschwinden. Sie konnte das nicht: Anna konnte absolut nicht so tun, als wäre sie stark, wenn Lane ihr so nah war, dass sie die Hand ausstrecken und sie berühren konnte.

Sie stand unvermittelt auf und stürmte aus dem Raum, wusch sich die Hände in Rekordzeit und floh. Sie schaffte es zum Umkleideraum, ärgerte sich jedoch, weil sie heimgeschickt wurde und sich nicht weiter hier von dem Gefühl, das ihre Brust zuschnürte, ablenken konnte. Anna zog sich langsam die Jeans und die Schuhe an, um noch mehr Zeit herauszuschinden, bis sie gehen musste. Ihre Hände zitterten leicht. Vor dem Spiegel blieb sie stehen und kämmte sich die Haare. Ihre Brauen hoben sich vor Überraschung über ihre Blässe und die Ringe unter den Augen. Sie wollte gehen, hielt jedoch abrupt inne, als sie Lane angespannt im Türrahmen stehen sah; die Hand hatte sie am Türknauf, als wäre sie sich nicht sicher, ob sie bleiben oder fliehen sollte.

Anna schenkte ihr ein vorsichtiges Lächeln. »Hey.«

Lanes eigenes verwirrtes »Hey« war kaum hörbar.

Anna wandte sich wieder ihrem Spint zu und schloss die Tür, dann kaute sie auf ihrer Unterlippe und wartete. Sie drehte sich nicht um, bevor sie die Tür sacht ins Schloss fallen hörte und wusste, dass Lane gegangen war.

Ihr war *klar gewesen*, dass es hart werden würde, Lane zu sehen. Sie hatte gewusst, dass das Richtige zu tun, schwer werden würde, wenn Lane vor ihr stand. Und trotzdem hatte sie gar nicht anders gekonnt und Lane mehr beobachtet, als sie es hätte tun sollen. Lane war immer noch so bezaubernd, obwohl sie müde und blass aussah. Und der Ausdruck in ihren Augen schnürte Anna die Kehle zu. Ihr war nicht bewusst gewesen, wie überwältigend der Drang war, sich von Lane in die Arme nehmen zu lassen. Gott, zusammenzubrechen und alles, was in ihr war, rauszulassen, wäre so befreiend. Seufzend nahm Anna ihre Tasche.

Es war, als würde Lanes Parfümgeruch noch in der Luft hängen.

Mit der Tasche über der Schulter drehte Anna sich um und wollte gehen, doch sie stoppte, denn Lane stand noch immer neben der Tür und beobachtete sie.

Anna atmete tief ein und machte einen Schritt vorwärts, ihre Schulter streifte Lanes, als sie zur Tür ging. Mit den Fingern an der Klinke hielt sie inne; sie konnte praktisch fühlen, wie Lane sich hinter ihr umdrehte. Diese Bewegung war alles, was nötig war.

Sie drehte sich um, presste sich an Lane, legte die Hände an ihre Wangen und küsste sie. Ohne auch nur eine Sekunde zu zögern, erwiderte Lane den Kuss, drückte sich mit einer Kraft enger an Anna, die schmerzhaft und tröstlich zugleich war.

Annas Daumen fuhr über Lanes Wange. Sie strich über Lanes weiches Haar. Ihre Lippen verharrten vor Lanes, bevor sie sich vorbeugte und einen sanften letzten Kuss auf ihren Mund drückte. Dann wandte sie sich ab und öffnete die Tür, um zu gehen, bevor sie es nicht mehr konnte.

»Wo ist Lane?«

Das Licht in der Küche ging an und Anna blinzelte in die Helligkeit.

Ihre Mutter stand in der Tür und beobachtete sie.

Anna versuchte verstohlen, das Päckchen Zigaretten in ihre hintere Hosentasche zu schieben. Sie zog die Tür zu, die zum Hinterhof führte. »Ich, ähm …« Anna sah ihrer Mutter nicht in die Augen.

»Du was, Anna Foster?«

»Ich habe mit ihr Schluss gemacht.«

Einen Moment herrschte Stille, die Anna tatsächlich Angst machte.

»Du hast was?« Sandras Stimme war wie Eis.

Seufzend schaute Anna überallhin, nur nicht zu ihrer Mutter. »Ich habe Schluss gemacht.«

»Du hast was!« Ihre Stimme war nun mehr wie ein wütender Sturm.

»Mum, beruhige dich.«

»Ich werde mich *nicht* beruhigen! Anna Foster, du setzt dich sofort auf deinen Hintern.«

Anna setzte sich mit weit aufgerissenen Augen an den Küchentisch und sah zu ihrer Mutter auf. Sie fühlte sich, als wäre sie wieder fünf Jahre alt.

»Du hast das mit Lane *beendet*?«

»Ja, aber …«

»Mit der ersten Person, die dich zum Lachen gebracht hat, nach Ja … nach allem?«

»Ja, aber …«

»Der einzigen Ablenkung, die du von dem großen Opfer hattest, das du bringst?«

»Ja, aber …«

»Der Frau, die die Kinder *lieben*?«

»Ja, aber …«

»Der Frau, die Geduld mit dir hatte und mit dem ganzen Mist fertigwurde, der dazugehört, wenn man mit dir ausgeht?«

»Mist? Aber …«

»Du lässt diese verrückte alte Frau gewinnen!«

Anna öffnete ihren Mund, schloss ihn jedoch wieder. All das, was ihre Mutter gesagt hatte, war ihr gar nicht in den Sinn gekommen.

Ihre Mutter verschränkte die Arme vor der Brust und funkelte Anna mit hochgezogener Augenbraue an.

»Ich habe mir das nicht leicht gemacht, Mum.« Das freudlose Lachen blieb ihr im Hals stecken. »Glaub mir, es war nicht einfach.«

Sandra ließ die Arme verschränkt und bewegte sich nicht.

»Mum! Hör auf damit! Ich muss die Kinder zurückbekommen, und ich habe das Gefühl, dass das vielleicht helfen wird.«

Sandra sprach endlich: »Das ist ein Haufen Blödsinn.«

»Ist es nicht!«

Seufzend setzte Sandra sich auf einen Stuhl Anna gegenüber und nahm ihre Hand. »Gott, Liebes.« Ihre Stimme war plötzlich wieder sanft, verständnisvoll. »Ich verstehe schon, warum du dachtest, dass das eine Lösung wäre. Und ich kann mir gar nicht vorstellen, wie schwer es gewesen sein muss, das mit Lane zu beenden.« Sie schüttelte den Kopf. »Das kann ich wirklich nicht. Aber kein Richter der Welt würde erwarten, dass du Single bleibst. Lane ist eine Frau, über die sich jedes Kind freuen würde, wenn es sie in ihrem Leben hätte.«

Anna legte den Kopf auf den Tisch und seufzte. »Mum, bitte, du bist keine Hilfe«

»Gut. Denn du brauchst Lane, um das durchzustehen. Und *wenn* du die Kinder zurückbekommst, werden sie Lane auch dabeihaben wollen. Gott, Ella kann nicht aufhören, über sie zu reden.«

Anna setzte sich auf und presste frustriert die Zähne zusammen. »Aber, die Anhörung, wenn …«

»Der Richter wird schon wissen, dass es da jemanden gibt. Ob du es nun beendet hast oder nicht, wird keinen großen Unterschied machen.«

»Wird es. Es könnte ihnen zeigen, dass ich mich nur auf Ella und Toby konzentriere.«

»Du konzentrierst dich doch schon auf sie, Anna.« Sandra seufzte. »Es gibt so viele Menschen, die genau das aussagen werden. Meinst du nicht, dass es einen Richter beeindrucken wird, wenn jeder bestätigen kann, dass das Wohl der Kinder für dich immer vorging, obwohl du eine neue Beziehung begonnen hast? Dass du sie stets über dich und deine Beziehung mit Lane gestellt hast?«

Anna konnte darauf rein gar nichts erwidern.

Sandra schüttelte den Kopf. »Oh, Liebes. Manchmal bist du so dumm.«

»Danke, Mum.«

»Na ja, es stimmt nun mal.«

KAPITEL 7

Die Toilette war der letzte Raum, in dem Anna erwartet hatte, von Kym mit Kaffee belästigt zu werden. Schon gar nicht mit einem Blick, der so grimmig war, dass Anna Angst hatte, das Getränk anzunehmen. Sie streckte langsam die Hand aus und griff nach dem Becher, dann taxierten Kym und sie einander für einen Moment.

Kym versuchte es nicht einmal mit einem angestrengten Lächeln; sie sprach nur schnell, als wollte sie Anna davon abhalten, sie zu unterbrechen. »Okay. Ich muss etwas loswerden.«

»Kym …«

»*Nein*. Ich muss. Weil du eine Idiotin bist.«

Ein empörtes »Hey« war alles, was Anna herausbrachte, bevor Kym die Hand hob.

»Das bist du. Du kannst nicht einfach etwas so Gutes beenden.«

»Ich musste.«

Kyms ernster Gesichtsausdruck blieb. »Nein, musstest du nicht.«

»Kym, ich …«

»Nein. Lane hat viel zu viel Respekt und würde nie etwas dazu sagen, deshalb muss ich das tun.«

»Kym …«

»Ich hab gesagt, *sei still*! Okay, habe ich nicht gesagt. Aber das habe ich gemeint. Du musstest das nicht beenden. Die letzten zwei Tage habe ich mich zusammengerissen, und zwar, weil, nimm das nicht persönlich Anna, du beschissen aussiehst.«

Anna öffnete den Mund, aber Kym preschte weiter vor. »Ich habe mir die ganze Nacht Gedanken darüber gemacht, und ich muss dir das sagen.« Sie packte Annas Schulter mit der freien Hand und schaute ihr direkt in die Augen. »Du bist eine Idiotin. Du und Lane, ihr habt etwas Besonderes. Cathy ist die Böse hier, und kein Gericht wird dich von den Kindern fernhalten, nur weil du eine Freundin hast! Wirklich jeder wird aussagen, dass du hundertprozentig auf die Kinder fokussiert bist, sogar wenn deine Beziehung darunter leidet.«

Sie starrten einander einen Moment lang an, bevor Kym die Hand wieder in ihrer Kitteltasche vergrub.

Anna schürzte die Lippen. »Mum hat mir das gestern Abend auch vor Augen geführt.«

»Ich habe diese Frau immer gemocht. Ich bin sicher, sie war dabei netter als ich.«

Anna schüttelte den Kopf. »Eigentlich nicht, sie war gemeiner. Sie hat behauptet, dass ich dumm bin.«

Kym zuckte mit den Schultern. »Gut. Kommen unsere Worte bei dir an?«

Anna gab das Schulterzucken geradewegs zurück.

»Weißt du, Anna, wenn es irgendwie hilft, jeder kann sehen, warum du das gemacht hast. Du hast an die Kinder gedacht.«

»Ich *muss* an sie denken.«

»Ich weiß.«

Der Kaffeebecher bebte in Annas Hand und sie bemerkte, dass ihre Finger zitterten. »Was, wenn Lane mir nicht vergibt?«

Kym verdrehte die Augen. »Wird sie.«

»Vielleicht aber nicht.«

»Halt den Mund, Anna.«

Sie blinzelten einander an.

»Müssen wir uns jetzt umarmen?«

Anna schüttelte den Kopf.

»Gut.«

Kym wippte einen Moment lang auf den Fersen. Die Stille war plötzlich fast unangenehm. »Also. Gut … Ich geh dann mal. Du, ähm, du denkst über das nach, was ich gerade gesagt habe.« Mit diesen Worten verließ sie die Toilette.

Anna lehnte sich ans Waschbecken, während die Worte von Kym und ihrer Mutter in ihrem Kopf rotierten.

Alles war so verdammt durcheinander, und sie wünschte sich die Zeit zurück, als ihr größtes Problem darin bestand, dass Lane über Nacht blieb und wie sie Ella darauf vorbereiten sollten. Und, wenn sie ehrlich war, auch, wie sie Lane auf all das vorbereiten sollte, was zwei Kinder bedeuteten. Sie vermisste *dieses* Zögern, *diese* Sorgen. Sie wollte sich darum sorgen, was sie für die Kinder zum Abendessen machen sollte, und sie wollte über die Arbeit nachdenken und ihren Bruder und ihre Schwägerin vermissen. Sie wollte trauern können, denn manchmal fühlte es sich so an, als hätte sie immer noch nicht die Chance dazu gehabt.

Mit all diesen alten Problemen war ihr Leben chaotisch gewesen, und nun war es eine Katastrophe.

Und jetzt sagten ihre Mutter und Kym auch noch Dinge, die Anna sprachlos machten. Was, wenn sie richtiglagen?

Anna nagte an ihrer Lippe und sah auf die Uhr. Es war neun und beim Anwalt musste sie um zehn sein.

Sie hatte mit dem Gedanken gespielt, zu Ellas Schule zu fahren, um zu sehen, ob sie dort war. Und wenn ja, einen Blick auf sie zu erhaschen, wenn sie reinging – nur um zu sehen, ob sie gut aussah, lächelte, sprach. Aber nein, das durfte sie nicht. Der Anwalt hatte sie gewarnt, sich den Regeln des Jugendamts nicht zu widersetzen, dass es sonst alles kaputt machen könnte … würde.

Wenn sie nach den Regeln spielte, würde Anna vielleicht gewinnen.

Sie könnte Lorna anrufen, um zu erfahren, ob der Papierkram erledigt war und sie, oder wenigstens Sandra, die Kinder sehen konnte. Ihr Magen verkrampfte sich und Anna wurde übel. Was, wenn man ihr den Besuch nicht erlaubte?

Während sie den Flur in Richtung Ausgang entlangging, holte sie ihr Handy heraus und wählte Lornas Nummer. Aber Lanes Anblick, die gerade um die Ecke kam, ließ Anna ihre Schritte verlangsamen.

Lane sah von der Akte in ihrer Hand auf. Ihre Augen weiteten sich, als sie Anna bemerkte und sie blieb abrupt mitten im Gang stehen.

Den Blick auf Lane gerichtet und mit wild hämmerndem Herzen versuchte Anna etwas, irgendwas zu sagen, während das Telefon wiederholt an ihrem Ohr tutete. Und dann hob Lorna endlich ab.

»Hier ist Lorna, was kann ich für Sie tun?«

Sie und Lane starrten sich weiter an, als Annas Beine sie unerbittlich *vorwärts trugen*.

»Hallo?«

»Ähm … Lorna. Hi, hier ist Anna Foster.«

Ihr Blick blieb auf Lane gerichtet, als sie an ihr vorbeiging. Sie musste zu ihrem Anwalt, während sie sich eigentlich nur umdrehen und auf Lane zugehen wollte.

»Anna, hi, ich habe mir schon gedacht, dass Sie früh anrufen werden.«

Anna schluckte schwer. »Ja, entschuldigen Sie, ich wollte nur … ich muss wissen, ob ich sie sehen kann. Bitte sagen Sie mir, dass es klappt.«

Ihr Magen drehte sich. Anna versuchte, es zu ignorieren und sich auf Lornas Stimme zu konzentrieren. Sie atmete tief durch.

Am anderen Ende der Leitung war Stille.

»Lorna?«

Lorna seufzte. *»Es tut mir wirklich unglaublich leid, aber ich habe kein Okay dafür bekommen, dass Sie die Kinder vor der Verhandlung sehen können.«*

Anna weigerte sich, das an sich heranzulassen, weigerte sich, stehen zu bleiben. Stattdessen wurde sie schneller, lief hastiger zu ihrem Wagen. »Gibt es wirklich keine Möglichkeit? Nur kurz?«

»Es tut mir leid, nein. Falls die Dinge bei der Verhandlung nicht zu Ihren Gunsten ausgehen sollten und Sie das vorübergehende Sorgerecht nicht erhalten, dann können wir etwas tun, damit Sie sie trotzdem sehen.«

Anna drückte den Schlüssel ins Wagenschloss, stieg ein und schlug die Tür zu. Dann beugte sie sich vor, legte ihre Stirn an das Lenkrad und schloss die Augen. »Sie meinen, wenn der Grund dafür, dass ich sie nicht zurückbekomme, nicht sein sollte, dass ich meine Nichte und meinen Neffen vernachlässigt habe und ich mich zu dem Zeitpunkt vor Gericht wiederfinde.«

Lornas Schweigen war Antwort genug.

»Kann meine Mutter sie wenigstens sehen?«

»Ja. Das ist der Silberstreifen am Horizont, sie kann die Kinder sehen. Heute Nachmittag um vier. Ich rufe sie wegen der Details noch an.«

»Gut. Das ist gut.«

»Das ist es.« Lorna hielt inne. *»Es tut mir wirklich leid. Ich will nur, dass Sie wissen, dass ich alles getan habe, was ich konnte.«*

Hinter ihren geschlossenen Lidern traten Anna die Tränen in die Augen. »Das weiß ich wirklich zu schätzen, Lorna. Es tut mir leid, aber ich muss jetzt zu meinem Anwalt.«

»Ich werde Ihre Mutter anrufen und alles arrangieren. Passen Sie auf sich auf, Anna. Ich sehe Sie am Freitag.«

Das Lenkrad drückte sich in ihre Stirn. »Bis dann.«

Der Gedanke an die Verhandlung machte ihr Angst, aber sie richtete sich auf und weigerte sich, die Tränen fließen zu lassen. Anna startete den Wagen und parkte aus, dann fuhr sie zu Scotts Büro.

In ihrem Kopf herrschte Chaos – da war die Situation mit den Kindern, die Verhandlung und Cathys Anschuldigungen. Selbst, wenn sie die Kinder zurückbekam, war da immer noch die Verhandlung über das permanente Sorgerecht. Und wenn sie die Kinder jetzt nicht zurückbekam, wären ihre Chancen dann ziemlich gering, die Kinder jemals zugesprochen zu bekommen. Oder sie säße dann im Gefängnis.

Und dann war da natürlich noch Lane. Was, wenn ihre Mutter und Kym recht hatten? Wenn Anna in Panik geraten war und vor wenigen Tagen die falsche Entscheidung getroffen hatte? Daran zu denken war wie Folter. Sie wagte kaum zu hoffen, dass es vielleicht möglich sein konnte, Lane wirklich zurückzubekommen. Oder sogar erst Lane, und vielleicht sogar ab Freitag auch die Kinder wieder um sich zu haben.

Die Frage war ja schon, ob Lane sie überhaupt zurücknehmen würde. Würde Lane verstehen, dass es Anna nicht darum gegangen war, Lane zurückzulassen, sondern darum, die Kinder *nicht* zurückzulassen? Dass sie es nicht gewollt hatte, aber so ängstlich und panisch gewesen war, dass sie das Einzige getan hatte, das sich wie die einzig richtige Entscheidung angefühlt hatte?

Bedrückt parkte sie vor Scotts Büro. Ihr war von dem ganzen Stress, der wie ein Stein in ihrem Magen lag, richtig schlecht.

Anna war überrascht, als sie statt der jungen, abgebrühten Sekretärin, die sie erwartet hatte, eine Dame in ihren späten Sechzigern begrüßte, die aussah, als könnte sie Annas Großmutter sein.

Mit einem Lächeln auf den Lippen fragte sie: »Hallo, meine Liebe, kann ich Ihnen helfen?«

Anna hatte das Bedürfnis, auf ihren Schoß zu klettern und sich umarmen zu lassen. Stattdessen blinzelte sie und versuchte, sich zusammenzureißen. »Ähm, ja. Ich bin Anna Foster. Ich habe einen Termin.«

»Ja, er erwartet Sie schon, Liebes. Nehmen Sie Platz, Mr Matthews ist gleich bei Ihnen.«

Anna setzte sich in einen der gepolsterten Sessel, die den Raum eher wie ein Arbeitszimmer als ein Büro aussehen ließen.

Die Sekretärin schaute über ihren Tresen hinweg zu Anna. »Kann ich Ihnen etwas bringen, meine Liebe? Etwas Wasser? Eine schöne Tasse Tee?«

»Nein, aber vielen Dank.«

»Rufen Sie nur, wenn Sie es sich anders überlegen sollten. Eine Tasse Tee kann Wunder bewirken.« Sie zwinkerte ihr zu.

Anna lächelte und die Frau wandte sich wieder ihrem Computer zu, dabei tippte sie mit einer unglaublichen Geschwindigkeit. Annas Mutter sendete ihr immer noch kuriose SMS, die von der

Autokorrektur falsch zusammengesetzt waren, und fragte sie regelmäßig, warum ihre Facebook-Seite am oberen rechten Rand rot aufleuchtete.

Anna sah auf ihr Handy und war erstaunt, dass sie zwei Anrufe verpasst hatte, einen von ihrer Mutter und einen von Hayley. Anna hörte zuerst die Nachricht ihrer Mutter ab.

»Anna, Liebes. Lorna hat mich gerade angerufen. Ich glaube wirklich, dass sie auf unserer Seite ist. Diese Cathy wird untergehen. So sagt man das, oder? Man sagt nicht runtergehen, oder? Obwohl sie das tun wird, runter von ihrem verdammten hohen Ross. Wie auch immer, Lorna sagte, sie hätte schon mit dir geredet. Ich treffe sie um vier.«

Anna konnte die Erleichterung in der Stimme ihrer Mutter hören.

»Ruf mich an und sag mir, was ich ihnen ausrichten soll. Ich … es tut mir so leid, dass du nicht mitkommen kannst, Liebes. Aber am Freitag werden wir dieses Chaos beenden. Ruf mich an - das ist ein Befehl.«

Es klang so, als wollte ihre Mutter auflegen, und Anna war schon dabei, den Knopf zu drücken, um die nächste Nachricht abzuhören, als Sandras Stimme sich plötzlich noch mal meldete, diesmal nur grimmiger, sodass Anna sich erschreckte.

»Bist du schon wieder mit Lane zusammen? Das hoffe ich für dich, junge Dame.«

Anna presste die Zähne zusammen und wählte die nächste Nachricht an.

»Hey, ich bin's. Wollte nur hören, ob es irgendwelche Neuigkeiten gibt. Ich hoffe, Scott kümmert sich gut um dich; er ist ein Genie im Gerichtssaal. Ähm, ruf mich an, wenn du was brauchst. Ich dachte, falls du Unterstützung willst, könnte ich für ein oder zwei Nächte runterkommen. Ich weiß ja, wie du bist, wenn du Stress hast. Lass es mich einfach wissen ... selbst wenn es nur für eine Nacht ist. Pass auf dich auf.«

Anna legte auf und starrte ihr Handy an. *Ich weiß ja, wie du bist, wenn du Stress hast.* So wie sie es gesagt hatte, ließ es keinen Zweifel daran, was genau Hayley angeboten hatte.

Anna lehnte sich zurück. Ihr Kopf schmerzte. Sie konnte es kaum glauben: Hayley hatte wegen der Kinder mit ihr Schluss gemacht und nun, da die Kinder ein oder zwei Nächte nicht da waren, bot sie an, für einen Quickie vorbeizukommen. Anna war stinksauer.

»Anna?«

Ihr Kopf schoss hoch und sie sah Scott Matthews vor sich stehen.

»Guten Morgen. Möchten Sie reinkommen?«

Das Treffen mit Scott trug nicht dazu bei, dass Anna sich besser fühlte. Er ging die Zeugen durch, die er für die Anhörung zusammengestellt hatte, und die, die schriftliche Aussagen gemacht hatten. Vorgeladen wurden Sandra und Andrew – Annas Augenbrauen waren bei der Information hochgeschossen. Was sollte er schon sagen? Er lebte in seiner Whiskyflasche. Weiterhin würden McDermott, Tanya von der Betreuung und Lane zur Anhörung erscheinen.

Anna war verwirrt über Letztere. »Ich dachte, Sie hätten gesagt, dass Lane nicht befragt werden soll, wegen der Anschuldigungen?«

»Anfangs dachte ich, es wäre das Beste, aber sie wird höchstwahrscheinlich von der Gegenseite aufgerufen, also ist es wohl eine gute Idee.«

»Was ist mit Kym?«

»Sie wird auch aufgerufen, um zu bezeugen, dass Ihre Beziehung nicht über Freundschaft hinausgeht.« Er rutschte auf seinem Stuhl hin und her. »Ich muss das leider erneut fragen: Da ist ganz sicher nichts zwischen ihnen, ja?«

Anna lachte leise. »Nein, da ist nichts. Kym ist nur eine Freundin.«

»Okay. Tut mir wirklich leid.«

Scott erklärte ihr, dass die Verhandlung in einem Büro stattfinden würde und nicht in einem Gerichtssaal. Der Fall würde sozusagen als ›Der Staat gegen Anna‹ gehandelt, da Cathy nicht persönlich klagte, sondern das Jugendamt den Vorwürfen der Vernachlässigung nachging. Trotzdem würde Cathy dort sein.

Anna presste die Zähne zusammen.

Scott führte weiter aus, dass nur ein Richter dabei sein würde, jedoch keine Jury und auch keine Presse oder Fremde. Die Zeugen würden im Flur warten, bis man sie aufrief.

Das beruhigte Anna ein wenig. Es klang viel weniger beängstigend als das TV-Anwaltsdrama, das sie sich ausgemalt hatte.

»Wird man Ella aufrufen?« Das war etwas, was Anna überhaupt nicht wollte.

Scott schüttelte den Kopf. »Nein. Wir versuchen immer, Kinder da rauszuhalten. Der Schulpsychologe wird etwas sagen, und seine Aussage wird hoffentlich ausreichen. Unter gewissen Umständen lädt der Richter ein Kind vor, aber hoffentlich nicht in diesem Fall.«

Er sagte dann noch, dass er sie morgen noch einmal sehen wollte, um die Fragen durchzugehen, die er stellen wollte.

Und dann war Anna plötzlich wieder draußen und blinzelte gegen das Tageslicht. Sie rief ihre Mutter noch an und berichtete ihr kurz alles.

Das Wichtigste, was sie ihr vermittelte, war: »Sag ihnen, dass ich alles tue, was ich kann, um wieder mit ihnen zusammen zu sein. Und ich denke die ganze Zeit an sie. Und ich … sag Ella, dass ich mich auf Pancakes freue.«

Dann ging sie zurück zur Arbeit, um diesen Tag irgendwie rumzukriegen.

Anna sah Lane im Krankenhaus nicht noch einmal, und Kym hatte einen Psycho-Notfall im vierten Stock, was bedeutete, dass Anna keine Chance hatte, ihren Frust abzuladen. Andererseits konnte Kym Anna dann auch nicht jedes Mal abschätzig anfunkeln, wenn sie sich begegneten. Etwas, das Kym hervorragend beherrschte.

Sandra rief kurz nach sechs an, um ihr die Neuigkeiten von Ella und Toby zu berichten.

»Es geht … es geht ihnen gut, Anna.«

Anna atmete tief ein. »Warum zögerst du, Mum?«

Sandra seufzte. *»Ella ist sehr still. Toby hat sich riesig gefreut, mich zu sehen, aber er war sehr anhänglich. Er hat geweint, als sie ihn wieder genommen haben. Ella hat sich so fest an mir festgekrallt, dass ich dachte, man kann sie nicht mehr losmachen.«*

Anna lehnte sich an die Wand, schloss die Augen und ließ den Kopf sinken. »Aber sie sind in Sicherheit? Hast du die Pflegeeltern getroffen?«

»Die Kinder sind in Sicherheit und, na ja, man kümmert sich um sie. Es gibt da so eine Regelung, deshalb habe ich die Pflegeeltern nicht gesehen. Ella hat allerdings gesagt, dass sie ›okay‹ sind. Ich habe ihnen ausgerichtet, um was du mich gebeten hast, dass du alles tust, um sie zurückzubekommen.«

»Hat Ella dir geglaubt?«

»Natürlich.« Die Stimme ihrer Mutter klang hoch.

»Mum?«

»Sie hat es geglaubt.«

Anna ballte eine Faust. »Mum.«

Ihre Mutter seufzte. *»Sie … sie hat mich gefragt, warum du vorher keine Kinder hattest, ob du sie überhaupt haben wolltest. Ich glaube, sie denkt zu viel nach.«*

Anna wurde übel. »Was hast du geantwortet?!«

»Ich kenne mich mit Kinderfragen aus. Ich habe ihr gesagt, du hattest noch keine Kinder, weil du nicht gewusst hast, dass du welche willst, bevor du sie hattest.«

Anna atmete aus. »Hat sie wenigstens das geglaubt? Mum …« Annas Stimme brach. »Ella muss einfach wissen, wie sehr ich sie zurückwill.«

»Das hat sie geglaubt, Liebes.«

»Was habt ihr noch gemacht?«

Toby war offenbar unglaublich anhänglich gewesen und sogar Ella hatte sich die ganze Zeit an Sandra gelehnt. Sie hatten Bücher gelesen und Sandra hatte die beiden ohne Unterlass geknuddelt und versucht, ohne Ella zu verschrecken, möglichst viel darüber herauszufinden, wie es ihnen ging. Anna saugte jedes Wort auf, schloss die Augen und versuchte, sich die Kinder vorzustellen. Als das Gespräch zu Ende war, fühlte Anna sich leer.

Immerhin ging es den beiden gut.

Als Anna um acht Uhr abends Feierabend machte, ging sie erneut den Flur zur Betreuung hinunter – aus reiner Gewohnheit –, trotz der späten Stunde, trotz der Tatsache, dass die Kinder nicht bei ihr waren.

Mit einem schweren Seufzen schulterte Anna ihre Tasche, verließ das Krankenhaus und fuhr heim. Unwillkürlich glitt ihr Blick immer wieder von der Straße in den Rückspiegel zu Tobys Kindersitz.

Anna drehte unvermittelt um und fuhr wieder zurück.

Sie konnte es nicht. Sie konnte nicht nach Hause gehen, in einem leeren Haus sitzen und am Ende doch einknicken und eine Zigarette rauchen. Die Räume erstickten sie, wenn sie darauf wartete, endlich müde genug zum Schlafen zu sein. Anna wusste nicht, was sie tun sollte, und die schmerzhafte Wahrheit war, dass es nichts gab, was sie tun konnte. Alles war vollkommen hoffnungslos. Sie war abhängig von einem System, das ihr Problem überhaupt erst geschaffen hatte.

Sie biss die Zähne zusammen, ihre Finger griffen das Lenkrad so fest, dass ihre Knöchel weiß hervortraten.

Sie musste herausfinden, was sie Lane sagen sollte.

Als Anna das Krankenhaus wieder betrat, hoffte sie auf einen Notfall. Sie wollte etwas Konstruktives tun, ihr Gehirn anstrengen und keine Zeit haben, an Ella und Toby oder Lane zu denken. Auf dem Weg zum Fahrstuhl sah sie Lane, Kym und Tess, die in den gleichen Fahrstuhl einsteigen wollten.

Annas Magen zog sich zusammen. Tess, die gerade in einen Apfel biss, stand neben Lane.

Als der Fahrstuhl kam, stiegen alle ein. Oder wollten es zumindest.

Kym trat plötzlich vor Anna, packte blitzschnell Tess an ihrem OP-Shirt und zog sie zurück und aus dem Fahrstuhl.

Tess murmelte nur »Hey!« um den Apfel in ihrem Mund herum.

Lane war die Einzige, die im Fahrstuhl stand.

Dann griff Kym Anna am Handgelenk und zog sie vorwärts, bis sie in der Kabine stand. Dann zischte sie »Bieg das wieder hin!«

Anna fand sich mit weit aufgerissenen Augen im Fahrstuhl wieder, als Lane sich umdrehte und sie verwundert ansah.

Anna sah kurz zur Tür, wo Kym eine verärgerte Tess am Hemd festhielt, während die Türen sich schlossen. Erschrocken drehte Anna sich zu Lane um und beide starrten einander an.

»Hey«, sagte Anna vorsichtig.

»Hey.«

Anna leckte sich über die Lippen, die plötzlich trocken waren, öffnete den Mund, um etwas zu sagen, schloss ihn jedoch wieder.

Lane lächelte sie sanft an, doch das Lächeln erreichte ihre Augen nicht. »Ist schon gut. Kym ist aufgebracht. Du musst nichts sagen.«

Anna atmete tief ein und drückte den Notfallknopf mit hämmerndem Herzen.

Verwirrung huschte über Lanes Gesicht.

»Ich … es tut mir so leid, Lane.«

»Nicht, Anna, das muss es nicht. Ich verstehe es.«

Es war nur *ein Fuß breit* Raum zwischen ihnen. Anna machte einen kleinen Schritt und verkürzte die Distanz weiter. »Das tut es. Es tut mir so leid. Ich …« Sie blickte kurz hinauf zur Decke, bevor sie Lane wieder ansah. »Ich hatte Panik.«

Lane verschränkte die Arme und nickte. Sie machte einen kleinen Schritt zurück. »Ich weiß. Ich verstehe es. Ich hätte dasselbe getan.«

Anna trat einen Schritt vor und versuchte, sich zurechtzulegen, was sie sagen wollte. »Ich …«

»Eigentlich nicht.« Lanes Stimme war noch immer sanft. »Ich nicht. Das hätte ich nicht getan.«

Furcht ergriff Anna. Lane würde ihr nicht vergeben.

Mit rauer Stimme fuhr Lane fort: »*Ich* hätte das nicht getan. Aber«, sie seufzte, »ich verstehe, warum *du* es getan hast.« Als ob sie sich selbst schützen wollte, schlang Lane die Arme enger um sich.

Anna verfluchte sich selbst. Und Cathy. Was, wenn sie das zwischen ihnen für immer zerstört hatte?

»Ich … ich bin ausgeflippt. Man hat mich schon darauf hingewiesen, dass ich ab und zu falsche Entscheidungen treffe.«

Lanes fragender Blick traf sie, als sie endlich vom Boden aufsah.

»Ich … Lane …« Ihre Stimme brach. »Kannst du mir das vergeben? Ich war … Gott, ich habe solche Angst, dass ich sie nicht wiederbekomme.«

»Du … du willst, dass ich dir das vergebe?«

Anna schloss die Augen. Sie hatte Lane zu viel zugemutet. Obwohl sie wusste, dass es falsch war, hatte sie wirklich gehofft, dass Lane ihren Standpunkt verstehen würde und ihr vielleicht vergeben könnte. Sanfte Hände legten sich auf ihre Wangen. Anna öffnete die Augen. Sie schluckte schwer, als sie Lane nur Millimeter vor sich sah.

»Fragst du, weil du das hier zurückwillst? Oder …«, Lane biss sich auf die Lippe. »oder weil du Vergebung willst, um dich nicht mehr schuldig zu fühlen?«

Anna legte ihre Hände auf Lanes und schüttelte den Kopf. »Ich will dich zurück, Lane. Ich kann nicht … ich kann nicht atmen ohne dich. Alles war so schwer.«

»Ich dachte, du willst dich nur entschuldigen.«

»Das wollte ich auch, aber … ich will das alles nicht ohne dich.« Anna beugte sich vor, zögerte eine Sekunde, bevor sie Lane küsste. Langsam zog sie sich zurück und legte ihre Stirn an Lanes. »Ich muss sie zurückbekommen. Ich kann nicht ohne sie sein. Aber, Gott, Lane, ich kann auch nicht ohne dich sein.«

»Verstehe ich dich richtig? Denn, wenn nicht und wenn ich falschliege, dann muss ich das gleich wissen, denn dich noch einmal fortgehen zu sehen, ertrage ich nicht.«

»Tue ich. Du hast mich richtig verstanden, meine ich.«

Das typische Lane-Lächeln, das Anna zum Schmelzen bringen konnte, breitete sich auf Lanes Gesicht aus.

»Gut«, flüsterte Lane. »Nur … flipp nicht wieder aus, okay?«

Es lag etwas so Verwundbares in ihrer Stimme, dass Anna sich noch schuldiger fühlte. Sie schüttelte den Kopf. »Werde ich nicht.«

Lane festigte ihren Griff und sie trafen sich in der Mitte zu einem Kuss. Die Berührung war überraschend sanft, zärtlich. Es hatte überhaupt nichts von den heftigen Küssen, die Anna sich in so einer Situation vorgestellt hätte. Das hier war besser. Als ihre Lippen sich trennten, hielten sie sich beide noch aneinander fest.

Anna legte ihre Stirn an Lanes und flüsterte: »Ich habe solche Angst, dass sie sie mir für immer wegnehmen.«

»Ich weiß. Aber das werden wir nicht zulassen.«

KAPITEL 8

»Du denkst nach.«

Die Worte kamen aus dem Nichts und überraschten Anna. Sie blinzelte mehrmals und schaute über ihre Schulter zu Lane. »Woher weißt du das? Du liegst hinter mir und kannst mich gar nicht sehen.«

Warme Haut umfing Anna, als sie sich in Lanes Arm herumrollte, sodass sie sich ansehen konnten.

Lane schob Anna die Haare hinter die Ohren. »Du bist die lauteste Denkerin, die ich kenne.«

»Tut mir leid.«

»Muss es nicht.«

»Warum siehst du dann so besorgt aus?«

Lane verengte die Brauen und schüttelte den Kopf, vergrub dann den Kopf an Annas Hals. »Tue ich gar nicht.«

Diesmal schlang Anna die Arme um Lane, fühlte Lanes Lippen an ihrem Hals.

»Tust du, und jetzt versteckst du dich.«

Lanes Antwort war ein Seufzer.

»Bitte denke nicht, dass du nicht mit mir reden kannst.«

Weiche kleine Löckchen streiften Annas Kinn, als Lane den Kopf schüttelte.

Anna konnte ihr nicht böse sein. Ihre saudoofe Entscheidung hatte Lane zutiefst verletzt. Die Wunde war tief und es würde einige

Zeit brauchen, bis sie verheilt und das Vertrauen wiederhergestellt war. Anna rollte sich auf den Rücken, sodass Lane auf ihr lag. Dunkle Augen erwiderten ihren Blick, als sie Lane ernst betrachtete und darauf wartete, dass sie etwas sagte.

»Es ist nicht, dass ich denke, ich *könnte* es nicht. Ich bin nur …« Sie vergrub ihr Gesicht tiefer an Annas Hals. »Du bist abgetaucht. Und ich verstehe, warum, wirklich. Aber an dem Morgen hast du angefangen, dichtzumachen, und als du mich dann angepiept hast, habe ich … Ich habe ehrlich nicht damit gerechnet, dass du das tust«, flüsterte Lane und sah sie an. »Es war so ein Schock. Und nun denkst du nach. Laut. Und was, wenn …«

Der Satz musste nicht zu Ende gesprochen werden. Anna verstand. Sie strich mit den Fingern über Lanes Haar und hörte mit dieser beruhigenden Geste nicht auf, als sie Tränen an ihrem Hals fühlte.

Lane atmete zitternd ein. »Und dann im Aufzug dachte ich, du willst nur, ich weiß nicht, Frieden schließen. Obwohl ein Teil von mir irgendwie auf dich gewartet hat. Darauf, dass du zurückkommst. Ich … ich habe irgendwie gedacht, es würde so kommen, wenn du die Kinder zurückhättest und sich alles beruhigt hätte.«

Anna nahm sanft Lanes Wangen zwischen ihre Hände und hob ihren Kopf an, wobei Lanes tränennasser Blick ihren traf. »Du bedeutest mir so viel.«

Eine Träne kullerte Lanes Wange hinab.

Anna wollte alles wiedergutmachen. Sie wusste, dass es nicht viel gab, dass sie sagen konnte, aber sie würde es ganz sicher versuchen. »Ich weiß, warum du dich so fühlst. Und ich bin nicht sauer, wenn du nicht alles glaubst, was ich sage. Aber … ich hoffe nur, dass du weißt, dass das, was ich getan habe, absolut nichts mit dir oder mit uns zu tun hatte, sondern nur mit den Kindern und meiner Panik.«

Als Lane nickte, aber immer noch verunsichert aussah, packte Anna die Schuld. Sie vergrub ihre Finger in Lanes Haar und küsste sie, fuhr mit der Zunge über ihre Lippen. Der Geschmack von Salz vermischte sich mit ihrer Schuld und Anna ließ erst ab, als sie es nicht mehr schmecken konnte.

Lane stützte den Kopf auf die Hand, sodass sich ihr Ellbogen neben Annas Kopf in die Matratze grub. Sie breitete die andere Hand auf Annas Schulter aus, die Finger strichen über ihre Haut, ihr Blick war intensiv. Sie schaute Anna an, als wäre sie ein Rätsel, das es zu lösen galt. »Es war so frustrierend, denn ich wusste ja, warum du es getan hast. Aber ich hatte keine Ahnung, wie ich unter diesen Umständen um dich kämpfen sollte. Alles, was mir einfiel, war zu respektieren, was du wolltest, obwohl es sich so falsch angefühlt hat, nicht bei dir zu sein.«

Die Haut an Lanes Hand fühlte sich so unglaublich weich an, als Anna sie mit den Fingerspitzen streichelte. »Wenn es etwas hilft … ich war fix und fertig. Ich … es hat mich fertiggemacht. Und dann haben meine Mutter und Kym mir auf wirklich gemeine Weise immer wieder gesagt, dass ich eine Idiotin bin.«

»Also sollte ich deine Mum anrufen, um Danke zu sagen?«

»Ihre letzte Nachricht auf meiner Voicemail endete mit ›Bist du schon wieder mit Lane zusammen? Das hoffe ich für dich, junge Dame!‹«

Lanes Kichern brachte Anna zum Lächeln.

»Also bist du wegen Kyms und Sandras Drohungen zu mir zurückgekommen?«

Anna konnte aufrichtige Sorge hinter dem spielerischen Ton hören. Sie biss sich auf die Lippe, als ihr Lanes Unsicherheit bewusst wurde, gerade weil sie die Auswirkungen kannte, die Alex' Lügen und ihre distanzierte Art auf Lane gehabt hatten.

Mit einer gekonnten Bewegung rollte Anna sie herum und legte sich zwischen Lanes Beine. Sie sah Lane an, hielt den Kopf schief, ihr Gesichtsausdruck war ernst. »Ja, Kym hat mich in den Aufzug geschoben. Und ja, ich brauchte Kym und Mum, um mich aus dem Nebel zu holen, in dem ich feststeckte. Aber ich habe das alles gesagt, weil ich es auch so meinte. Weil ich ohne dich völlig kaputt war. Weil ich dich an meiner Seite brauche, wenn ich das hier überstehen will. Ich war schon auf dem Weg nach Hause und bin dann wieder umgedreht, weil ich dich sehen, mit dir reden musste.« Ein fester Kuss und Anna sah Lane intensiv an. »Okay?«

Lane nickte. »Okay.«

Trotz ihrer Worte wusste Anna, dass es eine Weile dauern würde, bevor Lane davon überzeugt sein würde, dass sie nicht wieder weglaufen würde; Anna konnte warten.

Lane grinste plötzlich frech und entspannte sich etwas. »Und du hast unseren Sex vermisst, nicht wahr?«

»Das waren so achtzig Prozent des Grundes.«

Anna fuhr langsam mit den Lippen über Lanes Schlüsselbein, zwischen ihre Brüste und an ihrem Bauch entlang. Sie ließ sich Zeit. Gemächlich trieb sie Lane zur Ekstase und zeigte ihr so, was sie nicht in Worte fassen konnte.

Sie wiederzuhaben machte Anna so glücklich.

Und sie würde dafür sorgen, dass Lane das spürte. Jeden Tag.

Sie gingen den nächsten Morgen gemächlich an. Anna hatte den Tag frei, um sich auf die Verhandlung vorzubereiten, und Lane meldete sich trotz der lauten Proteste ihres Schichtleiters krank.

Ein kleines Lachen entwischte Lane, als sie auflegte. Sie blickte auf, als Anna zwei dampfende Tassen mit Kaffee hereintrug. Die Laken waren warm, als sie wieder ins Bett kroch und Lane eine Tasse reichte.

»Was ist so lustig?«

»Er hat geseufzt und gesagt, ›Ich gehe davon aus, dass du morgen auch frei brauchst?‹«

Anna schmunzelte. »Was hast du geantwortet?«

»Ich habe gesagt: ›Ja, oder ich melde mich einfach wieder krank‹. Das ganze Krankenhaus steht hinter dir, Anna.«

Anna trank ihren Kaffee und sah Lane über den Tassenrand hinweg an. »Danke.«

Lane blies in ihre Tasse und sah sie fragend an. »Wofür?«

»Dafür, dass du da bist, dass du mitkommst. Dafür, dass du den Tag mit mir verbringst, damit ich nicht wahnsinnig werde.«

»Danke, dass du mich lässt.«

Sie lächelten einander zaghaft an.

»McDermott hat mich gezwungen, heute freizunehmen, weißt du.«

»Hat er?«

Anna nickte. »Ich habe ihm gesagt, dass ich den Nachmittag frei brauche, um mich mit dem Anwalt zu treffen, und er hat mir den ganzen Tag gegeben. Ist ja nett und so, aber ich bin innerlich ausgeflippt, weil ich Angst davor hatte, den ganzen Tag nichts zu tun zu haben.«

»Und nun?«

»Nun habe ich dich, um mich zu beruhigen.«

Der Kuss, den Lane ihr schenkte, war sanft, beruhigend. Anna lehnte sich gegen das Kopfteil, in ihrer Brust machte sich ein warmes Gefühl breit. »Also, wie sieht der Plan für heute aus?«

Anna zuckte leicht mit den Achseln. »Heute Nachmittag muss ich zu Scott. Vielleicht treffe ich vorher meine Mum. Ich versuche, nicht zu viel nachzudenken. Und ...« Anna sah fast schüchtern von ihrem Kaffee auf. »Ich hänge mit dir ab.«

»Das können wir definitiv tun.«

Anna trank aus, stellte die Tasse auf den Nachttisch und legte sich auf den Rücken, den Kopf in Lanes Schoß.

Stille umhüllte sie, als Lane ihren Kaffee trank und mit den Fingerspitzen sanft über Annas Bauch und ihre Hüften strich. Anna starrte an die Decke, es ging ihr gut, obwohl ihre Gedanken anfingen, um den morgigen Gerichtstermin zu kreisen.

»Lane«, Annas Stimme war leise. »Was, wenn ich sie morgen nicht zurückbekomme?«

Weiche Finger strichen über Annas Bauch, während Lane ihre Wange küsste. »Dann werden wir uns den Hintern abkämpfen, um sie bei der Verhandlung zurückzubekommen.«

»Es ist so lange her, dass ich sie gesehen habe. Ich, ich hatte gar nicht realisiert, wie sehr ich sie brauche – wie sehr sie jetzt ein Teil meines Lebens sind.«

Lane schob Anna die Haare aus der Stirn, ihre Hand beruhigte sie. »Ich weiß.«

»Während der ersten Wochen war ich so oft drauf und dran gewesen, Mum anzurufen, damit sie kommen und ich davonlaufen könnte.”

Lane sah Anna an, ohne sie zu verurteilen.

»Was, wenn ich es eines Nachts wirklich getan hätte? Das könnten sie gegen mich verwenden.«

»Ich denke nicht, dass deine Mum ihnen das erzählt hätte. Gott, meine Cousine hat das mal mit ihren zwei Kindern gemacht. Wahrscheinlich haben das sogar sehr viele Leute schon getan. Es ist okay, dass du manchmal abhauen wolltest, weißt du.«

»Ich vermisse sie. So sehr.«

Lane beugte sich vor und küsste Annas Stirn. »Ich auch.«

Sie verschränkten die Hände über Annas Bauch.

»Das Positive daran?«

»Hm?«

»Du siehst total heiß aus, wie du hier so oben ohne auf dem Bett liegst.«

Anna lachte.

Sie nahmen sich an diesem Morgen viel Zeit, quatschten die meiste Zeit nur, duschten lange und versuchten langsam, sich wieder miteinander wohlzufühlen. Die schmale Kluft zwischen ihnen hatte sie beide total verunsichert. Die gemeinsame Zeit am heutigen Tag war wie ein Geschenk, um sich wieder aneinander zu gewöhnen und Vertrauen aufzubauen.

Lane begleitete Anna zu ihrer Mutter. Sandra nahm Lane einfach in die Arme und sagte nichts. Sie schien ihr Grinsen allerdings nicht ablegen zu können, als sie ihre Hände einen Moment um Lanes Wangen legte und sie dann beide zu Tee und Kaffee in die Küche zog.

Anna konnte sich nur mit Mühe zusammenreißen, als Sandra mit zusammengepressten Lippen Bilder hervorholte, die Ella gemalt hatte. Es waren vier, und sie zeigten Anna, Ella und Toby in verschiedenen Situationen. Sandra war auf einigen zu sehen, genau wie Jake und Sally auf einer Wolke. Anna gab die Bilder schnell an Lane weiter. Der Anblick des letzten verschnürte ihr die Kehle.

Als Lane sich das Bild anschaute, glänzten ihre Augen. Es war eine Zeichnung von Ella und Toby, die an einem sehr alt aussehenden Tisch zu Abend aßen. Die Figuren neben ihnen konnten nur Kym, Lane und Anna sein.

»Sie hat sich gewünscht, dass ich dir die alle gebe. Der Lehrer wollte, dass die Kinder ihre Familien malen.« Sandra hielt ihr ein weiteres Bild hin. »Das hier ist von Toby.«

Ein bitteres Gefühl der Trauer durchfloss sie, als sie das Papier nahm. Es war ein leuchtend orangefarbener Klecks, und Anna konnte sich gut vorstellen, wie viel von der Farbe auf Toby selbst gelandet sein mochte. »Danke, Mum.«

»Es geht ihnen wirklich gut, Anna. Ich weiß trotzdem, wie du dich fühlst. Wenn du das zu mir sagen würdest, ginge es mir damit auch nicht besser. Sie zu sehen hat geholfen.«

Anna griff Lanes Finger, die ihr Knie drückten. Lane wiederzuhaben, obwohl sie nur ein paar Tage getrennt gewesen waren, machte einen großen Unterschied. Doch das Einzige, was diesen Schmerz in ihrer Brust, diesen ständigen Stress, wirklich wettmachen könnte, wäre, Ella und Toby wieder zu Hause zu haben.

Kurz vor zwei nahmen Lane und Anna ein spätes Mittagessen in einem Restaurant ein; eigentlich nur, um sich bis zum Treffen mit Scott abzulenken. Anna erlaubte sich, Lanes Nähe zu suchen, die sie so dringend brauchte, und drückte sich in der Nische, in der sie saßen, enger an Lane. Sie aßen in Ruhe, teilten Worte und sanfte Blicke.

»Nervös?« Lane sah Anna über ihre Kaffeetasse hinweg an.

»Will ich nicht sein. Scott versucht, mich auf das vorzubereiten, was morgen von mir erwartet wird.«

»Deshalb das Treffen?«

»Ja.«

Lane stellte ihre Tasse ab und hob sanft Annas Kinn an.

Anstatt sich zu wehren, sah Anna sie zärtlich an.

»Es wird alles gut.«

Anna wollte ihr glauben.

»Jeder mit einem Gehirn kann sehen, dass du das Beste für die Kinder bist. Es ist *Mist*, dass das passieren musste, aber wir werden sie zu dir zurückholen.«

Anna nickte.

Lane küsste sie schnell und fuhr dann mit den Fingern von Annas Kinn hoch zu ihrer Wange, die sie kurz sanft umfasste, bevor sie die Hand fallen ließ.

»Genau das ist es, was mit Ihnen nicht stimmt.«

Anna kannte die Stimme.

Cathy stand mit flammendem Blick und erhitzten Wangen vor ihnen und sah auf sie herab.

Lane versteifte sich.

Ein Mann stand hinter Cathy; die zwei waren eindeutig gerade auf dem Weg nach draußen gewesen. Er sah sie überrascht an, bevor er das Gesicht wegdrehte und hinauseilte.

Anna hatte ihn kaum richtig wahrgenommen, aber irgendwie kam er ihr bekannt vor.

»*Das* da in der Öffentlichkeit zu zeigen.« Cathys Stimme war voller Abscheu, ihr Ton tief und hart. In ihren Augen loderte Wut. Sie hatte nicht mal bemerkt, dass ihr Freund gegangen war. »Sich hier zu präsentieren, wo Sie *jeder* sehen kann. Deshalb wurden ihnen diese unschuldigen Kinder weggenommen.«

Zorn wallte in Anna auf. Sie setzte sich aufrechter hin. »Sie sind mir wegen Ihrer falschen Anschuldigungen weggenommen worden, Cathy.« Anna konzentrierte sich darauf, ihre Stimme ruhig klingen zu lassen.

»Aus keinem anderen Grund.«

Cathy schnaufte vor Lachen.

Lane drückte Annas Knie unter dem Tisch, um sie zu warnen.

Anna atmete tief durch. Scott hatte ihr gesagt, dass sie Cathy meiden und, wenn sie sie sah, jeder Konfrontation aus dem Weg gehen sollte. Das zu tun, war unglaublich schwierig, wenn die Frau vor ihnen stand und sie *vorwurfsvoll* ansah, obwohl *sie* daran schuld war, dass Ella und Toby in einer Pflegefamilie waren.

Anna konnte den verzerrten Ausdruck von Hass kaum ertragen, der sich auf Cathys Gesicht spiegelte. Ein Gesicht, dass sie so sehr an ihre Schwägerin erinnerte, die einer der verständnisvollsten Menschen war, die Anna kannte. Sally hatte ihre Mutter nicht mal in ihrem eigenen Leben haben wollen, geschweige denn, in dem der Kinder.

»Sie wurden Ihnen weggenommen, weil ich recht hatte. Bald werden sie für immer aus Ihrer, Ihrer …«, Cathy musterte sie angeekelt.

Lane drückte Annas Bein fester.

»... verdorbenen Lebensführung entfernt werden.«

Ihr Atem ging schnell und kurz, als Anna aufstand, Lanes Hand nahm und sie auf die Füße zog. So ruhig sie konnte, ging sie an Cathy vorbei, ohne sie anzusehen.

»Wirklich, Anna, wenn Sie diese Kinder lieben, wenn eure *Art* in der Lage ist, normale, gesunde Liebe zu fühlen, dann lassen Sie sie gehen.«

Anna blickte weiter geradeaus, ihre Hand immer noch in Lanes, als sie hinausstürzten.

Cathy, deren Stimme bis jetzt leise gewesen war, hob an: »Wem werden Sie antworten, Anna, wenn Ihre Zeit gekommen ist?«

Anna rief ihre Antwort, ohne sich umzudrehen: »Meinem Gewissen.«

So schnell sie konnten, verließen sie das Café. Anna hatte das Gefühl, kaum Luft zu bekommen, und umklammerte Lanes Hand wie eine Rettungsleine. Die kalte Luft stach auf ihren brennenden Wangen.

Lane brachte sie neben dem Wagen zum Stehen. Anna lehnte sich schwer gegen die Tür. Auf Lanes Gesicht spiegelte sich die Wut, die Anna fühlte.

Für eine Weile sahen sie sich sprachlos an, bis Lane endlich mit klarer Stimme sagte: »Sie ist eine verrückte Schlampe.«

Anna lächelte. »Ist sie wirklich.«

»Das hast du sehr gut gemacht, einfach zu gehen.«

»Was gibt ihr das *Recht*, Leute so zu verurteilen?«

»Ich habe keine Ahnung.«

»Deine Hände zittern.«

»Ich bin ziemlich wütend. Sie hat uns angesehen, als wenn wir Dreck wären. Und was sie gesagt hat …«

Anna drückte die Hand, die sie noch immer umklammert hielt. »Danke, dass du ruhig geblieben bist.«

»Etwas zu sagen hätte dieser Frau nur in die Hände gespielt.«

»Danke auch für …« Lane starrte sie fragend an, als Anna innehielt, weil sie nicht die passenden Worte fand. »Ich bin so froh, dass du da warst.«

»Ich bin froh, dass du das nicht allein machen musstest.«

»Tut mir leid, dass sie dich so angesehen hat.«

»Wage es nicht, dich für *sie* zu entschuldigen.«

Anna atmete tief ein und lehnte den Kopf gegen den Wagen. »Gott, die Kinder *dürfen* ihr nicht zugesprochen werden.«

Lane umarmte Anna beruhigend. »Das wird auf gar keinen Fall passieren.«

»Lass uns zum Anwalt gehen und diesen Tag hinter uns bringen. Ich wünschte, es wäre schon morgen.«

»Darf ich von meinem Platz aus Spuckebällchen gegen Cathys Nacken schießen?«

Anna nickte schmunzelnd. »Sehr gerne.«

Der Wein auf ihrer Zunge war noch erfrischender als die Atemluft. Anna zwirbelte eine Zigarette zwischen den Fingern, während sie eine Weile in den Hinterhof starrte. Dann schaute sie einem Flugzeug hinterher, das über sie hinwegflog. Es war zu weit entfernt, um es zu hören, aber die blinkenden Lichter hoben sich gegen den Abendhimmel ab. Ihre Finger hörten nicht auf, die Zigarette zu drehen, und sie nahm noch einen Schluck Wein.

Lane war heimgefahren, um Kleidung für den nächsten Tag zu holen, und hatte versprochen, zurück zu sein, sobald sie geduscht war und etwas Anständiges zum Anziehen fürs Gericht rausgesucht hatte.

Das Treffen mit Scott war schnell vergangen; er war seine Fragen durchgegangen und hatte ihnen die Fragen genannt, die der Staatsanwalt seiner Meinung nach stellen würde. Scott hatte ihnen Mut gemacht, wiederholt, wie es ablaufen würde und ihre Fragen beantwortet. Er hatte ihnen auch nochmals versichert, dass ihre Homosexualität keinen Einfluss auf das Verfahren hatte. Der Fall basierte auf Vernachlässigung, auf Anschuldigungen, und auch auf etwas, das ihr Fallbetreuer gesagt hatte. Das war Anna neu, denn Lorna hatte eigentlich immer auf ihrer Seite gestanden. Wenn Lorna aber auf ihrer Seite war, wieso hatte man ihr dann die Kinder wegnehmen können?

Anna war mit den Nerven am Ende. Niemand konnte ihr einen positiven Ausgang versprechen. Alles könnte sich über Wochen hinziehen, wenn der Richter nicht anerkannte, dass es keine Vernachlässigung gegeben hatte. Jemand anders könnte die vorübergehende Vormundschaft bis zum formellen Verfahren bekommen. Die Kinder könnten in der Pflegefamilie bleiben oder zu Cathy kommen. Anna könnte wegen grober Vernachlässigung vor Gericht landen.

Die Zigarette in ihrer Hand war unglaublich verlockend; sie drehte sie weiter, um sie nicht anzuzünden.

Das Haus war zu still.

Vorher hatte sie hier immer gesessen, um an ihren Bruder zu denken und ihr altes Leben zu vermissen. Um sich zu fragen, was zum Teufel er sich gedacht hatte. Sie hatte hier gesessen, weil sie Tobys Weinen fürchtete oder Angst hatte, dass Ella aufwachte, mit ihren traurigen Augen und den schweren Fragen.

Nun war es der Ort, an dem sie die Kinder vermisste.

Das Flugzeug verschwand und sie hatte nichts mehr, auf das sie sich konzentrieren konnte. Ihr Blick streifte den kleinen Garten. Er war nicht groß genug für eine Schaukel oder ein Trampolin. Jake und Sally fanden es toll, dass der Park nur fünf Minuten entfernt war. Auch wenn der Garten nicht viel Platz bot, wäre ein Hund doch glücklich dort. Anna war sich sicher, dass die Kinder ein Hündchen lieben würden.

Sie trank mehr Wein.

Oder ein Kätzchen.

Sollte man klein anfangen? Vielleicht mit einem Hamster. Oder einem Fisch.

Anna gefiel die Idee, ein Hündchen oder ein Kätzchen um sich zu haben. Sie und Jake hatten nie Haustiere. Sie setzte das Weinglas ab und zündete das Feuerzeug wieder an. Was, wenn sie die Kinder nicht zurückbekam?

»Fahr zur Hölle, Cathy«, murmelte sie.

»Ganz meine Meinung.« Lanes Stimme erklang leise hinter ihr, und obwohl Anna nicht gehört hatte, wie sie reingekommen war, erschrak sie nicht.

»Hast du ein super Gerichtsoutfit gefunden?«

Lane setzte sich neben sie. »Japp, und ist es umwerfend, um ehrlich … du rauchst?«

Anna hörte auf, die Zigarette zu drehen, und schaute Lane an. Sie hatte sie entweder rauchen wollen, bevor Lane zurück war oder noch etwas damit spielen und sie dann verschwinden lassen wollen. »Ähm, nur manchmal.«

Lane hob die Brauen.

»Wie gerade jetzt, anscheinend.« Anna legte die Zigarette neben sich ab und nahm ihr Weinglas, dann gab sie Lane auch eines. »Sei nicht sauer, bitte.« Sie versuchte, charmant zu schauen. »Ich hatte schon Wein für dich eingeschenkt.«

»Hmm.« Nachdem sie einen Schluck getrunken hatte, wandte Lane sich wieder Anna zu und öffnete den Mund.

Bevor sie etwas sagen konnte, sagte Anna: »Es ist widerlich, ich weiß.« Sie biss sich auf die Lippe.

Weiche Lippen schmiegten sich an ihre, und Anna fühlte, wie ein Teil der Anspannung aus ihrem Körper wich.

»Ich bin froh, dass du es nicht getan hast. Du riechst bedeutend besser ohne den Rauch.«

Sie kuschelten sich entspannt aneinander und Lane legte ihren Arm um Anna.

»Morgen wird ein großer Tag«, sagte Lane leise.

Anna nickte.

»Es war eine große Woche.«

Anna nickte erneut und atmete tief ein.

»Nächste Woche wird gut.«

Anna hob den Kopf und sah Lane an. »Ach ja?«

»Ja.«

Anna legte ihren Kopf wieder auf Lanes Schulter. Ein weiteres Flugzeug bewegte sich hoch über ihnen. Der Arm um Annas Schultern hielt sie fester.

»Willst du raufgehen?« Lanes Stimme war weich und sanft. »Ich habe eine Idee, was wir tun könnten, um deinen Stress zu reduzieren. Was ich vorhabe, wird bei dir auch keinen Krebs verursachen.«

Unter anderen Umständen wäre Anna auf diesen Vorschlag sofort eingegangen. Doch jetzt, hier und heute, kuschelte sie sich enger an

Lane und blieb sitzen. Hier, in der Kühle der Nacht und mit Lane neben sich, fühlte sie sich so ruhig, wie sie es nicht mehr gewesen war, seit Lorna an dem verhängnisvollen Tag vor der Tür gestanden hatte. Auf gar keinen Fall wollte sie genau jetzt irgendwo anders sein.

»Noch eine Minute?«

Lane drehte den Kopf und küsste Anna auf den Kopf. »Noch eine Minute.«

KAPITEL 9

Annas Herz raste.

»Du musst atmen.«

Sie sah hoch und Kym direkt an, die ihr gegenübersaß.

»Ich weiß.«

»Das musst du wirklich.«

»Es geht mir gut.«

»Geht es nicht. Und das ist okay. Aber ernsthaft jetzt, atme.«

Anna nahm einen Schluck. Sie hatte beide Hände um ihre Kaffeetasse gelegt, als könnte die sie durch und durch wärmen. Je mehr Anna sich auf ihre Atmung konzentrierte, desto schwieriger wurde es, sie zu normalisieren.

»Sieh mal, du hast Lane wieder, was du, wie ich finde, alles mir zu verdanken hast.« Kym schenkte ihr ein selbstgefälliges Grinsen.

Anna rollte mit den Augen.

»Und bald hast du auch die Kinder wieder. Wenn alles gut läuft, sind sie am Wochenende schon wieder zu Hause und wir planen dann unseren nächsten Filmabend.«

»Das sagst du so. Das kann auch ganz anders ausgehen.«

»Könnte es. Wird es aber nicht. Sie kann nichts beweisen. Alle Vorwürfe sind Mist, und du hast diese Kinder verdient.«

Es wäre so viel einfacher, wenn Anna Kym einfach glauben könnte.

Kym sah sie eine Sekunde lang an, dann seufzte sie. »Schau mal, was kann schlimmstenfalls passieren? Du wirst die Kinder nicht wiederbekommen, Panik schieben und wieder wie eine Idiotin handeln und Lane verlassen. Damit verdammst du dich zu einem Leben in Einsamkeit. Ich werde dir dann zehn Katzen kaufen, damit *du die* Irre sein kannst und für immer allein bleibst. Wenn du dann stirbst, können die Katzen dich von den Zehen an aufwärts auffressen.«

Entsetzt starrte Anna sie an.

Kym zuckte mit den Schultern und grinste. »Ich versuche nur, dir zu zeigen, dass es immer noch schlimmer werden kann.«

Als Lane frisch geduscht hereinkam, war Annas schockierter Blick noch immer auf Kym gerichtet.

»Kym! Was hast du gemacht?«

Kym sah Lane unschuldig an. »Was? Gar nichts.«

»Ich hatte sie gerade beruhigt, und ich habe gewartet, bis du kommst, damit ich duschen kann und sie sich nicht verrückt macht, wenn sie ganz allein ist. Und jetzt sieht sie völlig entsetzt aus.«

»Ich bin entsetzt! Und ich brauche keinen Babysitter.« Die Empörung in Annas Stimme war deutlich.

»Das weiß ich. Tut mir leid. Ich mache mir nur Sorgen.« Lane stahl Annas Kaffee und nahm einen Schluck. »Warum schaust du so entsetzt?«

»Nur so.« Anna ignorierte Kyms Kichern.

»Du riechst gut.« Nach einem schnellen Kuss ging Lane zum Kühlschrank. »Eier? Speck? Pilze? Alles?«

»Ja!«, rief Kym aus.

Anna und Lane sahen sie verwirrt an.

»Ich mein, was immer ihr wollt, ist okay.«

»Du lebst immer noch vom Essen aus dem Snackautomaten?«

Kym zuckte mit den Achseln und wechselte das Thema. »Wann kommt deine Mum?«

»Sie müsste gleich auftauchen.« Anna blickte zu Lane. Ein Berg aus Lebensmitteln machte es fast unmöglich, sie vom Tisch aus zu sehen. »Brauchst du Hilfe?«

Lane gab ihr ein Päckchen Pilze. »Du kannst die schneiden.«

Anna fing bereitwillig an, das Gemüse zu putzen. »Das Blöde daran, ich zu sein, ist, dass ich immer nur die Schnippelarbeit machen darf.«

»Ich würde dich die Eier kochen lassen, aber das letzte Mal warst du abgelenkt und anstelle von pochierten Eiern hatten wir Steine.«

Anna schnippelte weiter und streckte die Zunge raus.

Kym grinste. »Oder an dem einen Morgen, als sie Pancakes machen wollte und Salz reingeschüttet hat anstatt Zucker.«

»Oder als sie uns Spaghetti kochen wollte und es irgendwie geschafft hatte, die Pasta anbrennen zu lassen.«

»Leute! Ich bin *hier*. Und so schlimm war das alles nicht.«

Keine antwortete, beide starrten Anna nur an.

»Ihr seid total mies.«

»Nein, das war nur deine Lasagne.«

»Hey!«

Auf dem Weg zum Spülbecken küsste Lane Annas Nacken. »Schon okay. Du bist in anderen Dingen gut.«

Ein wenig beschwichtigt schnitt Anna die Pilze weiter. Als sie sich die Hände wusch, wurde die Haustür geöffnet.

»Ich bin da!« Die Stimme ihrer Mutter ertönte im Flur.

»Wir sind in der Küche, Mum!« Anna setzte sich wieder an den Tisch.

»Oh, mein Gott, das riecht lecker … Moment, Anna, du kochst do…« Sandra trat in die Küche und sah erleichtert aus, als sie sah, was vor sich ging. »Oh, gut, halb so wild.«

»Was?«

»Ich bin nur … froh, Lane am Herd zu sehen.« Sie wandte ihre Aufmerksamkeit Lane zu, die mit einem schiefen Lächeln aufgesehen hatte. »Guten Morgen, Lane, meine Liebe.«

»Morgen, Sandra.«

»Hallo, Kym. Du siehst gut aus.«

»Danke, Sandra. Du auch – wie immer.«

»Entschuldigt mal!«

Alle sahen zu Anna.

»Was soll das? So schrecklich bin ich in der Küche auch nicht.«

»Liebling, du konntest als Kind nicht mal Kekse in deinem Spielzeugofen backen.«

Anna zog die Brauen zusammen. »Wo ist Dad?«

Ihre Mutter wich ihrem Blick aus und goss sich einen Kaffee ein. »Oh, wir treffen uns dann dort.«

»Er konnte es nicht ertragen, für fünf Minuten im selben Raum mit mir zu sein.« Anna war emotionaler, erschöpfter und empfindlicher, als sie gedacht hatte.

Die Tasse in der Hand ihrer Mutter klapperte, als sie sie fast auf den Tisch fallen ließ.

Sie sahen sich in die Augen. Anna versuchte, ihre Schuldgefühle zu ignorieren, während ihre Mutter unglaublich traurig aussah.

Die Wahrheit über das, was das Verhalten ihres Vaters bei allen Beteiligten in den vergangenen Monaten ausgelöst hatte, stand unausgesprochen zwischen ihnen.

Sandra war diejenige, die den Blickkontakt löste und sich wieder ihrem Kaffee zuwandte.

Annas Wangen waren heiß.

Kym starrte fest auf den Tisch, während Lane von Anna rüber zu ihrer Mutter blickte.

Nach einem beruhigenden Schluck Kaffee setzte Sandra ihre Tasse ab und sah Anna endlich an. »Wir treffen ihn im Gericht.«

»Okay.«

Lane räusperte sich. »Ähm … Frühstück ist fertig.«

Sandra drückte beruhigend Annas Arm, als sie sich setzte. »Wunderbar. Dann bring es rüber, Lane. Ich brauche Energie, um diese Frau in den Boden zu stampfen.« Als alle sie überrascht ansahen, zuckte Sandra mit den Achseln. »Was? Ich habe gern einen vollen Magen, bevor ich einer religiösen Fanatikerin in den Hintern trete.«

Sie aßen schweigend. Anna versuchte, das unangenehme Gefühl in ihrem Magen zu ignorieren, und zwang sich das Essen hinein. Kyms Beine wippten unaufhörlich unter dem Tisch auf und ab und Sandras Blick wechselte von einer zur anderen, während sie ein gezwungenes Lächeln auf dem Gesicht beibehielt.

Als Lane unter dem Tisch Annas Knie fasste, wurde Anna fast von einer Welle der Dankbarkeit für diese Menschen, die alle für sie eintraten, überwältigt. Wenn es klappte, würden Toby und Ella bald wieder da sein, wo sie hingehörten. Wenn es nicht klappte, wer wusste, wo sie dann landeten?

Nach dem Frühstück fuhren alle gemeinsam zu Gericht. Sandra saß am Steuer. Alles, was Anna tun konnte, war aus dem Fenster zu starren, während Lane ihre kalte Hand hielt.

In dem eisigen Gerichtsgebäude begrüßte Scott sie mit einem freundlichen Grinsen. Anna war dankbar für seinen Charme und die Geborgenheit, die er ihnen vermittelte. Entfernte man Ärzte aus ihrem Krankenhaus, waren sie verloren und unsicher. Und dieses Gerichtsgebäude, ein Ort, der ihnen allen nicht vertraut war, schüchterte sie ein.

»Ladys, Sie sehen alle wunderbar aus.«

Alle vier trugen irgendeine Art von Kostüm. Anna hatte einen Bleistiftrock an, der sie ihren Arbeitskittel vermissen ließ. Sandra hatte sich für Hosen entschieden und gesagt: *»Ich bin nicht die Lesbe, Schatz. Ich muss meine Weiblichkeit nicht beweisen. Und du solltest es im Übrigen auch nicht müssen.«*

Mit sicherem Schritt führte Scott sie zu einer schweren Holztür. Im Gang waren Stühle aufgereiht und ein Gerichtsdiener stand neben der Tür.

»Anna und ich gehen rein. Alle anderen müssen sich hinsetzen, bis man Sie aufruft.« Scott nickte ihnen zu. »Bleiben Sie ruhig, atmen Sie durch. Und reden Sie nicht miteinander.«

Sandra sah ihn fassungslos an. »Aber wir konnten doch bis jetzt auch miteinander reden?«

»Verrückte Gerichtsregeln.« Scotts Zwinkern war bezaubernd und Anna hätte schwören können, dass ihre Mutter verzückt war.

Sandra, Kym und Lane lächelten Anna zu. Sie wollte jede Einzelne von ihnen als moralische Unterstützung mit sich dort hineinziehen. Anna fing Lanes Blick auf.

»Wir sind direkt vor der Tür, okay?«

Ihre Worte beruhigten Annas Nerven ein wenig. Sie nickte und versuchte, das Lächeln zu erwidern.

Scott nahm sie am Arm und wollte sie durch die Tür führen.

»Oh, Anna!«

Anna drehte den Kopf.

Sandra grinste. »Mein Magen ist voll.« Sie zwinkerte. »Es kann losgehen.«

Das Geräusch, das Annas Hals verließ, war mehr ein ersticktes Lachen als alles andere, aber ein Teil ihrer Anspannung löste sich aus ihrem Bauch, als sie Scott in den Raum folgte.

Obwohl Scott ihr erklärt hatte, was zu erwarten war, hatte Anna sich einen großen Gerichtssaal mit Galerie, Jurybereich und Zeugenstand vorgestellt. Stattdessen kam sie in einen Raum, der fast komplett leer war und in dem all das einschüchternde Zubehör fehlte. Es gab zwei Tische, links und rechts, für die Anklage und die Verteidigung. Vorne erstreckte sich ein langer Tisch auf gleicher Höhe mit den kleineren Tischen. Der Richterstuhl war hinter dem langen Tisch aufgestellt worden; ein Gerichtsdiener stand an einem Ende und eine Gerichtsschreiberin saß am anderen. An der rechten Seite bog sich der Tisch zu einem L, wo die Zeugen sitzen und ihre Aussagen machen konnten.

Obwohl der gesamte Aufbau des Raums so gar nichts mit den Gerichtsverhandlungen zu tun hatte, die sie aus dem Fernsehen kannte, war sie weiter nervös. Anna strich ihre schwitzigen Hände über den groben Stoff ihres Rockes.

»Ich habe Ihnen doch versprochen, dass es nicht so einschüchternd wird.«

Mit einem schwachen Nicken folgte sie Scott zu dem kleineren Tisch auf der rechten Seite. »Also, Lorna wird mit dem Staatsanwalt reinkommen, dann kommt der Richter, und dann geht es los?«

»Genau.« Er goss ihr Wasser aus der Karaffe auf dem Tisch ein. »Hier, trinken Sie.« Nachdem er sich selbst etwas eingeschenkt hatte, zog er verschiedene Papiere aus seiner Aktentasche und breitete sie vor Anna aus.

Die Tür öffnete sich und Anna drehte sich um.

Lorna betrat den Raum, in Begleitung eines Mannes im Anzug, der wahrscheinlich der Staatsanwalt war. Ihnen folgte George Coleman, der Betreuer, der Lorna vertreten hatte. Lorna lächelte Anna an und blieb stehen, während Coleman weiterging.

»Hi, Anna.«

»Hi.«

Sie wollte so gerne nach den Kindern fragen, schloss den Mund aber, als Scott sie sanft am Arm berührte.

Dann tat sie es doch. »Wie geht es ihnen?«

Ihr Blick musste deutlich gemacht haben, wie verzweifelt sie auf Neuigkeiten hoffte, denn obwohl der Staatsanwalt Lorna am Arm packte und sie zu ihrem Tisch führte, antwortete sie schnell. »Hab heute Morgen mit der Pflegefamilie gesprochen; es geht ihnen gut.«

Anna nickte dankend, wandte sich um und vermied gezielt Scotts bösen Blick. »Was?«, fragte sie lässig.

»Nichts.«

»Scott.«

Er sah sie von der Seite an. »Hm?«

»Wir müssen sie zurückbekommen«, sagte sie und schaute ihm direkt in die Augen.

»Ich weiß.«

»Gut.«

Plötzlich richtete sich einer der Gerichtsdiener weiter hinten auf. »Erheben Sie sich für den ehrenwerten Richter Gordon.«

Anna ballte die Hände zu Fäusten und stand auf.

Es ging endlich los.

Der Richter war ein großer, dünner Mann, wahrscheinlich in seinen späten Fünfzigern oder frühen Sechzigern, mit dickem grauen Haar. Anna's erster Gedanke war, dass er Geduld ausstrahlte.

Sobald er sich gesetzt und genickt hatte, nahmen auch alle anderen Platz, also tat Anna es ihnen gleich.

Der Gerichtsdiener, der dem Richter am nächsten stand, las den Anklagesatz vor: »Der Staat gegen Anna Foster, betreffend die Anschuldigungen wegen Vernachlässigung zweier Schutzbefohlener in ihrer Obhut und die bevorstehende Zustimmung zur Vormundschaft. Den Vorsitz hat Richter Gordon.«

Der Richter nickte und wandte sich dann an den Staatsanwalt: »Und heute, wenn sich die Anschuldigungen als wahrheitsgemäß erweisen, müssen wir auch einen vorübergehenden Vormund für«, er sah hinab auf die Papiere vor sich und Anna mochte ihn sofort ein wenig mehr dafür, »Ella und Toby bestimmen, bis die finale Anhörung in etwa einem Monat stattfindet. Ist das korrekt?«

»Korrekt, Euer Ehren.«

Scharfsinnige Augen sahen von Lorna zu Anna. »Das ist kein Strafprozess. Wir halten keine großen Eröffnungs- und Schlussplädoyers. Wir sind ein Familiengericht, und wir sind hier, um zu entscheiden, was das Beste für diese Kinder ist.« Er wandte sich an den Staatsanwalt. »Beginnen Sie.«

Der Anwalt stand auf. »Euer Ehren, wir sind hier, um verschiedene Vorwürfe der Vernachlässigung zu untersuchen, die, zusammen mit den geäußerten Bedenken eines Sachbearbeiters des Jugendamtes, dazu führten, dass die Kinder zeitweise aus Anna Fosters Obhut genommen wurden. Die Kinder sind für den Zeitraum bis zur Anhörung über das Sorgerecht in einer Pflegefamilie untergebracht.«

»Und warum ist überhaupt eine Anhörung über das Sorgerecht notwendig?«

Scott stand auf.

Als sie endgültig begriff, dass das hier keine Anwaltsserie war, in der mit dem Hammer geschlagen und herumgeschrien wurde, entspannte Anna sich.

»Euer Ehren, ursprünglich war keine notwendig. Wie Sie in der Kopie des Testaments lesen können, haben die Verschiedenen, Jake und Sally Foster, meine Klientin Anna Foster als Vormund bestimmt. Da sie dies angenommen hat, mussten die Papiere nur noch von einem Richter unterschrieben werden. Allerdings hat die Großmutter mütterlicherseits in der Zwischenzeit das Gericht um die Vormundschaft ersucht, das Testament angefochten, und somit ist eine Verhandlung notwendig geworden.«

Der Richter blickte wieder zum Staatsanwalt. »Und wurden die Anschuldigungen der Vernachlässigung seitens dieser Klägerin vor oder nach ihrem Ersuchen um die Vormundschaft erhoben?«

»Danach.«

Der Richter sah nachdenklich aus, dann richtete er seinen Blick wieder auf Scott. »Möchten sie mit den Charakterreferenzen beginnen?«

»Ja, Euer Ehren.«

Sprachlos schaute Anna den Leuten zu, die reihenweise vortraten und ihr im wahrsten Sinne des Wortes ein Loblied sangen. Zuerst Ellas Schulpsychologin, die darüber sprach, wie Ella nach dem Tod ihrer Eltern verständlicherweise sehr still und zurückgezogen gewesen war. Sie ließ das Gericht wissen, dass Anna sich regelmäßig bei ihr gemeldet hatte, um zu erfahren, wie Ella sich machte und um über ihre Bedenken zu sprechen. Sie schilderte dem Gericht, wie Ella langsam wieder sie selbst geworden war und in der letzten Woche sogar wieder mehr Anschluss zu anderen Kindern gefunden hatte. »Es ist normal für Kinder, dass sie sich in solch einem Fall von Gleichaltrigen vollkommen abgeschottet fühlen, das hat Ella ganz offensichtlich erlebt. So etwas kann Monate oder sogar Jahre anhalten. Stabilität kann unterstützen, genau wie Geduld.«

»Und Ella schien es ein wenig besser zu gehen?«

»Ellas letzte Bilder, die der Kunstlehrer ihnen aufgegeben hat, zeigte ihre Familie, bestehend aus ihrer Tante, Doktor Foster, und Toby und Ella selbst. Manchmal hatte sie ihre Eltern in einer Wolke über dem Haus gezeichnet.«

»Noch jemanden?«

»Eine Schwester Lane war aufgetaucht und eine Kym, die, soweit ich weiß, Freundinnen von Doktor Foster sind und Ella inzwischen viel bedeuten.«

»Und meinen Sie, dass etwas falsch daran ist, dass sie Beziehungen zu diesen Menschen aufbaut?«

»Nein, natürlich nicht. Es ist sogar sehr positiv. Das sind neue Beziehungen, neue Bande, die Ella zeigen, dass es immer noch Menschen gibt, die für sie da sind, in den verschiedensten Rollen, und das nach so einem großen Verlust. Es ist gesund. Was außerdem sehr gesund ist, ist, dass Ella diese Menschen nicht nur in ihrem Leben akzeptiert – sie heißt sie willkommen.«

Scott lehnte sich an den Tisch, die Hände in den Hosentaschen. »Hatten Sie je Sorge wegen Ellas Lebensumständen, seit ihre Eltern gestorben sind?«

»Niemals.«

Der Staatsanwalt hatte keine Fragen.

Als Doktor McDermott, Annas Vorgesetzter, auftrat, war Anna dankbar, dass sie in ihrem Bewerbungsgespräch so unnachgiebig gewesen war, was ihre Arbeitszeiten anging.

»Ihre durchschnittliche Arbeitszeit ist viel niedriger als die der anderen Mitarbeiter; ich habe sie eingestellt, obwohl ich wusste, dass das passieren wird.«

»Woher?«

»Sie kam zum Bewerbungsgespräch und informierte mich darüber, dass sie den Job nicht annehmen könnte, wenn sie nicht mindestens das erste Jahr die Abende und auch alle Wochenenden freihaben würde.«

»Sie hat ihre Karriere hintenangestellt, um zu Hause bei den Kindern ihres Bruders sein zu können?«

»Jeden Tag. Wie die meisten Eltern, die ich einstelle.«

Als der Staatsanwalt ihm Fragen stellte, reagierte er so direkt, wie Anna erwartet hatte.

»Arbeitet Doktor Foster regelmäßig bis spätabends?«

»Nein.«

»Niemals?«

»Doch, ich glaube zu ein oder zwei Gelegenheiten. Wie ich schon sagte, als Doktor Foster sich für den Job beworben hat, erklärte sie mir ihre Situation mit den Kindern ganz genau und sie stellte klar, dass Überstunden und reguläre Spätschichten und Wochenenden fürs Erste nicht machbar waren.«

»Nur fürs Erste also?«

»Wir passen für die meisten Eltern den Dienstplan an, damit sie sich um ihre Kinder kümmern können. Das ist Teil des Jobs, aber Anna war sturer als die meisten, als es um die Stunden ging, in denen sie mit den Kindern zu Hause sein wollte. Was unter diesen Umständen vollkommen verständlich ist. Und soweit ich weiß, hat bei dem einen Mal, als sie lange bleiben musste, ihre Mutter auf die Kinder aufgepasst. Wie die meisten Eltern, die im Krankenhaus arbeiten oder überhaupt berufstätig sind, hat sie eine Ausweichmöglichkeit.«

Der Staatsanwalt hatte keine weiteren Fragen.

Scott rief Tanya auf, und die Erzieherin sprang regelrecht in den Raum, so schwungvoll wie immer.

»Wir vermissen Toby bei uns. Er hat viele Freunde unter den Kindern. Alle Kinder sind ganztags in der Einrichtung, fünf bis sechs Tage die Woche. Wir pflegen alle gemeinsame Routineabläufe. Die Kinder fangen an, Freundschaften zu schließen, und der größte Bonus ist, dass die Eltern oder der Vormund«, Tanya strahlte Anna an, die nicht anders konnte, als zurückzulächeln – diese Frau war wie eine Rennmaus auf Ecstasy, »direkt mit im Haus sind. Also können sie den ganzen Tag vorbeikommen, etwas, das vielen der Eltern, die unseren Dienst nicht nutzen, fehlt.«

»Und Doktor Foster war regelmäßig da?«

Tanya lachte. »Am Anfang kam sie ständig vorbei. Irgendwann haben wir es dann geschafft, sie davon zu überzeugen, dass Toby sich gut einlebte. Dann kam sie nur noch zwei oder drei Mal am Tag zu Besuch, wie es ihre Schichten zuließen.«

»Wie hat Toby auf ihre Besuche reagiert?«

»Mit großer Freude. Er liebt sie.«

Anna spürte einen Stich in der Brust.

»Er kam gut zurecht? Wenn man bedenkt, dass er vorher immer nur zu Hause mit seiner Mutter war?«

Tanya nickte. »Oh, er brauchte etwas Zeit, obwohl ich denke, dass das meiste nichts damit zu tun hatte, dass er nicht zu Hause war, sondern mit seinem Verlust. Anfangs war er sehr anhänglich gegenüber Doktor Foster, aber das hat sich langsam gegeben.« Sie hielt kurz inne und ergänzte dann schnell: »Viele der Kinder kommen in unsere Betreuung, nachdem sie mit ihren Eltern bis zu zwei Jahre zu Hause gewesen waren. Die Eltern kehren aus der Babyzeit zurück und so weiter. Sie alle leben sich ein, finden Freunde und können ihre Eltern sehen. Unsere Einrichtung ist keine schlechte Erfahrung.«

Scott dankte Tanya und der Staatsanwalt hatte auch diesmal keine Fragen.

Der Gerichtsdiener rief Kym auf und Annas Magen drehte sich. Das Klackern von Absätzen auf dem Holzboden klang laut, und dann saß Kym auch schon. Scott, der offensichtlich beschlossen hatte, dem Staatsanwalt vorwegzukommen, fragte nach der Natur ihrer Beziehung.

Ohne mit der Wimper zu zucken, warf Kym ihm ihre Antwort entgegen. »Sie ist meine beste Freundin.«

Anna lächelte, als Kym ihren Blick auffing.

»Können Sie das ausführen?«

»Anna und ich haben uns auf der Arbeit kennengelernt und durch ähnliche Verluste sind wir uns nähergekommen. Ich habe meinen Ehemann vor neun Monaten verloren und sie hatte gerade ihren Bruder und ihre Schwägerin verloren. Außerdem machte sie gerade massive Veränderungen in ihrem Leben durch, dadurch, dass sie die Kinder aufgenommen hatte. Wir haben uns gegenseitig unterstützt.«

»Wie regelmäßig haben Sie und Doktor Foster sich außerhalb der Arbeit gesehen?«

»Zwei- oder dreimal die Woche?«

»Und sind Sie dann ausgegangen?«

Kym schüttelte den Kopf. »Nein. Meistens waren wir mit den Kindern bei Anna zu Hause.«

»Also ist Doktor Foster nicht durch die Gegend gezogen, um ein Sozialleben zu pflegen, das zum Nachteil der Kinder war?«

»Gott, nein. Sie dazu zu bringen, eine Pause zu machen, ist das Problem.«

Anna widerstand dem Drang, die Augen zu verdrehen.

»Verstehen Sie sich gut mit Ella und Toby?«

»Sehr gut. Ich vermisse sie ehrlich gesagt sehr.«

»Es tut mir leid, ich muss einfach direkt fragen, um es dem Staatsanwalt zu ersparen: Hatten Sie je eine romantische Beziehung mit Doktor Foster?«

Wenn die Situation nicht so ernst gewesen wäre, hätte Kym gelacht, da war Anna sich sicher. »Nein, das hatte ich nicht.«

»Keine weiteren Fragen. Danke, Doktor Drew.«

Der Staatsanwalt stand auf. »Ich habe Beweise dafür, dass Sie gesehen wurden, wie Sie das Grundstück in den frühen Morgenstunden verließen. War da wirklich niemals etwas Romantisches? Es tut mir leid, Doktor Drew, doch das ist ein Teil der Anschuldigungen, und wir müssen das fragen. Ähm … noch einmal.«

Kym sah wütend aus. »Wer spioniert um sechs Uhr früh das Haus aus? Das ist gruselig.«

Der Richter räusperte sich und sah sie an.

Kym kam schnell zurück zur Frage. »Nein, es gab nie mehr als eine Freundschaft zwischen Doktor Foster und mir. Manchmal bin ich über Nacht geblieben und habe auf der Couch geschlafen, entweder, weil es eine der seltenen Gelegenheiten war, zu denen ich auf die Kinder aufpasste oder weil ich nicht gern im Haus meines toten Ehemanns schlafe. Anna war so nett, mir das zu erlauben.«

»Sie passen auch auf die Kinder auf? Lässt Doktor Foster die Kinder regelmäßig in Ihrer Obhut?«

»Warum? Denken Sie, dass jemand mit einem zweifachen Medizinabschluss mit dem Hauptfach Psychiatrie niemand ist, dem ein verantwortungsbewusster Erwachsener seine Kinder für ein paar Stunden anvertrauen würde?«

Der Richter überspielte tatsächlich ein Lachen mit einem gekünstelten Hüsteln. »Beantworten Sie bitte einfach die Frage, Doktor.«

»Zweimal habe ich auf die Kinder aufgepasst, für jeweils etwa vier oder fünf Stunden. Anna hatte Toby da immer schon ins Bett gebracht und ich hing mit Ella – sie ist sechs – auf der Couch ab. Wir zwei schaffen es, in nicht allzu viele Schwierigkeiten zu geraten. Außer, dass wir zu viel Eis essen.«

Annas war sich ziemlich sicher, dass Richter Gordon wieder ein Lachen unterdrückte.

»Nur zweimal?«

»Nur zweimal in den letzten paar Monaten.«

»Für die Arbeit?«

Kym seufzte. »Nein, Anna hatte zwei Verabredungen.«

»Mit Lane Bishop?«

»Ja.«

»Welcher Natur ist diese Beziehung?«

Scott stand auf. »Euer Ehren, das kann diese Zeugin nicht beantworten. Miss Bishop ist die nächste Zeugin, und Doktor Drew ist nur hier, um ein Bild von Doktor Fosters Charakter zu vermitteln und um über ihre eigene Beziehung zu Doktor Foster aufzuklären.«

Der Staatsanwalt richtete sich auf und unterbrach Scott: »Euer Ehren, Doktor Fosters ›sexuelle Ausschweifungen‹ wurden in den Beschwerden gegenüber dem Jugendamt erwähnt. Wenn wir einige der Fragen jetzt aufklären können, frage ich mich, warum nicht?«

Irgendwie wurde Anna das Gefühl nicht los, dass der Typ eigentlich auf ihrer Seite war. Sie schaute unauffällig zum anderen Tisch und sah Lorna nicken und George finster blicken.

Kym sah von einem Anwalt zum nächsten und dann zum Richter.

Der Richter sprach zum Staatsanwalt: »Machen Sie weiter.«

Scott unterdrückte ein Seufzen und setzte sich wieder.

»Gut. Noch einmal, welcher Natur ist diese Beziehung?«

»Soweit ich weiß, gehen sie miteinander aus.«

»Wie lange schon?«

Scott stand erneut auf. »Das sind immer noch Fragen an Miss Bishop und Doktor Foster.«

»Bleiben Sie bei Fragen an eine Außenstehende, bitte.«

Der Anwalt ging ohne Umschweife darauf ein. »Haben Sie mitbekommen, dass Doktor Foster mit verschiedenen Leuten ausgegangen ist?«

Kym schüttelte den Kopf. »Nein, nur mit Lane.« Sie hielt inne. »Ähm, *Miss* Bishop.«

»Und treffen sie sich regelmäßig – soweit Sie wissen?«

»Sie sehen sich, wenn Zeit ist, aber Anna hat immer – Lane gegenüber, mir gegenüber und der Arbeit gegenüber – deutlich gemacht, dass die Kinder an erster Stelle stehen.«

»Können Sie dafür ein Beispiel geben?«

»Ich musste Sie davon überzeugen, dass es okay ist, Lane überhaupt zu daten. Ich musste sie davon überzeugen, dass ich auf die Kinder aufpassen kann, damit sie mal eine Pause hatte. Ich musste sie daran erinnern, dass sie immer noch ein Leben haben durfte, ausgehen konnte, auch wenn sie sich um Kinder kümmern muss.«

»Sie wollte es nicht?«

»Nein. Sie wollte nicht, dass die Kinder ihren Platz in ihrem Leben hinterfragten. Und das ist übrigens ein Zitat. Nachdem die Kinder abgeholt worden waren …« Kym zögerte und schaute zu Anna, die nickte. »Nachdem die Kinder abgeholt worden waren, hat Anna mit Lane Schluss gemacht, weil sie dachte, dass es helfen würde. Wenn man sich die Anschuldigungen ansieht, denke ich, sie war der Meinung, dass ihre Beziehung eine Rolle dabei gespielt hat, dass ihr die Kinder weggenommen wurden.«

»Aber sie sind wieder zusammen?«

Kym grinste. »Ich habe sie zur Vernunft gebracht.«

»Danke.«

Kym wurde aus dem Zeugenstand entlassen und stand auf. Anna fing ihren Blick auf und Kym hielt die Daumen hoch.

Dann kam Lane herein, die besorgter aussah als Kym. Sie leistete den Schwur und sah dann Anna an. Sie waren beide nervös, obwohl Anna versuchte, aufmunternd zu wirken.

Scott begann mit seinen Fragen, nachdem die Anfangszeremonie abgehandelt war. »Können Sie uns in Ihren eigenen Worten die Natur ihrer Beziehung zu Doktor Foster beschreiben?«

»Wir sind zusammen. Ähm, wir sind feste Freundinnen.«

Mitgefühl stieg in Anna auf. Lane sah unglaublich nervös und zappelig aus.

Scott lächelte Lane zu. »Wie lange treffen Sie sich schon?«

»Wir sehen uns seit etwa zwei Monaten. Es ging, ähm, sehr langsam.«

»Warum das?«

»Als wir uns kennengelernt haben, hatte Anna sich gerade erst der Kinder angenommen. Sie wollte nichts überstürzen; die Kinder hatten Vorrang.«

»Wie genau hat sie das gesagt?«

Ein Lächeln umspielte Lanes Lippen. »Die Kinder haben Vorrang.«

»Waren Sie damit einverstanden?«

Lane nickte. »Es gab keinen Grund, etwas zu überstürzen, und ich konnte ihren Standpunkt nachvollziehen. Ich habe die Kinder langsam kennengelernt, bin ab und an zum Essen gekommen, habe Zeit mit ihnen verbracht.«

»Sie verstehen sich gut mit ihnen?«

»Ella und ich haben uns sofort gut verstanden. Toby allerdings brauchte ein wenig mehr Zeit, um aufzutauen. Er versucht immer erst mal, Leute einzuschätzen. Nun ist er eine kleine Klette.«

»Sind die Kinder sich über die Art Ihrer Beziehung im Klaren?«

»Ähm, wir sind noch nicht dazugekommen, es ihnen zu erklären. Eigentlich hatten wir gerade überlegt, wie wir es ihnen am besten sagen, bevor das hier passiert ist. Ich bin nie über Nacht geblieben, weil wir Ella nicht verwirren wollten. Und Anna hat wiederholt gesagt, dass sie nicht will, dass die Kinder denken, sie wären nicht Annas erste Priorität.«

»Stellt sie die Kinder über Ihre Beziehung?«

Anna zuckte zusammen.

Ohne zu zögern, sagte Lane: »Natürlich tut sie das. Sie stellt die Kinder über alles. Anna denkt bei allem, was sie tut, immer zuerst an die Kinder.«

»Und Sie unterstützen das?«

»Ich denke nicht, dass ich so für sie fühlen könnte, wenn Sie in dem Punkt anders wäre. Es ist erstaunlich, was die drei für ein Band geknüpft haben.«

»Danke, Miss Bishop, das ist alles.«

Der Staatsanwalt stand auf. »Wie oft haben Sie sich mit Doktor Foster getroffen?«

»Fast jeden Tag. Wir arbeiten zusammen.«

»Außerhalb der Arbeit?«

»Es hing von meinen Arbeitszeiten ab, von ihren auch, aber meistens zwischen zwei- und viermal die Woche. Sie hat auch gern Zeit allein mit den Kindern verbracht.«

»Und Sie haben mit den Kindern nicht über die Art Ihrer Beziehung gesprochen?«

»Nein. Wir hatten es vor, sind aber nicht dazugekommen.«

»Und Ella hat es nie erraten? Sie haben Ihre Zuneigung vor ihr nicht übermäßig bekundet?«

»Nicht übermäßig, nein. Soweit ich weiß, hatten Ellas Eltern ihr allerdings schon erklärt, dass Anna sich mit Frauen verabredet, da Anna eine Partnerin hatte, die die Kinder schon kennengelernt hatten. Ich glaube, Ella ist in einem Alter, in dem sie nicht in diesen Kategorien denkt. Sie verbringt nur gern Zeit mit uns allen, schaut Filme und spielt Spiele mit uns.«

»Danke.«

Zitternd stand Lane auf und fing Annas Blick auf. Sie formte Worte mit den Lippen, als wollte sie ihr tonlos etwas sagen. Anna sah sie verwirrt an, aber Lane wurde schon rausgeführt.

Die Fragen an Annas Mutter bekam Anna nur verschwommen mit, und Sandra schwelgte so lange in Schwärmereien darüber, wie gut Anna sich mit den Kindern anstellte, dass Scott sie unterbrechen musste.

Ihre Mutter würde immer für sie kämpfen.

Und dann wurde ihr Vater aufgerufen.

Ein nervöses Ziehen in ihrem Magen lenkte Anna davon ab, sich weiter Gedanken darüber zu machen, was Lane versucht hatte, ihr zu sagen.

»Wie oft sehen Sie Anna und die Kinder?«

Andrew blickte auf den Boden, bevor er antwortete. »Nicht sehr oft. Die Kinder übernachten ab und zu bei uns. Das haben sie immer gemacht, seit Ella ein Baby war, und dann sehe ich sie.«

»Waren Sie überrascht, als Doktor Foster die Vormundschaft bekam?«

»Mein Sohn hatte darüber vorher mit uns geredet.«

»Denken Sie, dass sie dafür geeignet ist?«

Ihr Vater zögerte. »Das habe ich nicht gedacht.«

Anna sah scharf auf.

Er blickte immer noch auf den Boden.

Der Richter sah ihn an. Anna ermahnte sich, zu atmen.

Andrew räusperte sich. »Das mag vielleicht seltsam klingen, aber ich hätte nie gedacht, dass ich eine lesbische Tochter haben würde. Doch es war so.« Er lachte verlegen. »Aber ich habe schnell festgestellt, dass es keine Rolle spielt, mit wem sie sich trifft. Für mich hat das nichts geändert. Meine beiden Kinder waren gute Menschen.«

Er stockte und Anna wünschte, dass er sie ansehen würde.

»Sie ist eine Frau, die karrierebewusst ist und ihren Job brillant macht. Sie und ihr Bruder standen sich wahnsinnig nah und waren unglaublich loyal dem jeweils anderen gegenüber. Jake war der Familienmensch und Anna hatte Ambitionen. Sie liebt ihren Job.« Er stockte wieder und räusperte sich. »Dann sind Jake … und Sally … Nun ja, ich bin abgetaucht. Anna, sie sieht so sehr wie er aus. Und Toby auch.« Mit brechender Stimme räusperte ihr Vater sich erneut. »Ein Kind so jung zu verlieren, das nimmt einem Mann etwas von sich selbst. Alles, was dich an ihn erinnert, tut einfach weh. Ich, ähm, ich bin aus meiner Familie verschwunden.« Er sah auf und, zum ersten Mal nach Jakes Tod, blickte er Anna in die Augen.

Sie hielten den Blick und Annas Herz brach bei dem Schmerz, den sie in seinen Augen erkannte.

»Ich bin verschwunden.« Er presste die Lippen aufeinander. »Aber sie nicht.« Er wandte sich direkt an den Richter. »Anna hat alle Lasten geschultert. Ich denke nicht, dass sie geplant hatte, Kinder zu bekommen, aber mein Sohn, ihr Bruder, hat sie darum gebeten, und hier ist sie und kämpft mit aller Macht um die beiden. Ihre Eltern zu verlieren hätte diese Kinder zerstören können. Ich bin sicher, dass es sie verändert hat. Aber zerstört? Anna hat sie zusammengehalten. Sie hat meine Frau zusammengehalten, als ich sie in ihrem Kummer alleingelassen habe. Und trotz allem hat sie sich selbst noch zusammengerissen, für die zwei Kinder. Sie ist das Beste, was nicht nur meinen Enkelkindern, sondern auch der ganzen Familie passiert ist.«

Stille ergriff den Gerichtssaal, bis Scott sie endlich brach.

»Ähm … Danke, Mr Foster. Keine weiteren Fragen.«

Der Staatsanwalt schüttelte den Kopf, als der Richter ihn ansah.

In Annas Hals bildete sich ein Klumpen, um den herum sie kaum schlucken konnte, und sie sah hilflos zu, als ihr Vater, offenbar voller Unbehagen, den Gerichtssaal verließ. Als er an ihr vorbeiging, konnte Anna sich nicht beherrschen. Sie stand auf und ging zu ihm, legte die Arme um ihn und vergrub ihr Gesicht an seiner Brust. Nur für einen Moment zögerte er. Anna war sich ziemlich sicher, dass er sie das letzte Mal umarmt hatte, als sie noch klein gewesen war, aber das störte sie nicht. Seine Arme legten sich um sie, hielten sie fest.

Anna beugte sich zurück und starrte in Augen, die dieselbe Farbe hatten, wie die ihres Bruders. Die Hände ihres Vaters lagen für einen Moment auf ihren Schultern. Mit einem unschlüssigen Blick nickte er ihr zu. Anna setzte sich schnell wieder auf ihren Stuhl.

Der finstere Blick, den Scott ihr zuwarf, prallte an ihr ab.

Der Richter schaute auf seine Papiere und tat, als hätte er nicht mitbekommen, wie jemand mitten in einer Gerichtsverhandlung aufgestanden war. »Gut. Ich denke, wir werden zehn Minuten unterbrechen, bevor wir weitermachen.«

Sie standen auf, als er den Saal verließ.

Anna wandte sich an Scott. »Wie machen wir uns?«

»Gut. Wir müssen nur sehen, was Cathy und die Sachbearbeiter zu sagen haben.«

»George wird auch aussagen? Er war doch nur einmal bei uns.«

Scott verengte die Brauen. »Ich weiß. Wir werden sehen.«

»Dieser Richter? Ist er gut?«

»Er ist ein gläubiger Mann, aber er respektiert das Gesetz sehr. Wir hätten es viel schlimmer treffen können.«

Die Erwähnung von Religion machte sie nervös. »Kann ich mit den anderen sprechen?«

»Sie sind alle schon aufgerufen worden, also ja. Seien Sie nur in fünf Minuten wieder hier. Sie werden nicht aussagen müssen, es sei denn, der Richter hat spezielle Fragen an Sie.«

Mit den Gedanken schon vor der Tür, nickte Anna. Sie trat hinaus und sofort stürmte ihre Mutter auf sie zu und schloss sie fest in die Arme. »Habe ich das gut gemacht? Oh, ich war so nervös, ich kann mich gar nicht daran erinnern; es ist alles verschwommen.«

Anna drückte ihr Gesicht an den Hals ihrer Mutter. »Du warst toll, Mum, danke.« Sie sah sich um. »Wo ist Dad?«

»Er ist schon nach Hause gefahren, sagte, er hätte noch etwas zu tun.«

Natürlich hatte er das.

Anna nickte schicksalsergeben. »Kym?«

»Sie hat gesagt, sie hätte gestern erwähnt, dass sie zur Arbeit muss, sobald sie ausgesagt hat. Sie hat auch gemeint, dass du ihr schreiben sollst, sobald du etwas weißt.«

Lane stand hinter Sandra, spielte an ihrer Tasche und sah noch besorgter aus als im Gerichtssaal. Anna löste sich von ihrer Mutter und schaute Lane fragend an. »Geht es dir gut?«

»Anna, der Mann da drinnen, am Tisch bei deiner Sachbearbeiterin.«

»George Coleman?«

»Er war gestern mit Cathy im Café.«

Anna blieb stocksteif stehen. Die Erinnerung an die Szene im Café und an den Mann, der ihr irgendwie bekannt vorgekommen war, packte sie. »Oh Gott. Du hast recht.«

»Meinst du …?«

»Wer ist George Coleman?«, unterbrach Sandra, aber die beiden ignorierten sie.

»Meinst du, er war derjenige, der hierauf gedrängt hat?«

Anna dachte nach. »Sie haben gesagt, jemand aus dem Büro hätte ein Problem gemeldet. Ich hatte nie wirklich geglaubt, dass es Coleman gewesen sein soll. Warum sollte er mit Cathy reden?«

»Anna, das musst du Scott sagen.«

»Ich gehe sofort zu ihm.«

Sandra unterbrach sie erneut, diesmal schriller. »Was? Wer ist Coleman? Was ist hier los?«

Anna drehte den Kopf. »Lane erklärt es dir, Mum, ich muss gehen.« Mit rasendem Herzen drehte sie sich auf dem Absatz um und rannte zurück in den Saal. Alles fing an, mehr Sinn zu ergeben. Sie setzte sich neben Scott und griff seinen Arm, damit er sich zu ihr drehte.

Er riss die Augen auf, als er ihren Gesichtsausdruck sah. »Was?«

»Scott«, sagte sie, versuchte zu flüstern. »George Coleman war gestern mit Cathy in einem Café. Wir haben ihn dort gesehen. Lane hat ihn gerade wiedererkannt. Er war nur einmal bei mir zu Hause, und Lorna hat *nie* Bedenken wegen der Kinder geäußert. Er ist aufgetaucht, *nachdem* Cathy das erste Mal bei uns gewesen war und es gruselig wurde.«

Scott starrte sie einen Moment lang an, während er diese Information verarbeitete. Begeisterung leuchtete in seinen Augen auf. »Verstanden.«

»Das ist gut, ja?«

»Das sind viel zu viele Zufälle.«

Als der Gerichtsdiener sich aufrichtete und seinen Satz sprach, hörte Anna nicht mal zu. Es klingelte in ihren Ohren.

Der Saal erhob sich erneut.

Scott zwinkerte ihr zu. »Überlassen Sie das mir.«

»Okay.« Ihr Mund war trocken. Halb ermutigt, halb von Übelkeit geplagt, fühlte Anna sich hilflos, aber endlich einen Schritt näher daran, die Kinder zurückzubekommen.

Lorna wurde zuerst in den Zeugenstand gerufen.

Der Staatsanwalt stand auf und begann: »Lorna, wie lange arbeiten Sie schon für das Jugendamt?«

»Seit acht Jahren.«

»Und Sie waren von Anfang an für den Bereich Pflegefamilien zuständig?«

»Ja.«

»Hatten Sie selbst irgendwelche Bedenken in diesem Fall?«

»Nein, keine.«

»Also, warum sind wir dann heute hier?«

»Von höherer Instanz kam eine Anweisung, der ich Folge leisten musste.«

»Und in der ganzen Zeit davor ist Ihnen nichts aufgefallen, was Sie beunruhigt hat?«

»Nein.«

Der Anwalt nickte. »Das ist alles.«

Anna sah zu Coleman, der versuchte, seinen zornigen Blick in Lornas Richtung zu verbergen.

Scott erhob sich. »Also hatten Sie keine Bedenken, Lorna?«

»Nicht wirklich, nein. Es war sehr unkompliziert. Ein Vormund war bestimmt worden. Doktor Foster hat die Kinder angenommen. Es waren nur noch Papierkram und Routinebesuche zu erledigen. Ich habe zwei davon wahrgenommen und ein Kollege einen anderen.«

»Ein anderer Kollege – ist das nicht ungewöhnlich?«

»Es ist ein wenig ungewöhnlich, aber nicht ausgeschlossen. Der leitende Sachbearbeiter in meinem Büro, George Coleman, hatte die erste Beschwerde auf seinem Tisch. Von da an hat er übernommen.«

»Ah, ich verstehe. Also hat er den dritten Besuch übernommen, den Besuch, der nach dem ersten Vorwurf der Vernachlässigung von der Großmutter mütterlicherseits stattgefunden hat?«

»Ja. Ich wollte es machen, aber er hat darauf bestanden, dass ein Mitarbeiter höheren Ranges ein zweites Paar Augen auf den Fall werfen sollte. Das ist nicht besonders außergewöhnlich.«

»Gut, lassen Sie uns zurück zum Anfang gehen. Wurden bei einem Ihrer Besuche jemals Bedenken bei Ihnen geweckt?«

»Nein. Ich war in der kurzen Zeit zweimal da, und die Kinder passten sich so gut an, wie man in dieser Situation erwarten konnte. Doktor Foster schien sie und die Arbeit unter einen Hut zu bekommen. Dafür, dass sie in einen anderen Bundesstaat gezogen und einen neuen Job angenommen hatte, wirkte sie ziemlich ruhig. Ich habe mit der Schulpsychologin über Ella gesprochen und da gingen keine roten Lichter an.«

»Ella hat sich den Arm gebrochen, nicht wahr?«

»Ja, ganz am Anfang, im Park. Es gab Zeugen; deswegen gab es keine Besorgnis.«

»Als die Beschwerde offiziell vorgebracht wurde, hatte dies also nichts mit dem gebrochenen Arm zu tun?«

»Nein, davon war nie die Rede. Eigentlich bin ich mir nicht mal sicher, ob die Großmutter davon gewusst hat.«

»Was waren also die Bedenken, die vorgebracht wurden?«

»Vernachlässigung. Sie sagte, dass die Kinder bei vielen verschiedenen Leuten ›abgeladen‹ wurden. Sie ging so weit, anzudeuten, dass die Kinder allein zu Hause gelassen wurden. Die zweite Beschwerde, die anonym abgegeben wurde, lautete, dass viele verschiedene Frauen zu unterschiedlichen Zeiten im Haus ein- und ausgegangen seien und dass die Kinder allein oder bei jemand anderem gelassen wurden, da Anna ständig ohne sie zu Hause gewesen sein soll.«

»Und dies hat den unangekündigten Hausbesuch und die Rücksprache mit der Schule und der Betreuungseinrichtung ausgelöst?«

»Ja.«

»Und Sie waren immer noch nicht besorgt?«

»Absolut nicht. Die Kinder waren augenscheinlich auf dem Weg der Besserung, soweit man es eben erwarten konnte. Und als ich sie besucht habe und die Schule und Familienmitglieder angerufen habe, haben wieder keine Alarmglocken geläutet.«

»Also, weshalb sind die Kinder dann aus ihrem Umfeld herausgeholt worden?«

»Bei meinem Kollegen haben nach seinem Besuch die Alarmglocken geläutet. Die Beschwerde ist nach meinem zweiten Besuch auf seinem Schreibtisch gelandet. Da hat er sich entschieden, selbst zu gehen. Er hat Bedenken geäußert und das, zusammen mit einer neuen Beschwerde der Großmutter, hat dazu geführt, dass die Dinge eine Etage höher getragen und die Kinder abgeholt wurden.«

»Ich verstehe. Eine letzte Frage, Lorna. Was wäre ihre Empfehlung an das Gericht?«

»Ich glaube, dass die Kinder zurück in ihr Zuhause müssen, in ein stabiles Umfeld. Ich denke, dass Doktor Foster die beste Person ist, dies sicherzustellen.«

»Danke.«

Lorna ging zurück zu ihrem Platz.

Der Staatsanwalt rief Cathy auf, und bei Anna stellte sich jedes einzelne Haar auf ihrem Arm auf.

Begleitet vom Gerichtsdiener kam Cathy den Gang hinunter. Mit einem Kostüm und eine Perlenkette um den Hals, an der mittig ein silbernes Kreuz hing, war sie wie die Frau eines Präsidenten gekleidet.

Sobald sie vereidigt worden war, begann der Staatsanwalt. »Mrs Larsen, Sie haben einen Antrag auf Sorgerecht eingereicht, ist das korrekt?«

»Ja.«

»War das, bevor oder nachdem Sie dem Jugendamt Ihre Bedenken mitgeteilt haben?«

»Davor.«

»Was hat Sie dazu gebracht, die Vormundschaft zu beantragen, wenn man bedenkt, dass die Eltern ursprünglich Doktor Foster als Vormund bestimmt hatten?«

»Meine Bedenken waren schon immer da.« Cathy sah Anna düster an. »Sie hat selbst keine Kinder, wie soll sie etwas davon verstehen, wie man zwei kleine Kinder erzieht? Sie schien immer nur auf ihre Karriere und ihre Beziehungen fokussiert zu sein, niemals darauf, eine Familie zu haben. Ich habe sie einmal besucht und war erschrocken festzustellen, dass Toby unter der Woche in der Betreuung war, wo er doch zu Hause sein sollte. Außerdem arbeitet sie in Vollzeit.«

»Verstanden. Und Sie waren besorgt genug, um Beschwerde einzureichen?«

Cathy rutschte unbehaglich auf ihrem Stuhl herum. »Ich hatte Bedenken, dass sie es nicht gut mit den Kindern meint, und nicht nur das, aber Toby war an diesem Tag bei seiner Großmutter, an einem Freitag, während Anna ganz klar lange *geschlafen* und sich…«, sie hatte sichtbar Probleme mit dem Wort, »mit ihrer *Freundin* im Haus vergnügt hat.«

»Haben Sie daraufhin Ihre Beschwerde eingereicht?«

»Ja, und ich habe die Vormundschaft beantragt und das Testament angefochten. Ich konnte sehen, dass die Kinder nicht die Aufmerksamkeit bekamen, die sie verdienten. Anna war eindeutig immer noch mehr auf ihre Karriere und ihre Eroberungen konzentriert als auf die Kinder. Es ist offensichtlich, dass ich eine viel gesündere Umgebung für die Kinder schaffen kann.«

Anna versteife sich bei den harten Worten.

Scott flüsterte ihr zu: »Atmen.«

Sie versuchte es.

»Also, wie ist es dazugekommen, dass Sie die zweite Beschwerde wegen Vernachlässigung eingereicht haben?«

Anna blinzelte und schaute verwirrt zu Scott, doch der beobachtete einfach lächelnd, was sich da abspielte. Die zweite Beschwerde war anonym gewesen. Sicher würde der Staatsanwalt Cathy nicht absichtlich in eine Falle locken?

Mit den Augen wieder auf das Geschehen gerichtet, fühlte Anna sich tatsächlich hoffnungsvoll.

Cathy presste die Lippen aufeinander. »Ich habe sie danach beobachtet.«

Es war, als hätte Cathy vergessen, dass es anonym gewesen war.

»Da waren *zwei* verschiedene Frauen, die ich aus dem Haus habe kommen sehen, und zwar zu verschiedenen Tages- und Nachtzeiten, was absolut kein guter Einfluss für die Kinder ist. Nicht nur das, Anna arbeitet den ganzen Tag, wo doch Sally früher mit den Kindern zu

Hause war. Eines Abends bin ich vorbeigekommen, um ein Geschenk für die Kinder abzugeben, und niemand öffnete mir die Tür. Ich war beunruhigt. Wo sollte jemand mit einem Kleinkind und einer Sechsjährigen um acht Uhr abends sein? Ich wollte ihr nicht sofort misstrauen, also wartete ich, um zu sehen, ob sie heimkamen und ich ihnen das Geschenk geben konnte. Nach Mitternacht gab ich auf. Da habe ich erkannt, dass ich die Kinder aus diesem zerstörerischen Umfeld herausholen und zu mir und meinem Ehemann in ein stabiles Zuhause bringen muss.«

»Okay, danke.« Der Staatsanwalt setzte sich mit einem seltsamen Gesichtsausdruck.

Scott erhob sich und Anna richtete sich auf. Es war nicht abzusehen, wie das ausgehen würde – was würde Scott mit der Information machen, die sie ihm gegeben hatte?

»Mrs Larsen.« Er lächelte ihr zu und sie verengte die Brauen. »Hatten Sie jemals Sorge, dass Ella oder Toby nicht genug zu essen bekommen? Nicht vernünftig eingekleidet werden? Nicht zur Schule geschickt werden?«

Cathys Lippen waren zu einer straffen weißen Linie zusammengepresst. »Nein. Aber …«

»Hatten Sie jemals die Befürchtung, dass sie hungern mussten? Misshandelt wurden?«

»Sie werden misshandelt! Diese Frau lebt in Sünde, und sie lebt meinen Enkelkindern vor, dass es in Ordnung und *normal* ist, diesen Lebensstil zu führen.«

»In Australien ist es nicht illegal, homosexuell zu sein, Mrs Larsen. Und es bedeutet auch nicht, dass man kein Elternteil sein kann. Ich formuliere die Frage anders. Haben Sie jemals gedacht, dass die Kinder geschlagen werden? Dass man sie anschreit? Dass sie emotional erpresst werden?«

Mit bebenden Nasenflügeln sah sie ihn finster an. »Nein.«

»Trotzdem sahen Sie es als gerechtfertigt an, zwei Beschwerden einzureichen, eine davon ›anonym‹, um den Eindruck zu erwecken, dass auch andere Personen Bedenken hätten.«

»Ich habe nie gesagt, dass ich die zweite Beschwerde eingelegt habe.«

Scott spreizte die Finger und lächelte. »Sie haben es vorhin quasi vor dem Staatsanwalt zugegeben.«

Die Röte, die Cathy in die Wangen stieg, bescherte Anna ein warmes Gefühl in der Brust.

Der Richter beobachtete Cathy mit einem finsteren Gesichtsausdruck. Er räusperte sich. »Einen Moment, Herr Anwalt.« Und dann sah er Anna an. »Doktor Foster, wenn ich Sie etwas fragen darf: An dem Abend, an dem Mrs Larsen bei Ihnen war und niemanden angetroffen hat, wo waren die Kinder da?«

»Ähm …« Anna fühlte sich kalt erwischt. »Sie übernachteten bei meiner Mutter. Ella hatte explizit danach gefragt. Das war etwas, das sie regelmäßig getan haben, als mein Bruder noch lebte.«

»Und an dem anderen Tag, als Toby bei seiner Großmutter war?«

»Das war der eine Abend, an dem ich bis drei Uhr früh arbeiten musste. Meine Mutter hat sich um die Kinder gekümmert.«

»Und in ganzen zwei Monaten war das das einzige Mal, dass Sie zugestimmt hatten, länger zu arbeiten?«

»Ja. Ein LKW war in einen Schulbus gefahren, und da ich eine der Oberärztinnen bin, fühlte ich mich verpflichtet, zu bleiben. Die Hälfte meiner Kollegen blieb an diesem Abend lange.«

»Das habe ich in den Nachrichten gesehen, eine Tragödie. Obwohl ich auch gehört habe, dass Ihr Krankenhaus nicht einen Patienten verloren hat.«

»Es geht allen gut.«

Der Richter betrachtete sie kurz und sagte dann: »Danke für die Antwort.«

Cathy meldete sich zu Wort: »Und wo waren Sie danach? Haben die Gelegenheit genutzt, um sich sofort mit einer Frau zu treffen, oder? Und an dem anderen Abend, als Sie aus waren, mit wem haben sie es da getrieben?«

Die Kälte in Cathys Stimme ließ Annas Magen sich umdrehen. Niemals in ihrem ganzen Leben hatte jemand sie so angesehen, wie Cathy das gerade tat.

Alle blickten den Richter an, der sich räusperte. »Sie werden sich darauf beschränken, die Fragen zu beantworten, danke. Wenn die Kinder an diesem Abend sicher und behütet waren, dann habe ich keine Bedenken, was Doktor Foster in ihrer Freizeit tut.«

Eine Zitrone könnte niemals so sauer werden, wie Cathy in diesem Moment aussah. »Diese Kinder verdienen es, von gläubigen, christlichen Eltern erzogen zu werden. Meine Tochter war bereits einen falschen Weg gegangen, und nun sind wir hier, haben eine Gelegenheit, die Kinder so zu erziehen, wie es sich gehört, nicht in Sünde. Aber …«

»Bitte beantworten Sie nur die Fragen, Mrs Larsen.«

Anna war ein wenig in den Richter verschossen.

Mit einem freundlichen Gesichtsausdruck sagte Scott: »Keine weiteren Fragen.«

Er setzte sich wieder.

Cathy starrte den Richter an und war anscheinend nicht in der Lage, sich zu beherrschen. »Sie sind ein Christ, das kann ich sehen«, sagte sie. »Wie können Sie diese Kinder wieder in ihre Obhut geben? Das Gesetz muss …«

»Das Gesetz wird in diesem Gerichtssaal nach meinen Regeln ausgelegt, Mrs Larsen.« Der Richter hatte eindeutig genug. »Bitte verlassen Sie den Zeugenstand, und sprechen Sie nicht mit mir über meinen Glauben. Ich möchte Sie bitten, den Rest der Anhörung im Saal zu verbringen, da wir es zum größten Teil Ihnen zu verdanken haben, dass wir hier sind. Setzen Sie sich.«

Cathys Wut war deutlich zu spüren, als sie im Saal Platz nahm.

Der Richter sah wieder zu den Anwälten. »Machen Sie bitte weiter.«

Der zweite Sachbearbeiter wurde aufgerufen. George Coleman vermied es, in Annas Richtung zu sehen, als er sich setzte.

Der Staatsanwalt erhob sich, räusperte sich und sagte: »Bitte erzählen Sie uns, wie Sie zum ersten Mal auf die Fosters aufmerksam wurden.«

»Als die erste Beschwerde über Vernachlässigung bei uns einging. Ich bin der oberste Sachbearbeiter in meiner Abteilung, und diese Dinge landen für gewöhnlich bei mir. Manchmal werden sie gleich zum jeweiligen Sachbearbeiter weitergeleitet, und manchmal habe ich ein persönliches Interesse an dem Fall.«

»Und Sie hatten Interesse an diesem?«

»Es war ein bekannter Fall. Der Autounfall war in den Nachrichten gewesen, man hat in Teammeetings über die Kinder geredet. Der Verdacht der Vernachlässigung hat mir unter diesen Umständen Sorge bereitet.«

»Und als Sie den Hausbesuch machten, was hat Sie dazu gebracht, die Beschwerde einzureichen?«

»Das Formular, das ich eingereicht habe, war keine Beschwerde oder eine offizielle Aussage über Vernachlässigung. Es ist wie eine Alarmglocke, ein Formular, das wir ausfüllen, um den Sachbearbeiter wissen zu lassen, dass wir Bedenken haben.«

Scott stand auf und unterbrach. »Darf ich eine Frage stellen?«

Einen Moment lang irritiert, nickte der Staatsanwalt schließlich und setzte sich.

Als ob er über das Wetter plauderte, fragte Scott: »Aber worin genau bestanden Ihre Bedenken?«

Kaum bemerkbar rutschte Coleman auf seinem Sitz hin und her. »Die Kinder waren seltsam ruhig. Sie schienen zurückgezogen. Miss Fos…«

»Doktor Foster.«

Coleman verzog das Gesicht. »Ja, ähm, Doktor Foster schien nicht sehr an den Kindern interessiert oder daran, mit mir zu sprechen. Ich hatte da so ein Gefühl, also habe ich einfach das Formular eingereicht und Bedenken geäußert, das war alles.«

Vollkommen entspannt nickte Scott. »Okay. Und wie lange kennen Sie Cathy Larsen schon?«

Coleman wurde erstaunlich blass. »Wieso denken Sie, dass ich Mrs Larsen kenne?«

Scott lächelte breit.

Anna presste die Lippen aufeinander und versuchte, ihre Aufregung niederzudrücken.

»Bitte beantworten Sie einfach die Frage, Sir.«

»Ähm, ich kenne sie nicht sehr gut.«

»Die Frage war, wie lange Sie sie kennen.«

»Wir gehen in dieselbe Kirche. Ich schätze, ich kenne sie seit etwa sechs Jahren, aber nicht besonders gut.«

»Gut genug, um gestern mit ihr Kaffee zu trinken?«

Colemans Gesicht wurde noch blasser und seine Augen huschten endlich zu Anna, die ihn mit eisiger Miene ansah. Er hatte offenbar angenommen, er wäre bei ihrer Begegnung davongekommen, ohne erkannt worden zu sein. »Ich habe mich gestern mit ihr auf einen Kaffee getroffen, ja.«

»War das Ihr erstes Treffen mit Mrs Larsen?«

Coleman schwieg.

»Beantworten Sie die Frage, Mr Coleman.«

Anna hatte gedacht, dass Kym finster dreinschauen konnte, doch da hatte sie den Richter noch nicht gekannt.

»Ich habe mich in den letzten vier Wochen mehrmals mit ihr getroffen.«

»Und haben Sie ihr vielleicht auch einen Rat gegeben, wie sie das System nutzen könnte, um sicherzustellen, dass die Kinder aus dem Haus geholt werden? Haben Sie ihr versichert, dass Sie gewisse Papiere einreichen und den richtigen Anstoß geben könnten, dass das auch geschehen würde?«, fragte Scott.

Die Stille war schwer. »Beantworten Sie die Frage, bitte«, sagte Richter Gordon, »Sie stehen unter Eid.«

»Ich habe sie beraten, ja. Sie hatte viele gerechtfertigte Bedenken, was ihre Enkel anging.«

»Und Sie haben ihr dabei geholfen, das System zu manipulieren, um sie Anna Fosters Vormundschaft zu entziehen, damit die Kinder, so hofften Sie, in die Obhut von Cathy Larsen und ihrem Ehemann übergeben werden?«

»Ich habe nie gelogen.«

»Denken Sie wirklich, dass es überraschend ist, dass die Kinder zurückhaltend Ihnen gegenüber waren, einem Fremden? Gerade wenn man bedenkt, dass ihre Eltern erst vor zwei Monaten gestorben sind?«

Coleman schwitzte sichtbar, als er erkannte, dass er würde antworten müssen. »Nein.«

Das Fünkchen Hoffnung, das Lane im Flur entzündet hatte, wuchs in Annas Brust.

»Während Ihres Besuchs, haben Sie da irgendwelche Anzeichen für Vernachlässigung oder Misshandlung an den Kindern bemerkt?«

»… Nein.«

Anna starrte gebannt auf die Szene, die sich zwischen dem nun erheblich schwitzenden Mann im Zeugenstand und dem gefassten Anwalt abspielte.

»Und wo denken Sie, wären diese Kinder besser aufgehoben?«

»Bei Cathy Larsen.«

Anna war sich sicher, dass Scott fast mit den Augen rollte. »Warum?«

»Weil ich meinen Job damit verbringe, gegen ein System zu kämpfen, das nicht immer tut, was es sollte. Weil ich Kinder in ein Zuhause zurückbringe, in das sie niemals zurückkehren sollten, und weil ich Kinder aus Familien hole, in denen sie bleiben sollten. Und hier, nun, hier gibt es die einfache Lösung, Kinder in einen gläubigen Haushalt, ein stabiles Umfeld zu geben, und sie gleichzeitig aus einem instabilen Umfeld ohne Religion und, wie es aussieht, ohne Moral herauszuholen. Die Wahl ist logisch!« George Coleman war rot im Gesicht.

Scott ließ sich die bedeutende Stille einen Moment ausbreiten, bevor er kühl sagte: »Keine weiteren Fragen.« Er setzte sich.

Der Richter wandte sich an George. »Bitte gehen Sie zurück zu Ihrem Platz, Mr Coleman.«

Schwer atmend begab sich der Mann zurück und setzte sich neben Lorna, die mit rotem Gesicht unerschütterlich geradeaus starrte.

Der Richter schaute für eine Minute auf die Papiere, die vor ihm lagen.

Anna fixierte ihn, wartete darauf, dass er etwas sagte.

Nach einer gefühlten Ewigkeit sah er sich im Saal um und öffnete den Mund.

»Mr Coleman spricht nur die Wahrheit.« Die empörte Stimme von Cathy Larsen hallte durch den Raum und schnitt alles ab, was der Richter hatte sagen wollen. »Wenn Sie überhaupt an Gott glauben, dann geben Sie die Kinder in ein Zuhause, das ihnen wahre Familienwerte beibringt.«

Mit finsterem Blick sprach der Richter in gemäßigtem Ton. »Setzen Sie sich oder ich lasse Sie des Saales verweisen.«

Anna drehte sich nicht einmal um, als sie hörte, wie Cathy sich langsam setzte.

»Und ich dulde auch nicht, dass Sie mich über christliche Werte belehren«, sagte Richter Gordon. »In diesem Gerichtssaal geht es heute um die Frage über Vernachlässigungsvorwürfe gegen Doktor Foster gegenüber Ella und Toby Foster. Anhand der Beweise, die heute vorgebracht wurden, kann ich absolut keine Anzeichen für Vernachlässigung oder Misshandlung erkennen. Vielmehr ist das Einzige, was die Kinder verletzt hat, sie aus einem offensichtlich stabilen und liebevollen Umfeld zu reißen und in eine Pflegefamilie zu geben, um Vorwürfen nachzugehen, die offenbar glatter Unfug sind. Sie wurden von einer Frau vorgebracht, die ihre eigene Hetzkampagne verfolgt – das ist ein Fall, der niemals in meinem Gerichtssaal hätte verhandelt werden dürfen. Der einzige Grund dafür war ein Beamter, der ein System manipuliert hat, das Kinder schützen soll. Und das hat er getan, um seine eigenen religiösen Vorstellungen durchzusetzen.«

Er sah George Coleman direkt an. »Sie wussten, dass ihr Vorbringen von Zweifeln, zusammen mit übertriebenen und offensichtlich falschen Anschuldigungen, und Ihr Einfluss im Dezernat zu dieser vorhersehbaren Reaktion führen würden; und ich denke, Sie haben ein paar Fäden gezogen. Ich werde dafür sorgen, dass dem nachgegangen wird und Ihre Handlungen geprüft werden.«

Er hielt inne und richtete sich auf. »Die sexuelle Orientierung spielt in Australien keine Rolle bei der Beurteilung, ob jemand rechtlich in der Lage ist, Kinder zu erziehen, und es ist offensichtlich, dass es bei den Anschuldigungen darum ging. Wenn ich Sie noch einmal in meinem Gerichtssaal sehe, Mrs Larsen, ohne dass Sie stichhaltige Beweise für Vernachlässigung oder Misshandlungen haben, werde ich Sie wegen Verleumdung inhaftieren lassen, und dafür, dass Sie mir die Zeit stehlen. Ich schlage hiermit vor, dass Doktor Foster das vorübergehende Sorgerecht für Ella und Toby Foster bekommt, bis zur Anhörung über die permanente Vormundschaft in einem Monat. Allerdings wird diese Verhandlung hier protokolliert, und ich wünsche jedem Glück, der den Willen der biologischen Eltern und dieses Gerichts anfechten will.«

Der Richter erhob sich und sah Anna an. »Viel Glück, Doktor Foster. Sie werden alle Hände voll zu tun haben mit zwei kleinen

Kindern und einem Vollzeitjob. Es ist erfrischend, jemanden mit solch einem großartigen unterstützenden Netzwerk aus Freunden und Familie zu sehen, die sich so sehr dazu verpflichtet haben, zu tun, was das Beste für die Kinder in Ihrer Obhut ist.« Und damit verließ er den Saal.

Anna blieb zurück und starrte auf seinen leeren Stuhl.

Scott, der sofort mit dem Richter aufgestanden war, sah zu Anna hinab und strahlte. »Wir haben gewonnen.«

Schwer atmend und mit flatternder Brust sah Anna ihn an. »Haben wir?«

»Wir haben gewonnen!«

Anna konnte sich nicht bremsen, sprang von ihrem Stuhl auf und umarmte ihn. »Danke! Wirklich, vielen herzlichen Dank.« Dann drehte sie sich um und ging so schnell sie konnte den Gang hinunter und riss die Tür auf.

Ihre Mutter stand draußen und starrte die Tür an, als wollte sie sie mit bloßer Willenskraft dazu zwingen, aufzugehen und Neuigkeiten zu bringen. Sie blinzelte, und ein Grinsen breitete sich auf ihrem Gesicht aus, als Anna auf sie zueilte.

»Wir haben gewonnen?«

Anna nickte, als sie ihre Mutter schon in eine Umarmung zog, sie war hin- und hergerissen zwischen Lachen und Weinen. »Wir haben gewonnen, Mum.« Ein tiefer Schluchzer entwich ihrer Brust. Die Anspannung der letzten Tage wich der Erleichterung und sie ließ ihren Gefühlen freien Lauf. Sie zog sich zurück und ihre Mutter strahlte sie an. Über Sandras Schulter hinweg sah Anna Lane, die mit drei Kaffees auf einem Tablett auf sie zukam und zögerlich lächelte, als sie erkannte, was sich auf dem Flur abspielte.

Ohne zu wissen, wie es geschehen war, lag Anna in Lanes Armen und grinste wie ein Honigkuchenpferd, sogar noch, als Tränen über ihr Gesicht rannen.

Während Sandra den Kaffee rettete, presste Lane die Lippen an Annas Ohr. »Du bekommst die Kinder wieder?«

Anna nickte, denn sie konnte nicht sprechen.

Lane hob sie hoch und drehte sich mit ihr im Kreis.

Beide lachten – sogar, als Anna noch einmal schluchzen musste.

Als sie sich wieder gefasst hatte, drückte Anna Lane enger an sich. Sie presste die Worte hervor, die sie noch einmal laut hören musste: »Sie kommen zurück.«

»Das werden sie!«

Als sie den Kuss erwiderte, den Lane ihr gab, entfuhr Anna ein begeistertes Lachen. »Ich liebe dich.«

Lanes Griff lockerte sich, wurde dann jedoch fester. Ihr Atem traf heiß auf Annas Hals, als Lane ihr Gesicht darin vergrub. »Gut, denn ich bin auch ziemlich in dich verliebt.«

Anna lächelte in die weichen Locken, dort, wo Lanes Hals in ihre Schulter überging. Es war wahrscheinlich der absurdeste Ort, um das zu sagen, in einem Gericht, mit ihrer Mutter nur ein paar Meter entfernt. Aber das Hoch, auf dem Anna sich befand, war stärker als irgendwelche Bedenken.

»Anna?«

Sie erinnerte sich daran, wo sie waren, und zog sich zurück, hielt Lanes Hand aber weiterhin fest. »Lorna.« Sie wischte sich mit der Hand über die Wangen. »Hi. Danke.«

Lorna schüttelte den Kopf. »Nein, seien Sie nicht albern. Alles, was ich gesagt habe, ist wahr. Ich … ich kann sie abholen und zu Ihnen bringen, wann immer Sie wollen.«

»Jetzt gleich?«

Lorna lachte. »Jetzt ist gut. Fahren Sie nach Hause? Ich kann sie dorthin bringen.«

»Wir fahren sofort los.«

»Wir treffen uns dort.« Lorna wandte sich zum Gehen, und Anna widmete sich wieder Lane und ihrer Mutter. »Oh, und Anna?«

Anna drehte sich um. »Ja?«

»Es tut mir so leid, dass Ihnen das passiert ist.«

Trotz des ernsten Moments konnte Anna nicht aufhören zu strahlen. »Danke.«

»Wollen Sie ein Geheimnis erfahren?«

»Immer.«

»Er hätte schon vor einer ganzen Weile gehen sollen. Das Gute an dieser ganzen Sache ist, dass es jetzt endlich so weit ist.«

Cathy kam aus dem Gerichtssaal, ging an Lorna vorbei und hatte die Augen strickt geradeaus gerichtet, ihre Handtasche hielt sie an die Seite gepresst, als sie den Korridor entlangmarschierte und das Gebäude verließ.

Lorna zwinkerte Anna zu, holte den Schlüssel aus ihrer Tasche und machte sich auf den Weg. »Bis gleich.«

Lane und Anna, die sich immer noch an den Händen hielten, wurden von Sandra begleitet, als sie aus dem Gebäude gingen.

»Was ist mit der anderen Anhörung?« Besorgnis war deutlich in Sandras Stimme zu hören.

Anna zuckte nur leicht mit den Schultern. »Die ist in einem Monat. Aber es scheint, als stünden die Chancen ziemlich gut, dass ich sie behalten kann.« Sie atmete tief ein. »Ich will jetzt und heute einfach nur genießen, dass ich sie wiedersehen werde.«

Lane drückte ihre Hand.

»Hatte ich nicht Kaffee gesehen, Mum?«, fragte Anna.

»Ähm …«

Lane wandte sich im Laufen an Sandra. »Oh, ja, du hast die Becher genommen. Kann ich einen bekommen?«

»Ähm.«

»Mum?«

»Na ja, ich war aufgeregt, und ihr zwei wart beschäftigt.«

»Du hast sie getrunken?«

»Ich habe einen getrunken und die anderen weggeschüttet, weil ich so nervös war. Ich musste etwas tun; die Aufregung war zu groß!«

Anna schüttelte den Kopf und stieg auf der Beifahrerseite ein, während Lane hinter ihr Platz nahm.

»Anna?«

Anna sah ihre Mutter an. »Ja?«

»Was zum Himmel ist da drinnen geschehen?«

Anna erzählte es ihnen auf dem Heimweg.

Sandra schüttelte den Kopf. »Aber diese Leute sollen doch verhindern, dass solche Dinge passieren.«

Sie hielten vor dem Haus an. »Ich denke, die meisten tun das auch«, sagte Anna. »So wie es klang, wird dieser Typ auch nicht viel länger dort arbeiten.«

»Gut!« Sandra trat von einem Fuß auf den anderen und sah aus, als fühlte sie sich nicht wohl. »Oh Gott, ich muss pinkeln.«

Grinsend sah Lane ihr nach, wie sie verschwand. »Geschieht ihr recht, nachdem sie unsere Kaffees weggeworfen hat.«

Anna sah Lane an, die sich neben sie auf die Treppenstufe setzte. »Sie kommen zurück«, wiederholte sie, denn sie konnte es noch nicht wirklich glauben.

»Sie sind tatsächlich schon auf dem Weg hierher.«

Anna wandte sich wieder der Straße zu und zupfte an ihrem Daumennagel.

Lane legte ihre Hand auf Annas. »Geht es dir gut?«

Anna zuckte mit den Schultern. »Ja.«

»Wirklich?«

»Ich … ich bin so aufgeregt, sie zu sehen. Es … sie werden das hier überstehen, oder?«

Lane zog Annas Hand auf ihren Schoß. »Wahrscheinlich nie voll und ganz. Aber sie sind wieder bei dir, und es wird mit der Zeit werden. Es ging ihnen nicht gut, als du hier angekommen bist, aber du hast ihnen damals geholfen. Genauso, wie du es jetzt tun wirst.«

Anna atmete langsam aus.

Ein Wagen bog in die Straße ein, silbern und neu. Die Reifen knirschten auf der Straße. Annas Herzschlag beschleunigte sich.

Der Griff, mit dem sie Lanes Hand umschloss, war wahrscheinlich zu fest. »Lane.«

Anna konnte den Blick nicht von dem Auto abwenden und sie fühlte wie durch einen Schleier, wie Lane sie hochzog.

Ella drehte in diesem Moment den Kopf, ihre Augen wurden ganz groß und sie drückte die Hände gegen das Glas. Bevor Anna wusste, was geschah, wurde die Tür aufgestoßen und Ella flog förmlich über den Rasen.

Anna hockte sich hin und Ella prallte gegen sie. Ihre Arme und Beine wickelten sich so eng um sie, dass Anna rückwärts umfiel und ausgestreckt im Gras landete; dass der feuchte Boden ihre Kleider dabei durchweichte, störte sie nicht im Geringsten. Ellas Finger gruben sich in ihren Rücken und es war ihr vollkommen egal; Anna wollte sie nur festhalten.

Sie hörte ein Wimmern, dann ein Schluchzen. Ella drückte sie noch fester, das rotblonde Haar hing ihr im Gesicht, als Anna ihre Nichte so fest umarmte, wie sie nur konnte. Durch Ellas Schluchzen hindurch hörte sie ein Geräusch, das ihr ein breites Grinsen auf das Gesicht zauberte. Wieder musste Anna schluchzen. Sie sah hoch.

»Na!« Kleiner und doch größer als sie in Erinnerung hatte, kämpfte Toby sich aus Lornas Armen.

Er glitt auf den Boden und grinste so breit, dass seine Grübchen sichtbar wurden. Wie immer, wenn er zu aufgeregt war und rannte, fiel er hin, rappelte sich wieder auf und lächelte immer noch. Im nächsten Moment landete auch er in Annas Armen, versuchte, an Ella und ihr hochzukrabbeln, um noch dichter bei ihnen zu sein.

Ella ließ endlich etwas locker und umfasste Annas Wangen, als sie sie ansah. Ihr Gesicht war Annas dabei so nah, dass ihre Nasen sich fast berührten. Toby hatte sich an ihrem Hals vergraben und Ellas grüne Augen waren feucht, als sie Anna ansah.

»Hey, Ella Bella.«

»Tante Na.« Mit zitternder Lippe schenkte Ella ihr endlich ein Lächeln. »Können wir Pancakes zum Abendessen bekommen?«

Anna konnte nicht anders als zu lachen.

KAPITEL 10

Mit den Füßen auf dem Couchtisch lehnte Anna sich zurück und erlaubte es sich zum ersten Mal seit einer Woche, sich wirklich zu entspannen. Ihre Hand malte langsam Kreise auf Tobys Rücken; er schlief tief und fest, sein Gesicht lag an ihrem Schlüsselbein und die Beine rechts und links an ihrer Taille. Sie hätte ihn in sein Bettchen bringen sollen, aber seit sie zurück waren, war Toby unglaublich anhänglich und, wenn sie ehrlich mit sich selbst war, dann war auch sie anhänglicher geworden.

Ella drückte sich eng an Annas Seite und sie hatte den Arm um ihre Nichte gelegt. *Aladdin* flimmerte leise über den Bildschirm. Ella sah nur halb hin, während sie Annas Hand festhielt.

Annas Mutter war nach einer halben Stunde gegangen, hatte die Kinder umarmt und dann zu Anna gesagt, dass sie sie am Mittwoch gesehen hatte und Anna sie nun wieder eingewöhnen müsste. Lane war noch früher verschwunden. Sie hatte Anna ins Ohr geflüstert, dass sie später reden würden.

Ella schwieg meistens.

Und das war okay.

Schweigsamkeit war etwas, das Anna verstand, gerade bei ihrer Nichte. Leider stimmte es, dass sie sich da sehr ähnlich waren. Anna hatte es in den Wochen nach dem Tod ihres Bruders bemerkt. Und sie war besorgt gewesen, aber sie hatte die Dinge sich entwickeln lassen, denn sie verstand besser als jeder andere, was Ella tat. Die Schulpsychologin war nicht allzu besorgt gewesen, also hatte Anna es dabei belassen. Und langsam, sehr langsam, hatte Ella reagiert und um sich geschlagen und geantwortet und damit begonnen zu heilen. Zumindest hoffte Anna das.

Wut stieg wieder in ihr auf und Anna musste sie runterschlucken. Was auch immer Cathy und George für Absichten gehabt hatten, es hatte ihnen allen geschadet. Anna machte sich aber besonders um Ella Sorgen, die gerade zu Abend essen wollte, als jemand aufgetaucht war und sie aus ihrem Zuhause fortgerissen hatte.

Ella war still.

Und Anna ließ es durchgehen, für heute.

Aber Anna wollte auch, dass Ella mit ihr sprach, damit sie sie beruhigen konnte. Der Ausdruck auf Ellas Gesicht, als sie gefragt hatte: ›Willst du uns nicht mehr?‹, verfolgte sie immer noch. Denn, Gott, dieses kleine Mädchen würde Verlustängste entwickeln, wenn sie nicht erkannte, dass Anna sie natürlich wollte – sie wollte die zwei viel mehr, als ihr bisher bewusst gewesen war.

Aber heute war nicht der Abend dafür. Anna sog nur die Freude darüber auf, die Kinder wiederzuhaben und dass die beiden so glücklich darüber waren, zurück zu sein.

Anna hörte auf, Tobys Rücken zu streicheln, und hielt stattdessen seinen Kopf mit den weichen braunen Haarsträhnen. Genau wie Jakes auf seinen Babyfotos, begannen Tobys, sich leicht zu wellen. Sie drückte Ella fester an sich und hörte ein leises Kichern.

»Warum lachst du, Ella Bella?« Sie sprach leise, um Toby nicht aufzuwecken.

Ein Schulterzucken bewegte leicht Annas Arm. »Du hast mich gedrückt.«

»Weil ich dich nicht gehen lassen will.«

Ella schwieg.

Anna drängte sie nicht. Morgen war ein neuer Tag. Anna bewegte die Finger und kitzelte Ella erneut, sie lächelte sanft über das leise Kichern, das sie hörte. Ella machte es sich wieder in Annas Arm bequem und Anna legte die Wange an Ellas Kopf, nachdem sie einen Kuss darauf gedrückt hatte.

Es gab keinen Ort, an dem sie lieber gewesen wäre.

Ein kleiner Fuß hatte sich in Annas Rücken gebohrt und eine Hand lag auf ihrem Gesicht, als sie aufwachte. Sie öffnete die Augen und entspannte sich, als sie Ella ausgestreckt auf dem Rücken sah, Arme und Beine von sich gestreckt, ihr rotblondes Haar in einer Wolke um ihren Kopf. Sie sah so klein aus, wenn sie schlief.

Während Anna Toby ins Bett gebracht hatte, hatte Ella rasend schnell ihre Zähne geputzt. Anna war in ihr Zimmer gekommen und hatte Ella dort zusammengerollt in ihrem Bett vorgefunden. Ohne etwas zu sagen, hatte Anna sich neben sie gelegt, die Arme um sie geschlungen und sie zu sich gezogen. Erst als Ella gleichmäßig geatmet hatte, war auch Anna eingeschlafen.

Um ein Uhr früh war Toby hysterisch schreiend aufgewacht. Seine Schreie hatten Anna aufgeschreckt und sie war panisch in sein Zimmer gerannt. Als sie ihn in die Arme genommen hatte, beruhigte er sich, aber sein Wimmern hatte nicht nachgelassen, also hatte sie ihn mit zu sich und Ella ins Bett genommen. Er war in ihren Armen eingeschlafen, während sie ans Kopfende gelehnt dagesessen und ihn angesehen hatte.

Ella blinzelte sie verschlafen an. »Das hat er jede Nacht gemacht, als wir weg waren. Aber da hat er nie so schnell aufgehört.«

Anna schluckte den Kloß in ihrem Hals hinunter und strich Ella durchs Haar, als sie wieder einschlief.

Jetzt wurde sie halb von zwei kleinen Körpern erdrückt. Sie rollte sich auf die Seite und versuchte verzweifelt, die Kinder nicht zu wecken, während sie nach dem Handy griff.

Lane.

Die erste Nacht mit ihnen ... Du musst so glücklich sein. Wollt ihr heute immer noch mit mir rumhängen? Es ist okay, wenn du nur mit ihnen Zeit verbringen willst. x
PS: Obwohl es total okay ist, habe ich dich letzte Nacht trotzdem vermisst :)

Anna lächelte und antwortete schnell, dann fügte sie ein Foto an, das Ella und Toby auf ihr ausgebreitet zeigte.

Freue mich so, sie wiederzuhaben. Heute Nachmittag im Park? Ich frage auch Kym und Mum. Du bist um drei fertig, oder? Sagen wir dann um vier? Und ich habe dich auch vermisst.

Sie las eine Nachricht von Kym:

Wann kann ich sie sehen? Wann kann ich sie sehen? Wann kann ich sie sehen? Wann kann ich sie sehen?

Und noch eine zweite:

Ernsthaft, wann kann ich sie sehen?

Anna lachte leise und schrieb zurück:

Um vier im Park? Wir treffen uns hier, und dann gehen wir alle zusammen?

Die Antwort kam fast sofort:

Yay!

Gleich danach folgte eine Nachricht von Lane:

Das klingt nach einem super Plan. Kann's kaum erwarten, dich und die Kinder wiederzusehen :)

In ihrem Herzen spürte Anna eine wohlige Wärme, ein Gefühl der Geborgenheit. Sie legte das Handy weg, nachdem sie ihrer Mutter wegen des Treffens geschrieben hatte, und drehte sich um, als Ella sie mit schläfrigen Augen ansah.

»Hey, Ella Bella.«

Ella blinzelte. »Hi.«

Sie kuschelte sich an Annas Brust und Anna legte die Arme um sie. Weiches Haar kitzelte Annas Hals. Sie küsste Ella. »Ich hab dich vermisst.«

Ella schüttelte nur leicht den Kopf an Annas Hals und antwortete mit Schweigen.

»Das *habe* ich, Ella Bella.«

Obwohl Anna Ella das in ihrer eigenen Geschwindigkeit verarbeiten lassen wollte, würde sie ihre Nichte ganz sicher nicht darauf herumkauen lassen, was auch immer die ganze Zeit in ihrem Köpfchen vorgegangen sein mochte. Sie musste zumindest sicherstellen, dass Ella verstand, dass Anna das, was geschehen war, nicht hatte beeinflussen können.

Bevor Anna noch etwas sagen konnte, flüsterte Ella: »Warum hast du dann nicht nach uns gesucht?«

Sofort bildete sich ein Kloß in Annas Hals. Sie schloss die Augen und atmete tief durch, dann schloss sie die Arme enger um Ella. »Liebes, das wollte ich.«

Ein weiteres Kopfschütteln.

»Ehrlich.« Anna wusste nicht, wie sie das einer Sechsjährigen erklären sollte. »Ella? Weißt du, was geschieht, wenn du in der Schule in Schwierigkeiten gerätst?«

»Ich gerate nicht in Schwierigkeiten.«

Zu jedem anderen Zeitpunkt hätte Anna gekichert. »Okay, weißt du, was geschieht, wenn andere Kinder in Schwierigkeiten geraten? Und was die Lehrer dann tun müssen? So was, wie ihrem Chef Bescheid sagen, dem Rektor? Und dann schicken die Lehrer die Kinder zu ihm? Und dann muss der Rektor den Eltern der Kinder Bescheid sagen? Und sie müssen dann auf ihre Eltern warten, die dann ins Büro zum Rektor gehen und reden, und das Kind muss im Flur warten?«

Das ergab keinen Sinn, aber Ella nickte.

»Also, ihr wurdet von Leuten abgeholt, die sicherstellen mussten, dass ich gut auf euch aufpasse. Und um euch zurückzubekommen, musste ich darauf warten, dass diese Leute mit ihrem Chef sprechen –

bei denen heißt es nur Richter und nicht Rektor. Und ich musste draußen sitzen und darauf warten, was sie über mich sagen.« Sie seufzte, hatte die Hand an Ellas Hinterkopf. »Macht das Sinn?«

Ella zuckte in ihren Armen mit den Schultern.

Anna zog den Kopf zurück, um Ella ansehen zu können. Sie sah, dass Ella gegen Tränen kämpfte, ihre Wangen waren ganz rot. Anna schluckte schwer.

»Wenn es nach mir gegangen wäre, hätte ich euch sofort wieder aus dem Wagen gezogen, als Lorna an dem Abend aufgetaucht ist. Während ihr weg wart, habe ich nichts anderes getan, als mit anderen Leuten gemeinsam dafür zu kämpfen, euch wiederzubekommen. Ich liebe dich, Ella Bella. Du und Toby und ich, wir gehören zusammen.« Sie sah Ella durchdringend an, die endlich aufgegeben und angefangen hatte zu weinen, während sie Anna noch in die Augen sah.

»Oh, Liebes.« Anna legte die Arme um sie und zog sie eng an sich. Ihr liefen selbst die Tränen, als Ella in ihren Armen zusammenbrach. Ella schluchzte und Anna konnte einfach nichts mehr sagen. Stattdessen rieb sie ihren Rücken, strich ihr das Haar aus dem Gesicht und hielt sie so fest sie konnte.

So lagen sie für eine Weile da. Ellas Wimmern nahm langsam ab und ihr Atem wurde gleichmäßiger. Die Finger, die sich in Annas Shirt vergraben hatten, lockerten sich. Ella schniefte, rieb ihre Nase am Stoff von Annas Hemd und durchweichte es noch mehr.

»Geht's dir gut?«

Ella nickte, immer noch an Anna gedrückt. Diesmal zog sie sich selbst zurück. Mit tränennassen Augen sah sie in Annas Gesicht. »Du hast auch geweint?«

»Japp.«

Die feinen Augenbrauen zogen sich zusammen. »Ich mag es nicht, dass du geweint hast.«

Anna schmunzelte. »Ich mag es auch nicht, dass du geweint hast, denn ich hab es nicht gern, wenn du traurig bist; aber einige davon sind glückliche Tränen, Ella. Ich habe dich und Toby zurück.«

»Aber man lacht doch, wenn man glücklich ist.«

»Manchmal kommt dein Körper durcheinander. Jetzt lächele ich aber.« Langsam breitete sich auch auf Ellas Gesicht ein Lächeln aus, und als ihre grünen Augen aufleuchteten, sah sie so sehr wie Sally aus, dass Annas Brust schmerzte. »Und du jetzt auch.«

Schnell prustete Anna Ella in den Nacken; die kicherte und versuchte abzuhauen, als Anna es wieder und wieder tat.

»Tante Na! Hör auf damit!«

»Nö!«

»Bitte!«

»Niemals!«

»Tante Na!«

»Na gut.«

Ella fiel dramatisch wieder zurück ins Bett, atemlos und grinsend.

»Können wir jetzt Pancakes machen? Wir hatten gestern Abend keine.«

Anna lächelte trotz des Schmerzes in ihrer Brust. »Klar.«

Sie beide drehten den Kopf, als Toby grummelige Babygeräusche von sich gab.

Ella sah Anna an. »Toby ist wach.«

»Okay. Hier ist der Plan: Wir stehen mit Toby auf, essen Pancakes, erledigen ein paar Einkäufe, gehen in die Bibliothek und holen dir ein paar neue Bücher. Dann kommen wir wieder her, damit Toby sein Mittagsschläfchen halten kann, und wir beide lesen die Bücher. Dann«, sie machte eine dramatische Pause, »kommen Kym, Lane und Oma, und wir gehen alle zusammen in den Park.«

Ellas Augen leuchteten und sie setzte sich im Bett auf. »Wirklich?«

»Wirklich.« Anna setzt sich auch auf, zog den immer noch halb schlafenden Toby in ihre Arme und rieb sacht seinen Rücken. »Also, du nimmst Toby und machst Pancakes, und ich warte hier auf Frühstück im Bett.«

So, wie Ella die Augen verdrehte, war sie eher sechzehn als sechs. »Ich kann *nichts* davon tun.«

Anna seufzte so dramatisch, wie sie nur konnte. »Okay. Gut. Du holst die Sachen, die wir brauchen, aus den Schränken und *ich* werde mich um Tobys Windel kümmern.«

Ella glitt aus dem Bett und rannte aus der Tür. »Okay!« Ihre Stimme klang laut, obwohl sie schon im Flur war.

Als Anna hinuntersah, traf sie der Anblick von Toby, der sie anblinzelte und um den Schnuller in seinem Mund herum angrinste. Schläfrig schob er sich hoch und kuschelte sich an ihren Hals, seine Finger spielten mit dem Stoff ihres Shirts. Mit geschlossenen Augen lehnte Anna sich an das Kopfteil. Sie hatte das morgendliche Kuscheln mit Toby vermisst. Er hielt seine zerfranste blaue Decke fest zwischen ihnen, während seine andere Hand sich weiterhin in ihrem Shirt vergrub. »Sollen wir dich fertig machen und dann ein paar Pancakes backen, Tobes?«

Er setzte sich auf und sah sie mit großen Augen an. »Pancas?«

»Ganz genau.«

Er zappelte aufgeregt in ihren Armen.

Als sie seine Windel wechselte, schwor sie heimlich, dass sie sich nie wieder über diese Aufgabe beschweren würde, wenn es im Gegenzug bedeutete, dass die Kinder bei ihr wären. Obwohl sie bezweifelte, dass dieser Schwur lange halten würde. Dann zog sie ihm eine Latzhose und ein grünes Shirt an und streifte ihm die Schuhe über, während er frech mit den Beinen strampelte. Sie pikte ihm in den Bauch und zog ihn wieder in ihre Arme, wo er sich an sie kuschelte und die blaue Decke immer noch festhielt.

Die Decke. Anna versuchte, daraus keine große Sache zu machen. Als Sally und Jake gestorben waren, war die Decke immer bei ihm gewesen, so wie damals, als er noch ein Säugling gewesen war. Mit der Zeit und, wie Anna vermutete, auch mit dem Älterwerden wurde die Decke immer öfter vergessen und irgendwann nur noch zum Schlafen benutzt. Bis zur Verhandlung hatte er die Decke und auch den Schnuller schon fast gar nicht mehr gebraucht. Nur manchmal nachts kamen sie noch zum Einsatz, aber im letzten Monat war es bei diesen wenigen Malen geblieben.

Und nun war die Decke zurück. Toby hielt sie ganz fest.

Anna trottete die Treppe runter, sprach mit Toby und stockte dann, als sie die Szene in der Küche sah: Am Tisch stand Ella auf ihrem Hocker, hatte Eier, Mehl und Milch vor sich aufgereiht und die Mischutensilien ausgebreitet. Ein Messbecher war in einer Schale mit Mehl vergraben. Sie sah auf. »Ein Becher davon?«

Anna nickte, ging mit Toby zu ihr und setzte ihn auf dem Boden ab. Sofort zog er sich wieder an ihrem Bein hoch und machte wimmernde Geräusche.

Sie sah hinunter. »Willst du dort unten bleiben und ein paar Bücher haben, Tobes? Sollen wir deine Eisenbahn holen?«

Finger krallten sich in ihre Pyjamahosen, als Toby versuchte, ihr Bein hinaufzuklettern. »Na.«

Sie gab vorerst nach und beugte sich vor, um ihn wieder hochzunehmen. Sie hatte keine Ahnung, was in dieser Situation normal war, und fühlte sich wieder vollkommen hilflos. Aber Nein konnte sie im Moment unter keinen Umständen zu ihm sagen.

Zufrieden darüber, wieder auf ihrem Arm zu sein, beobachtete Toby seine Schwester.

Anna sah ihr auch zu und lächelte, als Mehlstaub durch die Luft wirbelte. »Gut, Ella. Ich helfe dir mit der Milch.«

Sie machten Pancakes und verbrachten den Morgen damit, viel zu viele davon zu essen. Sie waren den Vormittag über im Wohnzimmer, spielten mit Tobys Eisenbahn, während Ella fleißig malte. Anna war froh, dass Samstag war und sie Ella nicht für diese Zeit der Wiedereingewöhnung aus der Schule nehmen musste. Am späten Vormittag gingen sie Einkaufen und in die Bibliothek. Zwei Stunden später waren sie wieder zu Hause und Anna war von den ganzen Leuten im Supermarkt und in der Bibliothek total genervt. An einem Samstag würde sie mit den Kindern so schnell nicht mehr einkaufen gehen.

Toby war vollgegessen von dem Mittagessen, das sie unterwegs zu sich genommen hatten, und war schon auf der Heimfahrt eingeschlafen. Anna brachte ihn ins Bett und rieb seinen Rücken, bis er fest eingeschlafen war.

Gegen vier Uhr war er wieder wach. Er und Ella saßen neben dem Küchentisch auf dem Boden und spielten mit seinen Autos und der Eisenbahn, während Anna einen Kaffee trank. Es dauerte nicht lange, bis Toby mit einer Lok in der Hand wieder auf ihrem Schoß saß.

Es klopfte an der Tür und Anna sah scharf auf, als sie einen leisen Knall hörte.

Ella saß stocksteif mit großen Augen da und starrte in den Flur. Die Lok, die sie in der Hand gehalten hat, lag verkehrt herum auf dem Boden, neben ihren überkreuzten Beinen.

»Ella?«

Sie sah Anna nicht an. Ihre Wangen waren weiß, ihr Brustkorb hob und senkte sich schnell.

»Ella Bella?«

Ella blinzelte und sah sie an. »Wer ist das?«

Der panische Ausdruck in Ellas Augen ließ Anna sofort handeln. Sie streckte die Hand aus und Ella zögerte nur eine Sekunde, bevor sie aufsprang und zu Anna eilte, sodass sie ihr fast auf dem Schoß saß.

»Das werden Lane oder Kym oder Oma sein.« Anna lächelte beruhigend. »Lass uns nachsehen, ja?«

Ella nickte, immer noch mit großen Augen, und nahm ihre Hand. Anna führte sie zur Haustür, Toby hielt sie weiterhin auf ihrem Arm.

»Wer ist da?«, rief Ella, nachdem Anna sie gepikt hatte.

»Jemand mit Süßigkeiten!«

Anna grinste und sah zu Ella. »Nach wem hat das geklungen?«

»Kym!« Die kniete schon, um Ella in den Arm zu nehmen, und drückte sie eng an sich, kaum dass Ella die Tür aufgemacht hatte. »Ella! Ich hab dich vermisst!« Als sie Ella drückte, sah sie über ihre Schulter zu Anna und dem Kleinen. »Toby!«

Mit einem aufgeregten Schrei warf Toby sich nach vorne, bis Anna ihn absetzte. Er rannte zu Kym, sodass Anna zum ersten Mal an diesem Tag ohne ein Kind an sich oder direkt neben sich war.

»Hast du Süßigkeiten mitgebracht?« Ella sah Kym mit all der Liebe und Zuneigung an, die eine Sechsjährige aufbringen konnte, der Schokolade versprochen worden war.

Kym lachte laut. »Habe ich! Die sind aber für unser Picknick im Park. Kennst du irgendjemanden, der gern mit mir in den Park gehen würde?«

»Ich!«

»Oh! Du willst mitkommen? Ich dachte, du hasst Parks. Gerade die, in denen man picknickt.«

»Nein. Ich liebe Parks! Wer hat dir das erzählt?« Sie drehte sich um und sah Anna böse an. »Hast du Kym das gesagt?«

Mit hoch erhobenen Händen schüttelte Anna den Kopf. »Nein, ich war's nicht.«

Als Kym aufstand, sah Toby sie an, als wäre sie der Messias.

Immer noch beunruhigt sah Ella wieder zu Kym. »Also, ich liebe Parks.«

»Dann kannst du ganz sicher mitkommen.«

Bevor sie reingehen konnten, fuhr Lane vor und winkte durchs Fenster.

»Schwester Lane!« Als Ella auf Lane zustürzte, fiel ein wenig der Anspannung von Anna ab, während sie zusah, wie die zwei sich begrüßten.

Kym sah zu Anna und rieb ihre Nase an Tobys Wange, damit er kicherte.

»Hey«, sagte Anna.

»Hey.« Sie ließen Lane draußen vor dem Wagen mit Ella reden und gingen hinein. »Weißt du, Ella vergöttert sie.«

Anna sah über die Schulter zu Kym. »Ich weiß.«

»Gut. Also ist alles in Ordnung mit der Welt?«

Während Anna den Teekessel auf den Herd stellte, setzte Kym sich an den Tisch, ließ die Tasche auf den Boden fallen und hielt Toby auf dem Schoß.

»Alles ist total in Ordnung.«

Kym machte ›Ohh‹ zu Toby, der eines seiner Bücher vom Tisch gezogen hatte und nun auf eine beliebige Seite deutete. »Ich bin so erleichtert, Leute. Nicht, dass es auch anders hätte ausgehen können.«

Toby fühlte sich vollkommen wohl und lehnte sich an Kym, während Anna nickte und sie beobachtete. »Ich war auch erleichtert.«

Kym sah über Tobys Kopf hinweg zu ihr, blätterte die Seiten für ihn um und sah besorgt aus. »Wie geht es ihnen?«

Anna zuckte mit den Schultern und stellte sicher, dass Toby mit seinem Buch beschäftigt war. »Die Decke nimmt er überall mit hin.« Sie deutete mit dem Kinn darauf. »Und ich kann ihn nicht absetzen. Und E… nun ja, sie ist unruhig. Still. Wir hatten ein Gespräch, das hoffentlich geholfen hat. Das Klopfen an der Tür hat sie sehr erschreckt.«

Mit einem traurigen Nicken sagte Kym: »Das wird sich legen. Irgendwann wird sie begreifen, dass sie hier sicher ist.«

Anna kaute auf ihrer Unterlippe herum, sie wollte ihr glauben.

»Nie*mals*!« Ellas Stimme schnitt durch die Stille.

»Ganz sicher!«

»Ich glaube dir nicht!«

»Ella, wer ist hier die Krankenschwester?«

»Du.«

»Genau.«

Sie kamen in die Küche und Lane blickte von Ella auf. »Hallo, die Damen.«

Kym winkte ihr zu und kümmerte sich dann wieder um Toby.

»Worüber habt ihr zwei gesprochen?«, fragte Anna.

Lane ging zu Toby, küsste mit kleinen, flotten Bewegungen seinen Hals, sodass er kicherte. Dann war Lane neben Anna und ließ ihre Finger sanft Annas Rücken hinabgleiten. »Ella glaubt mir nicht, dass *Findet Nemo 2* rauskommen soll.«

»Was hat das damit zu tun, dass du eine Krankenschwester bist?«

Lane zuckte mit den Schultern und grinste schief. »Weil wir Krankenschwestern allwissend sind.«

Anna kicherte.

Ellas Stimme unterbrach sie.

»Ihr zwei mögt euch sehr.«

Sie beide sahen zu Ella, die sie ungeniert anstarrte.

Amüsiert blickte Kym kurz auf.

Annas Blick wanderte von Kyms Grinsen zu Ellas ehrlichem Gesicht. Sie hatte keine Ahnung, woher das gerade gekommen war.

»Was meinst du, Ella?«

»Ihr zwei. Ihr mögt euch sehr. Ihr starrt euch immer an oder lächelt mit ekligen Gesichtern. Irgendwie so, wie Aladdin Jasmin ansieht.«

Kym versuchte nicht einmal zu überspielen, dass sie sich kaputtlachte.

Anna widerstand dem Drang, etwas nach ihr zu werfen. Hilfesuchend wandte sie sich an Lane, die ihr mit ihrem ausdruckslosen Blick auch nicht weiterhalf. Da sie sich an niemand anderes richten konnte, lenkte sie ihre Aufmerksamkeit wieder auf Ella.

»Ähm … ja, wir mögen uns wirklich sehr.«

»Das ist *so* offensichtlich.«

»Stimmt's Ella? Die sind *so* offensichtlich.«

Anna war sich sicher, dass Lane Ella ebenfalls mit weit geöffnetem Mund anstarrte.

»Was?«, fragte Ella und schaute von einer zur anderen.

Als sie den Mund endlich geschlossen hatte, schüttelte Anna den Kopf. »Nichts.«

Kym schnaubte erneut und Ella sah nun sie an. »Was denn?«

»Nichts.«

Den Mund immer noch geöffnet, starrte Lane Ella weiterhin an.

»*Was denn*?«

Lane schüttelte den Kopf. »Nichts, Ella.«

»Ihr seid komisch.«

Die Lichter waren aus und alle, bis auf Toby, waren in das blaue Flackern von *Findet Nemo* abgetaucht, denn natürlich mussten sie ›auf dem neusten Stand sein‹, wenn die Fortsetzung nächstes Jahr herauskam. Mit ihrem Hundeblick hatte Ella Lane und Kym dazu überredet, zum DVD-Abend zu bleiben, da es Samstag und eine Tradition war.

Nun, da Toby im Bett war, versuchten sie alle vier auf der Couch wachzubleiben. Ella schlief schon halb, mit dem Kopf in Annas Schoß, die Beine hatte sie über Lane und Kym ausgestreckt. Kym döste immer wieder ein und riss dann erschrocken den Kopf hoch, während Anna und Lane immer wieder blinzelten. Als sie den Menschenhaufen um sich herum ansah, musste Anna daran denken, dass die letzten paar Tage von ihnen allen einen hohen Tribut gefordert hatten.

Kym rüttelte sich wieder wach.

Grinsend pikte Anna sie. »Schläfst du heute hier, Kym?«

»Ist es okay, wenn ich auf eurer tollen Couch übernachte?«

»Klar. Wir können morgen alle zusammen frühstücken.«

Durch ihr Gähnen hindurch fragte Ella: »Gibt es wieder Pancakes? Lane, bleibst du auch? Du machst die besten Pancakes.«

Leicht panisch sah Lane zu Anna.

»Wir haben nicht genug Betten, Ella.«

»Sie kann doch in *deinem* Bett schlafen. Ihr mögt euch doch. Hayley und du habt hier auch im selben Bett geschlafen.« Ihr Blick war schon wieder auf den Fernseher gerichtet und das Problem aus ihrer Sicht gelöst.

Mit einem Blick zu Lane, die versuchte, nicht zu hoffnungsvoll zu wirken, wandte Anna sich wieder an Ella. »Wäre das okay für dich?«

»Ich bekomme Pancakes.«

»Na gut.« Sie sah zu Lane. »Willst du hier schlafen?«

»Ja, bitte.«

»Würg.«

Ella verdrehte die Augen und sah zu Kym. »Ja, oder?«

Kym grinste.

Ella schlief quer über ihnen allen auf der Couch ein, begeistert von der Aussicht, mit ihren drei Lieblingsmenschen aufzuwachen. Ein kurzer Blick nach rechts zeigte Anna, dass Kym auch wieder eingedöst war.

»Du nimmst die Große, ich die Kleine?«

Lane kicherte. »Deal.«

Lane suchte nach einer Decke, während Anna Ella weckte und das noch halb schlafende Mädchen zur Toilette und ins Bett brachte. Als sie Ella zudeckte, umarmte sie sie, und als Anna sich zurückziehen wollte, hielt Ella sich an ihrem Shirt fest. Sie konnte die Kleine so nicht zurücklassen, also strich sie ihr übers Haar, bis Ella wieder eingeschlafen war und ihre Hand herabsank.

Anna blieb noch eine Minute sitzen, ihre Hand lag ruhig auf der Stirn der schlafenden Ella, und betrachtete sie.

Die Erleichterung darüber, dass Ella wieder in ihrem Bett lag und Anna sie berühren konnte, war fast überwältigend. Ella war wie eine Puppe, wenn sie schlief, ein bezaubernder Mix aus Sally und Jake – schlaksige Glieder, der sanfte Bogen ihrer Nase und die vereinzelten Sommersprossen darauf.

Der bedrückende Gedanke, dass sie ihren Bruder und Sally enttäuscht hatte, begann sich in Luft aufzulösen, jetzt, wo die Kinder wieder unter demselben Dach mit ihr waren. Anna verlangte es immer noch danach, Jake fragen zu können, wie sie sich machte, ob alles so war, wie er es sich gewünscht hatte. Und dann überkam dieses grausame Gefühl der Realität sie wieder, denn was Jake wollen würde, wäre, am Leben und mit Sally und den Kindern zusammen zu sein.

Als sie Ella beim Schlafen betrachtete, dachte sie daran, dass Ella Jakes bedächtiges Lächeln hatte, seine angeborene Neugierde und seine ernste, ruhige Art. Das wurde durch die schiere Energie ausgeglichen, die sie von Sally hatte, zusammen mit der Art und Weise, wie Sally jemanden ansehen konnte und dann manchmal genau zu wissen schien, was derjenige dachte.

Was davon würde ohne den Einfluss ihrer Eltern verschwinden? Was würde bleiben?

Anna küsste Ellas Wange und zog die Decke hoch. Das Licht, das über das Bett glitt, verschwand, als Anna die Tür anlehnte. Sie horchte an Tobys Tür und hörte leise Schlafgeräusche.

Ganz erschöpft fiel Anna neben Lane ins Bett und seufzte zufrieden, als Wärme sie einhüllte.

»Ella und Kym werden sich von nun an gegen uns verschwören.«

Anna versuchte, darüber zu lachen, doch ihre Kehle war vor Gefühlen wie zugeschnürt.

»Hey«, flüsterte Lane. »Was ist los?«

Anna vergrub ihr Gesicht in Lanes Nacken und küsste die Haut dort, dann küsste sie sie auf den Mund, leidenschaftlicher als gedacht.

Eine Stunde später schliefen sie aneinandergekuschelt ein. Anna musste Lane wachstupsen, damit sie etwas überzog, denn Ella kam manchmal nachts zu ihr ins Bett gekrochen.

Es war eine Angewohnheit, die sie Ella wieder abgewöhnen musste oder zumindest musste sie ihr beibringen, erst zu klopfen und zu warten. Allerdings wollte Anna Ella im Moment nicht das Gefühl vermitteln, dass sie nicht jederzeit zu ihr kommen konnte, dazu war das Mädchen noch zu fragil.

Soweit Anna darauf Einfluss nehmen konnte, sollte Ella sich niemals so fühlen.

KAPITEL 11

Ein Weinen drang an ihr Ohr und Anna schlug die Augen auf.

Das laute Stöhnen hinter ihr brachte sie zum Kichern.

»Was ist das?« Lanes Stimme war rau vom Schlaf.

Anna zog Lanes Arm fester um sich, als die sich enger an ihren Rücken kuschelte. »Das war Toby.«

»Na!«

Lane stöhnte noch einmal, und ihr Arm rutschte herunter, als sie sich auf den Rücken rollte.

Die Laken raschelten und Lane zog sich ein Kissen über den Kopf. Ihre gedämpfte Stimme ertönte. »Warum ist das Toby?«

»Weil er ein Baby ist?«

»Er ist fast zwei!«

»Er ist achtzehn Monate alt.«

Lane grummelte, zog dann das Kissen fort und sah Anna an. »Wie spät ist es?«

Anna verzog das Gesicht. »Fünf.« Etwas früher hätte sie noch eine Chance gehabt, ihn für eine weitere Stunde oder so wieder zum Schlafen zu bringen, aber um diese Zeit war er meistens schon richtig wach.

»Ugh.« Lane zog sich das Kissen wieder über den Kopf.

»Willkommen zu deiner ersten Übernachtung mit Kindern im Haus.« Anna setzte sich auf und legte Lane die Hand auf den Bauch. »Bin gleich zurück.«

Lane grunzte nur unter dem Kissen.

Amüsiert tappte Anna den Flur hinunter, um Toby zu holen, bevor Ella aufwachte. Meistens schlief er länger als jetzt. Ab und zu wachte er allerdings richtig früh auf und war dann bereit, in den Tag zu starten. Und obwohl Anna das frühe Aufstehen nicht so sehr hasste, wie Lane es offensichtlich tat, fand sie es doch leichter, sich um ein kuschelbedürftiges Kleinkind zu kümmern als um ein kuschelbedürftiges Kleinkind *und* seine sechsjährige Schwester. Es *war* immerhin fünf Uhr früh.

Sie unterdrückte ein Gähnen – vier Stunden Schlaf waren einfach nicht genug – und schob Tobys Tür auf. Er saß in seinem Bett. Das Grinsen, das er ihr entgegenbrachte, ließ sie dahinschmelzen.

Vielleicht würde er wieder einschlafen.

Er schob sich in den Stand, wackelte unsicher auf der weichen Matratzenunterlage, und sie nahm ihn auf den Arm, bevor er umfallen konnte.

»Na«, sagte er glücklich.

Sie drückte ihn an sich, seine kleinen Beine wickelten sich um sie und sein Kopf ruhte schwer auf ihrer Brust.

»Guten Morgen, kleiner Mann.«

Speckige Finger griffen ihr Shirt, wie sie es immer taten, und er gähnte an ihren Hals.

»Es ist sehr früh, weißt du.«

Er kuschelte sich an sie.

Anna wollte ihn mit in ihr Zimmer nehmen. Er setzte sich in ihren Armen auf, die Haare lagen ihm wirr am Kopf. »Deck!«

»Natürlich.« Anna wandte sich wieder zu seinem Bettchen um. »Wir dürfen deine Decke nicht vergessen.« Sobald sie sie ihm entgegenhielt, griff Toby danach und lehnte sich wieder an sie, die Decke drückte er dabei fest an seine Brust. Sein Kopf sank zurück an ihre Schulter und er kuschelte sich an sie.

Nach einem weiteren Gähnen konnte Anna fühlen, wie er dabei war, wieder in ihren Armen einzuschlafen. Sie trug ihn ins Schlafzimmer und rieb seinen Rücken. Anna konnte Lane unter dem Deckenhaufen nur erahnen. Das Kissen hatte sie immer noch über den Kopf gezogen.

Anna deutete darauf und flüsterte in Tobys Ohr: »Wer ist das?«

Neugier färbte Tobys Gesichtchen, als er sich in ihren Armen vorstreckte. Er sah den Haufen an, dann zu Anna und wieder zurück. Toby zeigte darauf, blickte dann wieder zu Anna, um sicherzugehen, dass sie es auch gesehen hatte.

»Ich weiß! Wer ist das?«

Als er sich vorreckte, ging sie zum Bett und ließ ihn darauf fallen. Mit der Decke in der Hand krabbelte er über die Matratze und setzte sich hin, dann schlug er mit der Hand auf das Kissen. Nichts geschah, und er sah Anna besorgt an.

»Versuch's noch mal, Tobes.«

Das tat er. Und er erschrak sich, weil das Kissen sich bewegte, war dann begeistert, als Lane mit aufgeplusterten Haaren darunter hervorkam.

Obwohl sie noch halb schlief und um fünf Uhr früh generell alles hasste, lächelte Lane das erfreute Kleinkind an. »Hey, Tobes.«

Als Toby zum Kuscheln zu ihr kam, zog Lane ihn mit sich unter die Decke.

Toby machte es sich gemütlich, setzte sich allerdings nochmals auf, griff nach seiner Decke, und kuschelte sich dann eng an Lanes

Brust. Er drehte seinen kleinen Kopf, um Anna anzusehen, die vor lauter Niedlichkeit dieser Szene fast zerfloss.

»Na.«

Sie folgte dem Hinweis und schlüpfte wieder unter die Decke. Dann legte sie einen Arm um Toby und die Hand auf Lanes Hüfte, sodass Toby nun die Mitte eines Sandwichs war. Er wühlte sich in eine Schlafposition und gähnte.

Lane fing Annas Blick über seinem Kopf auf. »Ist er morgens immer so süß?«

»Neun von zehn Mal. Ab und zu ist er auch ein Albtraum.«

»Niemals! Sieh ihn dir an!«

Genau in diesem Moment, eingekuschelt zwischen ihnen, sah er aus wie ein Engel.

Anna drückte ihr Gesicht an Tobys Hinterkopf und atmete seinen Babygeruch ein. »Mmh. Er kann gut unschuldig aussehen. Du hast das ein Uhr früh Tamtam verschlafen.« Lane sah sie schuldbewusst an. »Oder hast du nur getan, als würdest du schlafen?«

Lane hatte den Anstand, verlegen zu schauen.

Anna konnte keine Empörung vortäuschen. Sie gähnte und steckte Lane damit an. Toby tat es ihnen gleich und Lane kicherte, legte den Arm ebenfalls über ihn und streichelte dann Annas Hüfte.

Sie alle schliefen wieder ein.

»Wacht auf!«

Das Bett bewegte sich und Anna öffnete mit Mühe ein Auge. Lane stöhnte und rollte sich auf den Rücken, dann zog sie sich das Kissen über den Kopf, während Toby sich aufsetzte und den Anblick vor sich beklatschte.

Ella stand am Ende des Bettes und Kym kniete neben ihr. Die Haare standen den beiden wirr vom Kopf ab und sie sahen aufgeregt aus.

Kym schrie erneut: »Wacht auf, Leute!«

»Hi, Tante Na! Kym hat gesagt, ich soll rufen und euch wecken, aber ich habe gesagt, das darf ich nicht, also hat sie gemeint, dass sie es macht.«

»Jetzt hast du mich verraten.«

Anna nahm die Gelegenheit wahr, als Kym Ella finster anstarrte, und griff sich ein Kissen, das sie Kym mitten ins Gesicht feuerte.

Der finstere Blick, den Kym Ella zugeworfen hatte, richtete sich nun auf Anna. »Also das war schlichtweg gemein!«

Mit einem lauten »Guten Morgen!« warf Ella sich in Annas Schoß.

Anna strich ihr das wirre Haar aus der Stirn. »Guten Morgen, Ella Bella.«

»El! Lan!«

»Guten Morgen, Toby.«

Toby wollte die Neuigkeiten unbedingt mit seiner Schwester teilen, also schlug er nochmals mit der Hand auf das Kissen, das Lane sich über den Kopf gezogen hatte. »Lan!«

»Hi, Schwester Lane.«

Endlich kam Lane zum Vorschein und wackelte mit den Fingern. »Morgen, Ella.«

»Ich habe verschlafen!«

Anna sah auf die Uhr. »Es ist kurz nach sieben, Ella.«

»Dann habe ich so was von verschlafen.«

»Na, ich danke dir jedenfalls, dass du Kym zuerst aufgeweckt hast.«

Kym, die sich am Fußende des Bettes auf den Rücken geworfen hatte, drehte den Kopf. »Ich bin gern von Nutzen. Warum ist der Knirps in eurem Bett?«

Toby krabbelte hinüber zu Kym. Weiche Hände streichelten ihren Bauch und er legte seinen Kopf darauf, die dicken Fingerchen griffen nach ihrem Shirt.

»Er ist früh aufgewacht.«

Kym konnte sich ein schiefes Grinsen nicht verkneifen, als sie Lane ansah. »Wie früh?«

Lane antwortete durch zusammengepresste Zähne. »Fünf.«

»Gute Arbeit, Tobes.«

Toby kicherte.

Die Woche verging so schnell, wie die darauffolgende. Meistens war es so, als wären sie nie aus ihrer Routine herausgerissen worden. Morgens lieferte Anna erst Ella bei ihrer Mutter ab und dann Toby in der Betreuung. Nach der Arbeit holten sie Ella ab und sie aßen zu Abend. Tagsüber besuchte sie Toby in der Krippe, trank Kaffee mit Kym und piepste Lane an, um sie zu unmöglichen Zeiten in ihr Büro zu bitten.

Allerdings machten einige Dinge es auch unübersehbar offensichtlich, dass sie sechs Tage Hölle hinter sich hatten – andere Dinge waren subtiler, kaum spürbar, wenn man nicht wusste, worauf man achten musste.

Nachts, wenn Toby schreiend aufwachte, war er oft so hysterisch wie in den ersten Tagen. Am Ende der Woche blieb noch ein verzweifeltes Rufen von Annas Namen und Tränen übrig, was weit von dem zweimal wöchentlich auftretenden Schreien im Halbschlaf der ersten Tage entfernt war. Die Decke kam immer noch überallhin mit, und er klammerte so sehr wie nie, wenn sie ihn in der Krippe abgab. Er sprach etwas weniger; Worte, die er aufgeschnappt hatte, plapperte er nicht mehr aufgeregt nach.

Das wahre Mysterium war Ella. Manchmal war sie die alte Ella, die langsam aufgetaut war, bevor sie in die Pflegefamilie gekommen war. Dann war sie wieder schweigsam und dachte nach. Sie klammerte länger, wenn Anna sie abends ins Bett brachte. Wenn Ella Reifen in der Einfahrt hörte, versteifte sich ihr ganzer Körper und sie starrte die Tür an, als würde sie erwarten, sofort hindurchgezogen und wieder von ihrer Familie getrennt zu werden.

Viermal in zehn Tagen war Anna aufgestanden, um sie nach einem Albtraum zu trösten und am Ende mit in ihr eigenes Bett zu nehmen. Einmal war Ella fast nicht zu beruhigen gewesen. Ihr ersticktes Rufen: »Ich will Mummy« hatte Anna die Luft abgeschnürt und bei ihr selbst die Tränen fließen lassen. Sie hatte Ella den Rücken gestreichelt, wollte ihr geben, was immer sie beruhigen würde, und war doch nicht fähig, ihr das eine zu geben, das wirklich alles wiedergutmachen würde.

Lane war ein Sonnenstrahl für sie alle. Sie war noch zweimal über Nacht geblieben und sie und Kym waren mehrmals zum Abendessen gekommen. Die Kinder liebten es, mit Lane im Haus aufzuwachen, und bisher hatten Anna und Lane auch immer daran gedacht, sich etwas anzuziehen, bevor sie eingeschlafen waren.

Es gab Tage, da war Anna überzeugt davon, genau dort zu sein, wo sie sein wollte. Lane wuselte dann in der Küche herum und Ella erzählte ihnen von dem Babyvogel, den sie in der Pause gerettet hatten. Toby saß auf Annas Schoß, war an sie gelehnt und nuckelte an einem Trinkbecher.

Und dann gab es Tage, an denen sie sich die Haare raufen und schreien wollte. Tage, an denen Ella schmollte und sich weigerte, ihre Spielsachen wegzuräumen. Tage, an denen Toby anhänglich war und quengelte und so lange an Anna hing, dass sie sich nicht daran erinnern konnte, wie es war, länger als dreißig Sekunden allein zu sein. Tage, an denen auf der Arbeit alles hektisch war, sie durch die Gegend rannte und versuchte, alles rechtzeitig zu schaffen, um Toby aus der Betreuung abzuholen, einkaufen zu gehen und Ella von ihrer Mutter zu holen. Gott, was sollte sie nur zum Abendessen machen, und es warteten noch sechs Ladungen Wäsche auf sie, und wenn Ella noch einmal quengelte, dass sie mehr Eis haben wollte, würde Anna durchdrehen.

Manchmal gab es Momente, so intensiv und schmerzhaft, in denen Anna mit ihrem Bruder reden oder Sally etwas fragen wollte. Tage, an denen sie alles dafür gegeben hätte, gemeinsam mit Sally bei einem Glas Wein zu kichern und Jake in den Arm zu boxen, wenn er etwas Nerviges gesagt hätte – sie wollte ihren Bruder zurück, und ihre beste Freundin.

Aber ohne die schreckliche Tragödie hätte Anna nicht das Leben, das sie jetzt hatte. Und das würde bedeuten, keinen Toby und keine Ella bei sich zu haben. Und keine Lane.

Toby sah sie manchmal an, den Kopf zur Seite geneigt und die Stirn in Falten, und sie könnte schwören, dass Jake sie mit seinem ›Du bist wahnsinnig, kleine Schwester‹-Blick ansah. Dann schmerzte ihre Brust so sehr, dass sie nicht atmen konnte. Kichernd erzählte Ella ihr Geschichten aus der Schule, wie eine Verschwörerin, beugte sich vor, sodass ihr das Haar ins Gesicht fiel, und dann sah sie genauso aus wie Sally.

Ohne die Ablenkung durch den Gerichtsprozess lag das Gefühl, ihren Bruder und Sally zu vermissen, wie eine Tonne Steine auf ihr; sie konnte sich nicht erklären, warum.

Eines Tages sah Kym sie in der Cafeteria konzentriert an, wobei sie die Hände um ihren Kaffee geschlungen hatte. Sie beugte sich über den kalten Metalltisch und legte eine Hand auf Annas Arm.

»Mach dich nicht fertig.«

»Was?« Anna war ernsthaft verwirrt.

»Du vermisst sie. Und das darfst du auch – Trauer macht so was. Es ist mehr eine Welle als etwas, das du, du weißt schon, Schritt für Schritt durchlebst. Es zieht sich zurück, kommt dann wieder und trifft dich, manchmal schwächer, manchmal auch stärker.«

Anna nickte nachdenklich und zuckte mit den Schultern. »Ich dachte, es würde besser werden.«

Das Lächeln, das Kym ihr anbot, war sanft und verständnisvoll. »Ist es auch. Und es wird noch besser werden. Es braucht viel Zeit.«

»Was machst du, wenn es so ist?«

Kym lehnte sich in ihrem Stuhl zurück und grinste. »Entweder heule ich in der Dusche oder ich komme zu euch.«

Nachdem eine Psychiaterin ihr gesagt hatte, dass es besser werden würde, fühlte Anna sich etwas erleichtert, obwohl sie Jake und Sally immer noch vermisste.

Sie wusste, dass es Lane aufgefallen war, aber sie wischte deren Bedenken weg und sagte, dass es ihr gut ginge. Das dritte Mal, als sie das tat, sah Lane sie an und sagte: »Nein, geht es nicht. Kein Weglaufen.«

Anna starrte sie an und gab endlich auf. »Tue ich nicht. Aber ich bin noch nicht bereit, darüber zu reden.«

Lane zog sie in eine Umarmung. »Und das ist okay. Verschwinde nur nicht wieder.«

Anna gab sich Lanes Umarmung hin und vergrub das Gesicht an ihrem Hals. »Ich gehe nirgendwo hin.«

Manchmal stand sie in der Küche, während Toby an ihrem Bein zog und Ella etwas vom Wohnzimmer aus rief, und Anna seit Tagen nicht mehr als fünf Minuten Zeit mit Lane gehabt hatte. Dann schloss sie die Augen, atmete tief durch und zählte von zehn an rückwärts.

Doch obwohl sie gelegentlich nicht wusste, was sie tat, fragte sie sich inzwischen nicht mehr, warum sie es tat oder ob sie es tun wollte. Wut darüber, dass ihr Bruder sie in diese Situation gebracht hatte, kochte nicht mehr in ihr hoch, und Anna wünschte ihn sich nicht mehr nur zurück, um ihn anschreien zu können. Aber jetzt, da die Wut verschwunden war, blieb die schmerzliche Traurigkeit darüber übrig, dass Jake nicht mehr da war.

Wenn sie damit fertig war, von zehn an runterzuzählen, nahm sie Toby hoch. Er streichelte ihr Gesicht mit seiner offenen Handfläche und sagte »Na« mit so viel Zuneigung in der Stimme.

Eines abends kam Ella aus dem Wohnzimmer und sagte: »Ich wollte dir nur erzählen, dass der Lehrer uns heute gefragt hat, mit wem wir gern jeden Tag sprechen würden. Alle haben gesagt, mit einem Freund aus der Schule, aber ich habe gesagt mit Mummy und Daddy, denn ich habe daran gedacht, dass du gesagt hast, es ist okay über sie zu reden.«

Und Anna war in der Lage, weiterzumachen, denn diese zwei Kinder waren all das andere absolut wert.

An den schlechten Tagen zeigte ein kurzer Blick auf ihr Handy eine Nachricht von Lane, die sie lächeln ließ. Dann bestellten sie Pizza, holten eine Decke hervor und machten ein Picknick auf dem Küchenfußboden, und die Kinder aßen ganz unordentlich und schmierten ihre Malsachen mit Pizza voll.

Und Anna ließ die Wäsche bis zum nächsten Tag liegen.

Und das war okay.

»Ella hat mich beim Abendessen gefragt, ob du meine feste Freundin bist.«

Anna löste ihre Lippen von Lanes Hals und sah sie an. »Wann genau?«

Sie lag ausgestreckt auf Lane und versuchte erfolglos, die Energie aufzubringen, um aufzustehen und sich etwas anzuziehen, bevor besagte Ella eventuell durch die Tür stürmen würde.

Mit einem Arm unter ihrem Kopf zuckte Lane mit den Schultern. »Als du den Abwasch gemacht hast.«

»Was hast du gesagt?«

»Ähm … Ich wollte nicht lügen. Aber ich wusste auch nicht, ob es an mir ist, etwas dazu zu sagen. Ich weiß nicht, wie genau du es erklären wolltest oder wie genau Ja … Ich wusste es nicht.«

Anna lächelte sanft. »Du kannst seinen Namen aussprechen, Lane.«

Lane strich über Annas Rücken, bis hin zu ihrer Schulter, und schob ihr dann eine Strähne hinter das Ohr. »Ich wollte dich nicht aufregen. Du schienst besonders … traurig zu sein in der letzten Woche. Und das ist völlig okay. Ich wollte dich nur nicht zwingen, darüber zu reden.«

Normalerweise würde Anna das Thema wechseln und nicht darüber reden und genau das wollte sie nun auch tun. Aber Lane sah sie voller Sorge an, und sie lag auf warmer Haut, hier zwischen Lanes Schenkeln. Anna wollte nicht, dass Lane dachte, sie dürfte dieses Thema nicht anschneiden.

»Traurig war ich auch.«

Lane sah sie an, wartete, dass sie weitersprach.

»Ich … ich bin nicht mehr wütend.«

Mit zusammengezogenen Brauen beobachtete Lane sie.

Anna stützte den Kopf auf die Hand und rückte sich in Position, damit sie Lane ansehen konnte. »Ich war so wütend auf Jake, dass er mich in diese Situation gebracht hat. Himmel, sogar dafür, dass … dass er gestorben ist; ich wollte ihn nur anschreien.« Anna wusste nicht, ob es viel Sinn ergab, aber sie sprach weiter: »Und nun ist es irgendwie schwer zu erklären. Ich bin nicht mehr wütend auf ihn. Ich will nur nicht, dass die Kinder bei jemand anderem als bei mir sind, und ich habe dich, und ich mag mein Leben eigentlich *wirklich.* Und dann fühle ich mich schuldig, denn ich mag mein Leben, und das ist ein Leben, in dem mein Bruder und Sally tot sind, und das ist *nicht* okay.« Es kam alles auf einmal raus, manches davon sogar, ohne dass Anna wirklich gewusst hatte, dass sie es gedacht hatte.

Lanes dunkle Augen waren weich, als sie sie mitfühlend ansah.

Mit brennenden Augen erwiderte sie Lanes Blick und fühlte sich elend. »Die Kinder haben keine Eltern mehr, und ich habe keinen Bruder und keinen besten Freund mehr, und wir alle machen langsam weiter, und das ist nicht *fair*, Lane.« Ihre Stimme brach. »Es ist nicht fair.«

Ein Schluchzen entrang sich ihrer Kehle und Lane zog sie in ihre Arme. Anna vergrub das Gesicht an Lanes Hals und ihre Finger bohrten sich in ihren Rücken. Sie hatte keine Ahnung, warum sie sich so fühlte, warum jetzt.

Aber sie vermisste ihren Bruder.

Lanes Hand fuhr über ihr Haar, den Rücken hinab, sie schlang ihr Bein um Annas Hüfte und zog sie näher.

Ein weiterer Schluchzer drang hervor und Annas Augen brannten. »Und, Lane, Gott, ich liebe dich.« Ihre Hand griff Lanes Hinterkopf. »Weißt du eigentlich, wie viel besser du alles machst?«

Kopfschüttelnd zog Lane Anna hoch und küsste ihre feuchten Wangen. Die Finger in Annas Haar vergraben, zog sie sie für einen weiteren Kuss enger an sich.

Als sie sich voneinander lösten, griff Anna Lanes Arm. »Ich weiß, dass ich nicht immer rede. Es ist okay, wenn du mich manchmal drängst.«

Lane vermied Augenkontakt, nickte aber langsam. »Ich wollte dich nur nicht wegstoßen.«

Stirn an Stirn vermischte sich ihr Atem. »Das schaffst du nicht.«

Lane atmete tief ein, Anna tat es ihr gleich, etwas zittrig.

»Ich vermisse sie so.«

Lane machte beruhigende Geräusche und zog Anna wieder in ihre Arme. »Das weiß ich doch.«

Sie lagen für eine Minute schweigend da, bevor Anna die Stelle unter Lanes Lippen küsste. »Und du kannst Ella sagen, dass wir Freundinnen sind. Du bist jetzt auch Teil im Leben der Kinder. Ich vertraue dir. Du kannst ihnen alles sagen, was du möchtest.«

Mit sanftem Druck hob Lane Annas Gesicht an und küsste sie.

KAPITEL 12

»Warum schläfst du nicht im großen Zimmer?«

Anna sah zu Ella, während sie versuchte, die letzten paar Löffel von Tobys Essen in seinen Mund zu bekommen. Jedes Mal, wenn sie dachte, sie würde es schaffen, presste er die Lippen aufeinander und wandte den Kopf ab. Anschließend lachte er fast manisch.

»Ähm, du meinst im Zimmer deiner Eltern?«

Ella nahm einen großen Schluck von ihrem Saft. »Ja. Das Zimmer, in dem du schläfst, ist für Leute, die nur über Nacht bleiben. Aber du bist kein Gast. Du wohnst hier.«

Anna schaffte es, einen Löffel Essen in Toby zu bekommen, den er sofort wieder ausspuckte. Der finstere Blick, an dem sie sich versuchte, wurde von seinem charmanten Grinsen vereitelt, während ihm halb zerkaute Erbsen am Kinn klebten. Anna fing an, ihn sauber zu machen. Manchmal war es bequemer, einfach aufzugeben.

»Wäre es seltsam für dich, Ella Bella, wenn ich in dem Zimmer schlafen würde?«

Ella zuckte nur mit den Schultern und wandte sich wieder ihrem Fisch zu.

Später am Abend, als Toby fest schlief und Ella Anna drei Geschichten abgeschwatzt hatte, nahm Ella Annas Hand, als sie gehen wollte. In diesen Tagen war das nichts Ungewöhnliches, aber ihre Worte machten Anna sprachlos: »Mummy mochte es immer, wenn die Leute, die hier waren, es gemütlich hatten.« Ihre großen grünen Augen sahen Anna aufrichtig an. »Und ich denke, du hättest es in ihrem Zimmer schöner. Und dann hat Kym es in deinem Bett auch schöner, wenn sie hier schläft.«

Anna kroch ins Bett und kuschelte mit Ella. Still und nachdenklich spielte Ella mit dem Anhänger um Annas Hals.

Einen Moment dachte Anna darüber nach, wohin sie das Gespräch leiten wollte. »Wie wäre es, wenn ich morgen ein paar Dinge aus dem Zimmer ausräume? Und dann kannst du dir ein paar Sachen raussuchen, die du von Mummy und Daddy behalten möchtest. Und dann finden wir dafür einen besonderen Platz, wo du sie hinstellen kannst?«

»Kann ich dir ein Geheimnis verraten?«

»Immer.«

Mit einem Schniefen löste Ella sich aus der Umarmung und lehnte sich über das Bett. Dann zog sie Jakes Hoodie hervor, den Sally immer unter ihrem Kissen aufbewahrt hatte, für Nächte, wenn er nicht zu Hause gewesen war. Schuldbewusst streckte sie ihn vor. »Ich habe den genommen, als Toby und ich so spucken mussten. Manchmal trage ich ihn, wenn ich nicht einschlafen kann.«

Anna schob ihr die Haare aus dem Gesicht und fuhr mit dem Finger über ihre weiche Wange. »Ella Bella, warum schaust du so besorgt?«

Den Blick auf ihren Schoß gerichtet, nestelte Ella am Saum ihres Pullovers. »Weil ich ihn mir genommen habe, obwohl er nicht mir gehört.«

Sanft griff Anna nach dem Hoodie und zog ihn über Ellas Kopf, dann schob sie die dünnen Ärmchen durch die Ärmel; er war ihr viel zu groß.

»Er gehört dir, wenn du das möchtest.«

Mit der Kapuze über dem Kopf legte Ella sich wieder hin und zog an Annas Hand, damit die ihr folgte. Anna versuchte, nicht daran zu denken, dass der Pullover noch immer ein wenig nach ihrem Bruder roch.

»Kann ich Mummys Teddy bekommen, den sie als Kind hatte?«

Anna zog Ella enger an sich und nickte gegen den weichen Stoff des Hoodies. »Du kannst behalten, was immer du möchtest.«

»Was ist mit Toby?«

»Wir suchen ihm auch etwas aus.«

Anna atmete tief ein und stieß die Tür zum Schlafzimmer ihres Bruders auf.

Der Raum war sauber. Kein bisschen Staub. Auch wenn sie nicht gerne in dieses Zimmer ging, staubsaugte sie auch dort, wenn sie das Haus putzte. Seit der Nacht, als es Toby und Ella so schlecht gegangen war, war dieses Zimmer nicht mehr ständig geschlossen. Anna benutzte manchmal das Bad; sie ließ die Tür offen. Aber normalerweise ging dort niemand rein.

Lane war auf der Arbeit und Anna hatte mitten in der Woche einen Tag frei; Ella war in der Schule und Toby schlief. Also starrte Anna nun in das Zimmer und bereitete sich darauf vor, Dinge zusammenzupacken.

Wenn Toby aufwachte, würde sie ihn zum ›Helfen‹ dazuholen; sollte etwas seine Aufmerksamkeit erregen, würde sie es für ihn zur Seite legen. Die Kartons, die sie am Morgen besorgt hatte, standen im Flur.

Alles, was sie tun musste, war reinzugehen und anzufangen.

Sie erschrak, als die Türklingel ging.

Erleichterung machte sich in ihr breit. Sie schwang sich die Treppen runter, öffnete die Tür und fand Kym mit roten Augen vor. Ihr Haar war zu nachlässigen Zöpfen geflochten und sie trug Joggingsachen. Sie sah nicht aus, als hätte sie geschlafen. »Kym … was … geht es dir gut?«

Kym verschränkte die Arme vor der Brust. »Ähm. Ja, es geht mir gut.«

Anna sah sie an, die Hand noch an der Tür.

Kym machte keine Anstalten, reinzukommen. »Ich habe mich heute auf der Arbeit krankgemeldet.«

»Hast du letzte Nacht geschlafen?«

Kym schüttelte den Kopf. »Irgendwie. Ich habe zusammengepackt. Alles. Gestern Abend und die ganze Nacht habe ich alles eingepackt. Und dann habe ich eine Wohnungsanzeige online eingestellt, nachts um eins. Und dann habe ich zwei Flaschen Wein getrunken. Und ich habe eine Stunde lang in unserem Bett geschlafen und bin aufgewacht, und er war nicht da.«

Anna ließ die Tür los, trat vor und legte die Arme um Kym, dann zog sie sie an sich.

Nur eine Sekunde lang drückte Kym Anna die Finger in den Rücken, bevor sie sie fortschob und einmal nickte. »Also, ich ziehe um.«

Annas Finger legten sich um Kyms Unterarme. »Ja. Du ziehst um.«

»Was machst du so?«

Anna zuckte mit den Schultern. »Ich versuche so stark zu sein wie du und Jakes und Sallys Sachen zusammenzupacken.«

»Ernsthaft? Jetzt gerade?«

»Japp. Du hast mir die perfekte Ausrede geliefert, um damit aufzuhören im Türrahmen zu stehen, in den Raum zu starren und nichts zu tun.«

»Kann ich dir helfen?«

»Sei nicht albern … Du siehst erschöpft aus.«

»Anna, lass mich helfen.«

Der Blick, den Kym ihr zuwarf, war fast flehend. Anna fragte sich, wie sie sich überhaupt noch auf den Beinen halten konnte. »Okay.«

Anna trat zurück. Kym kam herein und folgte ihr die Treppe hinauf. Beide hielten im Türrahmen inne, Anna sah zögerlich ins Zimmer. Kym wandte sich ihr zu, blickte sie von der Seite an und tat dann, was Anna nicht konnte: Sie nahm einen Karton und ging hinein, dann drehte sie sich um und fixierte Anna.

Die griff sich ebenfalls einen Karton und folgte Kym. Sie sah sich Sallys und Jakes Sachen an, die im Zimmer verstreut waren, die Dinge, die dies zu ihrem Heim gemacht hatten – Fotos, Reiseerinnerungen, die Flasche voll Sand, die Jake Sally aus dem Irak geschickt hatte, Sallys Sammlung von Romanen in Erstauflage, die sie von ihrer Großmutter geerbt hatte. All das war nur *Zeug*, wirklich nur Dinge. Aber es war auch eine Dokumentation von ihnen, zeichnete den Moment ihres Treffens, die Schwangerschaft, die Hochzeit, den Beginn einer Familie nach.

Dieses Zimmer war *Jake und Sally*, auf viele Arten. Es war ihr Raum.

Kym legte den Kopf schief, als Anna ihr dabei zusah, wie sie sich umschaute. »Lass uns mit den Socken anfangen. Bei Socken wird man nicht sentimental.«

Mit einem zittrigen Lachen nickte Anna. »Socken. Das kann ich.«

»Hallo?«

Das Geräusch kam von unten. Lane war gekommen.

»Hier oben«, versuchte Anna leise zu rufen.

Sie hörte Lane die Stufen hinaufkommen. Lane stoppte im Türrahmen und nahm die Szene vor sich auf.

Anna saß im Schneidersitz auf dem Boden, mitten im Zimmer. Um sie herum standen Kartons, die Schubladen waren offen und leer, der Kleiderschrank ebenso. Nichts außer Staub war mehr darin. Die Kartons standen in zwei verschiedenen Bereichen, eine Reihe an der Wand, die andere neben dem Bett. Die Kommode war leer und fast alle Kartons waren zugeklebt.

Ein betroffenes Lächeln zeigte sich auf Lanes Gesicht. »Wie geht's dir?«

Mit den Fingern auf den Lippen deutete Anna zum Bett. Schlafend lagen dort Toby und Kym.

»Das ist möglicherweise das Süßeste, was ich je gesehen habe.«

»Kym hat gestern nicht viel Schlaf bekommen. Sie hat vier Stunden durchgehalten, bevor sie eingeschlafen ist.«

»Toby schläft schon so lange?«

Anna zuckte mit den Schultern. »Er ist viel zu früh von seinem Mittagsschläfchen aufgewacht, weil wir so laut waren, dann ist er wieder eingeschlafen. Es geht ihm gut.«

Lane lehnte die Schulter an den Türrahmen und musterte Anna. »Willst du hier einziehen?«

Anna seufzte und stützte sich auf ihre Hände. »Sieht so aus.« Sie sah zu Lane. »Ich meine, das macht doch Sinn. Es fühlt sich nur … seltsam an, als ob ich versuchen würde, sie zu ersetzen.«

»Das finde ich gar nicht. Es macht Sinn, dass du hier bist. Es ist jetzt dein Haus, Anna. Sie haben es für dich hinterlassen, denn sie wollten, falls das Schlimmste geschehen sollte, dass es dir gehört.«

Anna nickte und starrte auf einen Karton.

Seufzend kam Lane näher, setzte sich im Schneidersitz vor sie und legte ihr die Hände auf die Knie. »Das ist zum Kotzen.«

Anna sah sie scharf an.

Lane fuhr fort. »Es ist zum Kotzen, das alles in Kartons zu stecken.«

»Ist es.«

»Ich bin froh, dass Kym hier war.«

»Ohne sie hätte ich wohl nicht angefangen. Du wärst heute Abend hergekommen und hättest mich dann umgeben von leeren Kartons vorgefunden.« Anna sah auf ihre Uhr. »Eigentlich … es ist erst vier?« Ein Lächeln breitete sich auf ihrem Gesicht aus. »Du bist früh dran.«

»Ich bin geflohen.«

»Schwänzt du?«

Lane grinste frech. »Ich habe vielleicht herausgefunden, dass ich morgen ausnahmsweise Nachtdienst schieben muss und habe mir womöglich die Freiheit genommen, den Schichtleiter darauf hinzuweisen, dass ich noch Überstunden habe – der ist dann panisch geworden, als er auf meinen Arbeitsplan geschaut hat, hatte wohl Angst, ich gehe zur Gewerkschaft.«

Kichernd legte Anna die Arme um Lanes Hals. »Raffiniert.«

Mit einem sanften Kuss schloss Lane die Lücke zwischen ihnen und sie hielten einander fester.

Annas Lippen wanderten Lanes Hals hinab, und sie setzte eine zustimmende Miene auf, als Lane sagte: »Dazu sind wir seit ein paar Tagen nicht gekommen.«

»Ich weiß. Das Leben scheint sich einen Spaß daraus zu machen, uns dazwischenzufunken.«

Lane hob Annas Kopf an. »Das macht es nur noch besser, dich zu sehen.«

»Okay, ernsthaft, ihr zwei seid abstoßend.«

Sie drehten sich um.

Kym rieb sich die Augen und gähnte.

Anna zog einen Karton näher zu sich und sah hinein.

Lane sah zu Toby. »Denkst du darüber nach, ihn dort reinzulegen?«

»Witzig. In dem Karton sind Sachen für ihn. Erinnerungen an seine Eltern.«

»Wonach suchst du das aus?«

»Genau. Was, wenn ich die falschen Sachen behalte?«

Kym kroch zum Fußende des Bettes und sagte: »Anna, nichts, was du für ihn aufbewahrst, kann falsch sein. Du hast die Dinge genommen, nach denen er gegriffen hat und hast noch die dazugetan, von denen du denkst, dass er sie mag.«

Anna nagte an ihrer Unterlippe und schob Lane den Karton zu.

Sie schaute hinein. »Du hast das Sandglas für ihn ausgesucht?«

»Ja.«

Lane sah den Karton durch. Sie fand Jakes dunkle Jacke, die Anna behalten wollte, weil sie Toby vielleicht eines Tages passen würde, das ein oder andere Andenken, Fotos, das Rasierset und die Flasche mit Aftershave. »Das ist perfekt, Anna.«

Immer noch besorgt, nagte Anna weiter an ihrer Lippe herum.

Lane lächelte sie an und drückte ihr Knie. »Es ist eine große Verantwortung, diese Dinge auszusuchen. Das hast du gut gemacht.«

Anna seufzte und schaute zum Bett hoch, wo Toby geräuschvoll atmete. »Er ist noch so klein.«

Kym wandte den Kopf und sah Toby an, der sich neben ihrem Bein zusammengerollt hatte. Sie fuhr mit der Hand durch seine Locken. »Ist er.« Sie sah zu Anna. »Aber es geht ihm gut. Der Sand ist eine tolle Idee und die Jacke auch.«

Toby wachte auf und setzte sich mit verwuschelten Haaren auf. Er rieb sich die Augen und sah sich um. Ein verschlafenes Lächeln breitete sich auf seinem Gesicht aus, als er sie alle anschaute. Schließlich fokussierte er Anna, griff seine Decke und kroch zum Bettrand, wo er sich auf den Bauch drehte, um hinunterzurutschen. Er wankte hinüber, fiel in ihren Schoß und legte die Arme um sie. Er vergrub sein Gesicht an ihrem Hals und gähnte.

Anna schob ihm die Haare aus der Stirn.

Als sie aufsah, schauten Lane und Kym Toby verliebt an. »Ihr zwei seid lächerlich.«

Sie blickten beide gleichzeitig überrascht auf. »Was?«

»Ihr seid nur hier, um mich auszunutzen, weil ihr es auf den süßen Krabbler hier abgesehen habt. Gebt es zu.«

Sie sahen sich an und zuckten mit den Schultern. »Wir haben gehofft, du würdest länger brauchen, um draufzukommen«, sagte Kym.

Anna streckte die Zunge raus und hielt Toby fester; er wurde schnell unruhig und zappelte herum, um runtergelassen zu werden. Als Anna ihn losließ, stand er für einen Moment da, blinzelte und sah sich um, bevor er sich wieder direkt in Annas Schoß fallen ließ.

Lane verdrehte die Augen. »Er ist total vernarrt in dich.«

»Eifersüchtig?«

Lane wollte gerade antworten, doch sie wurde unterbrochen, als sie hörten, wie unten die Tür aufging.

»Ich habe Schwester Lanes Auto draußen gesehen! Und Kyms!« Ellas Stimme drang zu ihnen hinauf.

»Ella! Du musst das nicht rausschreien.« Sandras Stimme war ebenfalls zu hören, und Toby stand auf und rannte begeistert zur Tür.

»Na, wo sind sie?«

Alle drei standen auf und folgten Toby in den Flur, wo der Kleine kurz davor war, sich die Treppe runterzuwerfen.

Anna sprang nach vorn. »Toby! Warte auf uns oder halte dich am Geländer fest!«

Er umklammerte die Decke mit beiden Händen und sah sie nicht mal an, als er begann, hinabzuklettern.

Schnell griff Anna nach ihm und erwischte ihn am Shirt. »Toby!«

Er sah auf und versuchte weiterzulaufen, doch Anna hielt ihn fest, sodass seine kleinen Beinchen nur in die Luft traten. »Toby Andrew Foster!« Sie hob ihn hoch und er wand sich in ihren Armen. »Du weißt, dass du dich festhalten oder auf mich warten musst.«

Er zappelte noch mehr und wimmerte, als Anna ihn festhielt.

»Ich mach das!«

Heimlich begeistert, dass er gerade einen ganzen Satz rausgebracht hatte, hielt Anna ihn weiter fest und ging mit ihm hinunter. Sie konnte Kyms und Lanes Belustigung praktisch in ihrem Rücken *fühlen*.

Ihre Mutter sah sie an, und Ella trat neben ihr in ihrer Schuluniform von einem Fuß auf den anderen.

Anna schaute zu Toby, der sich halb umgedreht hatte in seinem Versuch, auf den Boden zu kommen. »Nein. Jetzt wirst du getragen, weil du nicht auf mich gehört hast.«

Sie prustete in seinen Nacken, woraufhin er halb kicherte und halb wimmerte, und setzte ihn dann am Fuß der Treppe ab.

Sofort rannte er zu Sandra, die sein Ziel gewesen war, seit er ihre Stimme gehört hatte.

Annas Mutter bückte sich und nahm ihn hoch. »Toby! Warst du frech?«

»Nan!« Er sah unglaublich zufrieden aus und steckte seine Brust voll Überzeugung raus.

Sandra konnte ihm nicht böse sein, sie kicherte und küsste seine Wange, dann sah sie zu Anna. »Hallo, und hallo, ihr dahinten«, grüßte sie Lane und Kym.

Ella sprang vor und hielt sich an Annas Beinen fest. »Hi!«

Anna schmunzelte und strich über Ellas Zopf. »Hey, Ella Bella. Wie war's in der Schule?«

»Langweilig.« Sie sah an Annas Beinen vorbei zu Kym und Lane. »Bleibt ihr zum Essen?«

Kym ließ sich auf die Stufe fallen und hielt die Arme auf, um Ella zwischen ihre Beine ziehen zu können. Dann wickelte sie sie in eine Umarmung. »Sicher doch.«

Ella flüsterte Kym etwas ins Ohr, war dabei aber so laut, dass alle es hören konnten: »Kocht Schwester Lane? Tante Na hat gestern gekocht und es waren angebrannte Stücke im Essen.«

Als alle kicherten, warf Anna entrüstet die Hände in die Luft und ging den Flur entlang in die Küche. Dabei rief sie Ella zu: »Ich wollte dir einen Nachmittagssnack anbieten, Ella, aber vielleicht lasse ich die Banane auch einfach anbrennen.«

»Wie kannst du eine Banane anbrennen lassen?« Die verwirrte Stimme ihrer Nichte klang durch den Flur.

Die Gruppe kam in die Küche.

Lane sah zu Ella. »Deine Tante hat nur Quatsch erzählt.«

»Oh.«

»Und ja, ich koche. Was möchtest du essen?«

Anna entschied sich, sie zu ignorieren und das Obst zu schneiden.

»Pancakes!«

Lane hob Ella hoch und kitzelte sie, dann sagte sie: »Du wirst dich bald in einen Pancakes verwandeln!«

»Werde ich nicht!«

Als Kym sich neben Sandra setzte, kämpfte Toby sich sofort von ihrem Schoß herunter und steuerte schnurstracks auf den Korb in der Ecke zu, in dem seine Eisenbahn lag. Zufrieden ließ er eine Lok über den Boden fahren und machte dabei eine Menge Lärm.

»Wirst du doch! Wir können keine Pancakes machen. Es sollten immer mindestens drei verschiedene Nahrungsgruppen im Essen sein.«

Ihr Rücken war immer noch an Lane gedrückt, an der sie halb hing, während Lane sie um die Hüfte gefasst hatte. Ella zog einen Schmollmund. »Ähm … Sgetti!«

»Spaghetti? Okay, einverstanden.«

»Juhu!«

Lane sah auf. »Bleibst du zum Essen, Sandra?«

»Bevor ich mich schlagen lasse.«

Während Anna Bananenstücke auf zwei Schüsselchen verteilte, sah sie ihre Mutter scharf an. »Bevor du dich schlagen lässt, einmal nicht kochen zu müssen?«

»Bevor ich so tun muss, als würde ich mich nicht über eine Essenseinladung freuen.«

Ein Protestquietschen von Toby ließ Anna prompt zu ihrer Nichte aufsehen, die eine Lok in der Hand hielt. »Ella, hast du ihm die gerade weggenommen?«

So schnell sie konnte, ließ sie die Lok wieder in Tobys Schoß fallen; ihr Bruder hielt sie an sich gedrückt und sah seine Schwester an, als hätte sie ihn aufs Äußerste betrogen.

»Ich wollte ihm was Cooles zeigen!«

»Trotzdem, klau ihm nichts. Das weißt du.«

Ella beugte sich vor und nahm grummelnd einen anderen Zug. »Fein. Tut mir leid, Toby.«

Lächelnd hielt Toby ihr den Zug hin.

Glücklich, dass die Kinder nicht dabei waren, sich umzubringen, wandte Anna sich wieder dem Obst zu und lächelte, als Lane auf dem Weg zum Wasserkocher ihren Nacken küsste.

Sandra drehte sich zu Kym um und legte ihre Hand auf ihre. »Du siehst müde aus, Kym.«

Sie sagte es mit der Besorgnis einer Mutter und Kym lächelte schwach. »Ich hatte eine lange Nacht.«

Sandra tätschelte Kyms Hand, murmelte etwas, das Kym nicken ließ.

Anna warf Apfelstücke in die Schälchen und hielt sie den Kindern hin, die sich beide sofort das Obst schnappten.

»Entschuldigung?«

»Danke!« Ellas Ton war mehr Singsang, als sie in ein Stück Apfel biss.

»Tobes? Da?«

Die vollgestopften Wangen behinderten sein »Da.«

»Gern geschehen.«

Anna setzte sich und dankte Lane, die ihr eine Tasse hinstellte. Kym sah etwas besser aus und Anna fragte sich, wie Sandra so einfach tröstliche Worte finden konnte. Nach so vielen Monaten, in denen Anna ihre Mutter unterstützt hatte, war es schön zu sehen, dass sie sich immer noch zusammenreißen und Kym Trost spenden konnte.

Der Nachmittag zog reibungslos vorüber. Lane begann mit dem Kochen, Sandra half beim Gemüseschneiden und Kym las einem verzauberten Toby Geschichten vor.

Anna schob sich hinter Lane und murmelte ihr etwas ins Ohr, laut genug, dass Sandra es hörte. Sie nickten beide, als Anna zu Ella hinüberging, die am Tisch etwas malte. »Ella Bella? Ist das ein Einhorn?«

»Japp. Es kriegt sogar Flügel.«

»Wow. Das ist so cool. Wie bei *My Little Pony*?«

Ella sah sie verständnislos an. »Was?«

Gott, Anna fühlte sich auf einmal sehr alt.

Sandra und Lane kicherten.

»Nichts. Willst du ein bisschen mit mir nach oben kommen? Ich will mit dir noch etwas über das reden, wovon wir gestern Abend gesprochen haben.«

Sofort veränderte sich Ellas Verhalten. Sie hielt den Blick für einen Moment starr auf ihr Blatt gerichtet. Anna bedrängte sie nicht und wartete darauf, dass sie den ersten Schritt machte.

Schließlich legte Ella den Stift beiseite und schob den Stuhl zurück, um aufzustehen. Anna beugte sich vor und küsste Ellas Wange, bevor sie beruhigend lächelte.

Als sie sich aufrichtete, wartete Anna geduldig auf Ella, die in die Küche starrte, wo Lane und Sandra damit beschäftigt waren, so zu tun, als würde nichts Wichtiges geschehen. Schließlich hielt sie Anna die Hand hin. Große grüne Augen starrten Anna an, und plötzlich sah Ella viel älter aus als sechs.

»Hast du ihre Sachen zusammengepackt?«

»Ja, ich habe angefangen. Aber ich wollte sichergehen, dass du alles bekommst, was du möchtest. Willst du jetzt nachsehen gehen?«

»Ja, bitte.«

»Okay. Lass uns gehen, Süße.« Sie gingen durch den Flur in Richtung Treppe. »Toby hat sich schon was ausgesucht, weißt du.«

Auf dem Absatz blieb Ella stehen. »Hat er?«

Da sie auf Augenhöhe sein wollte, setzte Anna sich auf die Stufe. »Ja.«

Ella zupfte an dem Reißverschluss ihrer Jacke und sie sah fast nervös die Treppe hinauf. »Gut. Denn er ist nur ein Baby und er braucht was, das ihn an sie erinnert.«

Ein so junges Kind so nachdenklich zu sehen, war hart.

»Tante Na, erinnerst du dich noch an Dinge von früher, als du noch ein Baby warst?«

Anna schüttelte langsam den Kopf. »Nein, tue ich nicht.«

»Ich auch nicht wirklich.« Ella nagte an ihrer Lippe und Anna saß still da und wartete. »Toby ist sehr klein.«

»Ja, das ist er.« Ein paar Strähnen waren aus Ellas Zöpfen entkommen und Anna schob sie sanft hinter ihr Ohr.

Ella sah Anna nachdenklich an. Ihre Stimme war nur ein Flüstern. »Er wird sich nicht an Mummy und Daddy erinnern, oder?«

»Nein, nicht wirklich, Ella Bella.«

Ellas Stirn kräuselte sich und ihre Augen glänzten feucht. »Aber ich erinnere mich an sie.«

»Ja, das tust du.«

»Und du auch. Und Oma.«

»Ja.«

»Aber Toby wird sich nicht erinnern?«

Anna schüttelte den Kopf. »Er wird aber eine Ahnung von ihnen haben.«

»Ein Gefühl?«

»Ja. Eine Art Gefühl, wie sie waren. Wie sehr sie dich und ihn geliebt haben.«

Ella nickte abwesend. »Und wir werden ihm helfen, sich zu erinnern. Ich werde ihm helfen. Ich bin seine große Schwester, ich kann ihm helfen, sich an alles von ihnen zu erinnern.«

Anna legte die Arme um Ellas kleinen Körper und zog sie zwischen ihre Beine. Seufzend lehnte Ella sich in die Umarmung.

»Das wirst du ganz sicher.«

Sie saßen einen Moment lang so da. Ella spielte mit dem Anhänger um Annas Hals. Anna küsste sie auf den Kopf und wartete.

Ella atmete tief durch. »Können wir hochgehen?«

»Ja, das können wir. Da stehen viele Kartons, und eine Menge ist schon eingepackt, aber wenn dir etwas einfällt, was ich schon weggepackt habe, dann sag es mir und wir suchen es wieder raus, okay?«

Hand in Hand gingen sie hinauf und blieben im Türrahmen stehen. Ellas Blick huschte vom Bett zu den Kartons, wo die Sachen ihrer Eltern verstaut worden waren. Ohne Anna anzusehen, flüsterte sie. »Wie passt das alles in Kartons? Sie sind so *groß*.«

Anna war nicht sicher, was Ella meinte und schaute sich die normalgroßen Kartons an. Es war wie ein Stich in den Magen, als es Anna dämmerte: Ella meinte ihre Eltern, die Erinnerung an sie war so groß. Für Ella konnte nichts, was so groß war, in einen Karton passen.

»Ich weiß nicht, Ella. Ich frage mich das auch.«

»Werden wir das alles wegwerfen?«

Anna schüttelte vehement den Kopf. »Nein. Ich wollte das meiste davon wegpacken, fürs Erste. Aber ich dachte … Weißt du, wie wir jedes Jahr zu Weihnachten Dinge zusammensuchen und in Kisten packen, um sie an Menschen zu geben, die es sich nicht leisten können?«

»Die armen Leute?«

»Ja.«

Ella sah wieder ins Zimmer. »Ja, Mummy hat immer viel gegeben. Wir sind dann in die Läden gegangen und ich habe Spielzeug ausgesucht, von dem ich dachte, dass es anderen Kindern gefallen würde. Dann haben wir es eingepackt und den Kindern gegeben, die sich keine Geschenke leisten können.«

Die Erinnerung zog an Annas Herz. Sally war so eine außergewöhnliche Frau gewesen. »Ich hatte an ihre Kleider gedacht. Vielleicht können wir die meisten Sachen an eine Hilfsorganisation spenden? Damit Leute, die sich keine Kleider leisten können, welche bekommen.«

Ella schwieg wieder, bevor sie schließlich antwortete: »Ja, Mummy würde das gefallen.«

»Das habe ich auch gedacht.«

Und schließlich gingen sie zusammen ins Zimmer, Ellas Hand lag fest in Annas.

Anna hatte das Gefühl, den verdammten *Everest* erklimmen zu können. Endlich war alles um sie herum dabei, sich zu beruhigen. Der Klumpen, der sich in ihrem Bauch festgesetzt hatte, hatte sich inzwischen vollkommen aufgelöst und sie war glücklich.

Zwei Wochen nachdem sie das Zimmer ihres Bruders ausgeräumt hatte, marschierte Anna durch das Krankenhaus. Sie hatte eine Mission. Am Fahrstuhl angelangt, drückte sie den Knopf und wackelte ungeduldig mit dem Fuß. Sie richtete ihren Blazer und zog an ihrem Shirt, wollte sicherstellen, dass ihr Outfit saß. Lane hatte auf die schwarze Hose mit den weißen Streifen an der Seite bestanden, und Anna musste zugeben, dass sie sich fühlte, als trüge sie ein Poweroutfit. Genau darum ist es auch gegangen. Der Fahrstuhl öffnete sich endlich und sie machte sich auf den Weg zu ihrem Büro, öffnete die Tür und sah Lane dort stehen, die an ihren Tisch gelehnt auf sie wartete.

Lanes Blick wanderte ihren Körper hinab und wieder hinauf. »Hey. Nettes Outfit.«

Als Anna Lane an den Tisch drückte, umfasste sie Lanes Wangen und drückte ihre Lippen auf die ihrer Freundin. Lane schob zärtlich ihre Hände in Annas Haare.

Mit kussgeschwollenen Lippen löste Lane sich schließlich von ihr und grinste. »Also ist es gut gelaufen?«

Euphorisch hielt Anna Lane an den Unterarmen fest, einfach, weil sie sie nah bei sich haben wollte. »Der Richter hat nicht einmal groß überlegt. Das war's … es ist vorbei. Ich habe das permanente Sorgerecht!«

Ein Lachen blubberte aus Annas Brust herauf, als Lane die Arme um sie legte.

Es war Anna egal, dass sie albern aussahen mit diesem breiten Grinsen im Gesicht. Sie drückte ihre Stirn an Lanes. »Lane! Sie können sie mir nicht mehr wegnehmen.«

»Ich weiß. Das war's, es ist vorbei.«

»Ich liebe dich.« Sie küsste Lane. »Gott, ich liebe dich. Danke.«

»Warum bedankst du dich?«

»Weil ich es darf.«

»Ich liebe dich auch.«

Es klopfte und hinter ihnen öffnete sich die Tür.

»Oh, um Himmels willen. Bin ich dazu verdammt, euch zwei immer so sehen zu müssen?« Anna drehte sich bei der Stimme um, ließ Lane los und warf sich in Kyms Richtung, um sie in eine Umarmung zu ziehen. Kym legte die Arme um sie und sprach über ihre Schulter mit Lane: »Ich nehme an, die Anhörung ist gut gelaufen?«

Als Anna ihre Nichte bei ihren Eltern abholte, brach schon langsam der Abend an. Ihre Mutter wusste schon, wie die Anhörung ausgegangen war; Anna hatte sie angerufen, kaum dass sie das Gericht verlassen hatte. Sie hatte Sandra gebeten, es Ella nicht zu sagen.

Während Ella ihre Sachen holte, wandte Sandra sich an Anna, die an der Tür stand. »Hast du Cathy gesehen?«

Anna schnaufte. »Sie hat mich ignoriert.«

»Na, ich nehme an, das ist besser, als Bibelverse rezitiert zu bekommen.«

Anna kicherte noch, als sie mit den Kindern zum Auto ging. Jetzt, da es vorbei war, konnte sie die lustige Seite des Ganzen leichter sehen.

Auf der Heimfahrt erzählte Ella von ihrem Schultag und Anna nickte, stellte die richtigen Fragen. Nachdem sie vor dem Haus geparkt hatten, hob Anna Toby aus dem Sitz und stellte ihn auf den Boden, damit er über das Gras zur Haustür laufen konnte.

Mit der Schultasche in der Hand wartete Ella schon, als Anna die Tür erreichte und sie reinließ. Die Kinder fielen fast übereinander, als jeder von ihnen zuerst ins Haus wollte. Toby rannte zu seinen Bausteinen im Wohnzimmer und Ella ließ ihre Tasche bei der Treppe stehen und ging in Richtung Küche.

»Ella!«

Sie hielt an, drehte sich um und kam zurück. »Na gut, ich bringe die Tasche in mein Zimmer.«

Mit einem Schmunzeln setzte Anna sich auf die Treppe und zog Ella an sich. »Das auch. Aber ich muss dir etwas sagen.«

Ella lehnte sich mit zusammengezogenen Brauen an Anna und wirkte unsicher.

»Okay, Süße. Du weißt doch noch, wie ihr für eine kurze Zeit mal bei jemand anderem gewohnt habt, ja?«

Ella nickte.

»Erinnerst du dich noch, dass ich dir gesagt habe, dass ich darauf warten musste, bis der Richter eine Entscheidung trifft, und es deshalb Tage gedauert hat, bis ich euch zurückholen konnte?«

»Bist du deshalb so schick angezogen? Kommt er uns wieder holen?« Die Panik, die in Ellas Stimme mitschwang, ließ Anna sie nur noch fester halten.

»Nein, Süße, nein.« Sie strich Ella das Haar aus dem Gesicht. »Heute habe ich den Richter getroffen. Aber das war etwas Gutes. Er hat ein spezielles Papier unterschrieben, das besagt, dass euch niemand jemals wieder wegholen kann.« Sie legte Ella die Hände auf die Wangen. Obwohl die Kinder sich im letzten Monat langsam beruhigt hatten, hatte Anna Ella doch keine eindeutigen Versprechen gegeben, nur für den Fall. Doch nun wollte sie, dass Ella sich etwas sicherer fühlte und das konnte Anna ihr endlich vermitteln. »Hast du das gehört, Ella Bella? Alle Polizisten und alle Richter haben das Papier, das vorschreibt, dass ihr hierbleibt – bei mir.«

»Also … Können sie nicht mehr kommen und uns in ein Auto setzen?«

»Nein.«

»Und … und wir bleiben bei dir? Für immer?«

»Für immer, Süße.«

Die Art und Weise, wie Ella sie umarmte, raubte Anna den Atem.

KAPITEL 13

Warme Lippen wanderten Annas Rückgrat hinauf. Nackte Schenkel lagen über ihren Beinen. Anna vergrub ihr Gesicht im Kissen und gähnte, sie genoss es, so aufzuwachen. Die Lippen erreichten ihren Nacken und warmer Atem spielte über ihre Haut und ließ sie erzittern.

»Morgen«, flüsterte Lane.

»Morgen.« Anna rollte sich auf den Rücken.

Lane saß nun quer über ihrer Hüfte, die Hände lagen neben Annas Kopf, ihre Körper waren eng aneinandergepresst.

Anna schob sanft eine Haarsträhne hinter Lanes Ohr.

»Du hast lange geschlafen.«

Als Anna auf die Uhr sah und erkannte, dass es nach zehn war, riss sie die Augen etwas auf und blickte zurück zu Lane. »Habe ich wirklich.«

»Ich dachte, ich wecke dich auf.«

Anna vergrub die Hand in Lanes Haar und zog sie in einen Kuss. Das zustimmende Summen, das Lane von sich gab, ließ Anna lächeln.

»Ich schlafe nie länger als du.«

»Ja, nun, du hattest eine anstrengende Woche.«

»Ja. Sie war lang.«

Lane rieb mit der Nase an Annas Hals und küsste sie hinter dem Ohr, bevor sie sich wieder von ihr löste. »Lang, und ohne Zeit für uns.«

»Tut mir leid.«

»Nein, muss es nicht. Es war nicht deine Schuld.«

»Du bist bei der Freundin mit dem verrückten Leben hängen geblieben.«

Lane küsste sie. »Ich mag meine Freundin und ihr verrücktes Leben.«

»Sogar die verrückten Kinder?«

»Ich liebe die verrückten Kinder.«

»Obwohl Toby sich auf dir übergeben hat?«

Lane verzog das Gesicht. »Das war nicht mein liebster Toby-Moment, das kann ich nicht abstreiten.«

Schmunzelnd zog Anna an ihr, sodass sie halb auf der Seite neben Anna ausgestreckt lag und ihren Kopf mit ihrer Hand aufstützte, um Anna ansehen zu können. »Sie waren so krank.« Anna kräuselte die Nase. »Es war so widerlich.«

Als Lane den Kopf schließlich ins Kissen fallen ließ, rollte Anna sich auf die Seite, legte ein Bein über Lanes Hüfte und kuschelte sich an, das Gesicht an Lanes Hals gedrückt. Lanes Streicheleinheiten an ihrem Kopf entspannten sie und sie schloss die Augen.

»Es war wirklich widerlich. Tag um Tag mit Magen-Darm-Grippe und irren Arbeitszeiten waren eine gute Ausrede, um nicht viel Zeit füreinander zu haben«, sagte Lane.

Ein faules Grinsen machte sich auf Annas Lippen breit. »Wir haben das letzte Nacht wiedergutgemacht.«

»Also war's vielleicht doch nicht deine verrückte Woche, die dich hat lange schlafen lassen.«

»Wir sind erst *nach* vier eingeschlafen.«

»Ja, sind wir. Die Freuden, wenn die Kinder nach einer Übernachtung bei deiner Mum fragen.«

Anna öffnete die Augen und lehnte sich zurück, damit sie Lane ansehen konnte. »Sie lieben es, bei Oma zu übernachten.«

Lane schob Annas Haar zurück, ihre Hand lag sanft an ihrem Hals. »Ich habe dich die ganze Woche vermisst.«

»Ich dich auch. Gestern zum Abendessen auszugehen war schön. Wir haben uns sogar unterhalten.«

So lagen sie für ein paar Minuten, genossen die Stille im Haus und die Zeit für sich – nackt und warm am Morgen. Anna liebte die Kinder, aber morgens um sechs nicht im Bett angesprungen zu werden, fühlte sich sehr gut an. Zwei Monate nach der Verhandlung schlief Ella besser als vorher und Toby war auch fast wieder zu seinem alten Selbst zurückgekehrt. Anna fuhr mit den Lippen über Lanes Brust und seufzte zufrieden. Obwohl es toll war, dass die Kinder wieder zur Normalität zurückkehrten, auch wenn es langsam geschah, bedeutete ihre Anwesenheit doch immer eine Menge Energieverlust und frühes Aufstehen.

Die Stille wurde durchbrochen, als Lane leise sagte: »Ich wünschte, ich müsste nicht um eins zur Arbeit.«

»Ja, ich auch. Aber ich muss die Kinder in einer Stunde sowieso abholen. Mum hat einen Termin.«

Lanes Finger strichen ihre Seite auf und ab, ertasteten ihre Rippen. »Was macht ihr heute Nachmittag?«

»Wir treffen Kym und gehen dann in den Zoo.«

Lanes Augen leuchteten auf. »Ich liebe den Zoo!«

»Du bist manchmal so ein Kleinkind.«

Lane sah nicht einmal peinlich berührt aus, als sie mit den Schultern zuckte. »Deshalb lieben Ella und Toby mich.«

»Auch wieder wahr.«

Ein ernsthafterer Ausdruck ersetzte die spielerische Leichtigkeit in Lanes Gesicht. »Und heute ist es zwölf Monate her?«

»Zwölf Monate, seit Simons Tod. Ich, ähm, gehe mit ihr zum Friedhof, bevor wir zum Zoo aufbrechen. Ich wollte mit den Kindern Jake und Sally besuchen.«

»Das ist eine gute Idee. Ich wünschte, ich könnte dabei sein.«

»Du bist nächste Woche dabei, mit Mum und mir.«

»Ihr wollt mich mitnehmen?«

Lane lächelte, als Anna sich vorbeugte und sie erneut küsste. »Natürlich.«

Die Berührung von Lanes Fingern an ihrer Hüfte ließ Anna wieder ins Kissen fallen. »Wenn wir jetzt anfangen, hören wir nicht auf.« Ihr gemurmelter Protest war nicht sehr überzeugend, als Lanes Lippen sich ihren Weg von Annas Kinn zu ihrem Hals bahnten.

»Ich sehe da kein Problem.«

»Arbeit und, ähm …« Sie stöhnte sanft, als Lane an der empfindlichen Stelle in ihrer Halsbeuge saugte. »Ich muss die Kinder abholen.«

Lane unterbrach den Kuss. »Dusche?«

»Dusche. Das spart uns Zeit.«

»Ja, so kann man das auch sehen.«

Ohne Vorwarnung rollte Anna sich herum, sodass Lane halb in die warme Kuhle fiel, die sie zurückließ. Der verwirrte Ausdruck in Lanes Gesicht ließ Anna lächeln. Sie schwang die Beine aus dem Bett und stand auf.

Lanes überraschter Blick wandelte sich in ein Grinsen.

Anna zwinkerte ihr zu und machte sich auf ins Bad. »Kommst du in fünf Minuten nach?«

»Da lass ich mich nicht zweimal bitten.«

Anna warf ihr ein Lächeln über die Schulter zu und schloss die Tür.

In der Dusche wurde das Wasser schnell warm, gerade als Anna hörte, wie Lane rief: »Dein Handy klingelt!«

Den Hinweis ignorierend, stieg Anna unter den Strahl und seufzte bei dem Gefühl des warmen Wassers auf ihrer Haut. »Kannst du nachsehen, wer anruft, falls es Mum ist?«

Erst war Stille, dann das Geräusch der sich öffnenden Tür. Lane trat mit einem seltsamen Ausdruck im Gesicht herein.

Anna schob die Kabinentür ganz auf, um sie ansehen zu können. »Wer war das?«

Lane stieg nicht in die Dusche, stattdessen lehnte sie sich nackt an die Wand und sah Anna merkwürdig an. »Wie oft ruft dich deine Ex an?« Falls Lane versuchte, entspannt und neutral zu wirken, gelang ihr das nicht.

Anna sah sie fragend an und schäumte sich die Haare ein. »Was?«

»Ich frage das nur, um zukünftig vorgewarnt zu sein. Ruft Hayley oft an, oder …« Lane versuchte, ruhig zu wirken, aber Anna konnte sehen, wie sie gerade dabei war, mental auszuflippen.

»Das war Hayley?«

»Mhm.«

»Bist du rangegangen?«

»Natürlich nicht.« Braune Augen vermieden den Blickkontakt auch noch, als Lane lächelte. »Obwohl ich daran gedacht habe zu antworten: ›Sorry, Anna kann gerade nicht ans Telefon kommen, ich bin nämlich dabei, sie in der Dusche zu befriedigen, nachdem wir gestern Nacht stundenlang Sex hatten‹.«

Schmunzelnd fragte Anna: »Kannst du reinkommen, damit wir diese nackte Unterhaltung wenigstens auf Augenhöhe führen können?«

Lane schüttelte den Kopf. »Noch nicht.«

Anna schaute sie prüfend an. »Warte … Lane, bist du eifersüchtig?«

Lane zuckte mit den Schultern. »Nein, ich bin nur, du weißt schon, ich will nur wissen, ob ihr die ganze Zeit Kontakt habt. Euch auf den neusten Stand bringt und so.«

Die Eifersucht, die Lane ausstrahlte, war fast witzig. »Ich habe seit Monaten nicht mit ihr gesprochen.«

»Wirklich?«

»Wirklich.«

Lane trat einen Schritt vor. »Also muss ich mir keine Sorgen machen, dass sie dich zurückwill?«

Anna wurde bewusst, dass das unschöne Ende, das Lane mit Alex gehabt hatte, zu dieser Reaktion beitrug. Anna versuchte den Ausdruck, der über ihr Gesicht huschte, zu kontrollieren, aber anscheinend war es zu spät.

»Was war das?«

Anna riss die Augen auf. »Was?«

»Der Blick.«

Anna seufzte. »Sie will mich nicht zurück. Sie ist eine Idiotin. Die es gut meint, denke ich. Aber immer noch eine Idiotin.« Sie tauchte den Kopf unter den Strahl und spülte das Shampoo aus.

Als sie wieder auftauchte, zuckte Lane beinahe. »Hat sie es versucht?«

Anna hielt ihr die Hand entgegen. »Würdest du herkommen, damit ich deine innere Panik eindämmen kann?«

Glücklicherweise nahm Lane die Hand und kam zu ihr.

Sobald Lane in der Dusche stand, legte Anna die Arme um sie. Sie drückte Lane einen Kuss auf den Hals. »Atmest du?«

»Ja, nur … Hat sie es versucht?«

Anna schüttelte hartnäckig den Kopf. »Nein, hat sie nicht. Obwohl sie mich angerufen und eine Nachricht hinterlassen hat, kurz vor der Verhandlung, als du und ich getrennt waren.«

»Okay! Das war vor etwa drei Monaten! Und du hast es mir nie erzählt?«

Anna rief sich ins Bewusstsein, dass es hier mehr um Lanes Ängste als um Hayley ging und versuchte, nicht in die Verteidigungshaltung einzutauchen, die fast wie ein Reflex war. »Ich habe es total vergessen. Sie hat mir quasi Sex als Ablenkung angeboten.«

Lane blieb der Mund offen stehen. »Sie rief *dich* an, meine Freundin, und hat dir Sex angeboten, und das hast du mir nie erzählt?«

Anna drückte Lane fest an sich und sah ihr dann direkt in die Augen. »Lane, ich habe nie darauf geantwortet. Ich habe sie ignoriert und es komplett vergessen. Es sind wichtigere Dinge geschehen, und ich habe es vergessen.« Sie umfasste Lanes Wangen. »Es tut mir leid.«

»Mir nicht … Ich bin nicht sauer auf *dich*.« Sie hielt inne, als müsste sie sich darüber klar werden, was sie fühlte. »Es ist nur … Sie hat sich dir angeboten!«

»Um fair zu sein … Ich weiß nicht, ob sie wusste, dass ich jemanden treffe; weil ich *nicht mit ihr gesprochen habe*.«

Anna presste die Lippen aufeinander, um nicht zu lächeln, als Lane einen Schmollmund zog.

»Also, warum ruft sie dich an?«

»Ich weiß es nicht. Sie hat mir gestern Abend geschrieben …«

Als Lane die Brauen hob, beeilte Anna sich weiterzureden. »Und ich hab die Nachricht bekommen, als ich die Kinder bei Mum abgesetzt habe und heimgefahren bin, um ganz schnell bei dir zu sein, denn es war unser erster Abend, seit Toby dich vollgekotzt hat.«

Lane presste die Lippen zusammen und versuchte offensichtlich, sich zu entspannen. »Und was wollte sie?«

Anna schnappte sich das Duschgel, gab etwas davon auf einen Schwamm und fuhr damit über Lanes Brust und Rücken. »Sie hat mir geschrieben, dass ihr die Nachricht während der Verhandlung leidtue. Da sie nichts mehr von mir gehört hatte, war sie der Meinung, ich sei sauer auf sie. Sie sagte, sie wollte mich nicht beleidigen. Sie fühlte sich nur, als hätte sie mich mit alledem alleingelassen, als wir uns getrennt haben, und sie wollte mich unterstützen.«

»Mit Sex?«

Anna zuckte mit den Schultern. »Ich weiß es nicht. Wahrscheinlich.«

Erkenntnis zeigte sich auf Lanes Gesicht. »Weil sie weiß, dass du mit Emotionen nur über Sex umgehen kannst. Weil sie drei Jahre mit dir zusammen war und so was weiß.«

»Sie kennt mich nicht. Nicht mehr, nicht wirklich. Eigentlich frage ich mich, ob wir uns je wirklich gekannt haben. Wir waren so auf unsere Karrieren fixiert.« Anna ließ den Schwamm fallen und zog Lane an sich. »Du kennst mich. Du kennst mich, sie nicht. Und als sie mir diese Nachricht hinterlassen hat, mit diesem geschmacklosen Angebot, konnte ich nur daran denken, wie sehr ich Ella und Toby zurückwill und wie sehr ich *dich* vermisse. Ich habe diese Idee nicht mal in Erwägung gezogen.«

Sie ließ ihre nassen Hände an Lane hinaufgleiten, über ihre Schultern, um sie dann in ihren Haaren zu vergraben. Als sie Lane küsste, erwiderte diese den Kuss mit derselben Leidenschaft.

Mit glänzenden Augen löste Anna sich von ihr. »Lane, bist du eifersüchtig?«

»Ich … Nein.«

»Klar.«

Lanes Hände legten sich um Annas Hüften, drückten sie zurück an die Wand, sodass sie sich an Anna pressen konnte. Anna zog Lane enger an sich, umschlang ihre Taille. Ihre nassen Schenkel drückten sich aneinander, während das Wasser über Lanes Rücken rann. Die Eifersucht führte Lane anscheinend dazu, etwas klarstellen zu wollen, und Anna fand das vollkommen okay, mehr als okay. Sie nahm Lanes Hand und leitete sie ihren Bauch hinab. Anna sah sie leidenschaftlich an. »Nur du siehst mich jetzt noch nackt.«

Anna schloss die Augen und lehnte den Kopf an die Wand, als Lanes Lippen ihren Hals hinabwanderten.

»Gut.« Lane biss sanft zu und Anna stöhnte, als Lanes Finger zwischen ihre Beine glitten.

Dreißig Minuten später traten sie aus der Dusche; Annas Beine waren etwas wacklig. Während sie sich schnell anzogen, griff Anna nach ihrem Handy, um nach dem verpassten Anruf zu sehen. Sie begann, auf dem Touchscreen herumzudrücken.

Lane, die nur in Unterwäsche gekleidet war, sah sie fragend an und trocknete sich die Haare mit einem Handtuch. »Du siehst so ernst aus.«

Sie hielt einen Finger in die Luft, damit Lane sie nicht unterbrach, und die schloss den Mund. Anna tippte wie wahnsinnig auf ihrem Handy herum und scrollte dann hoch zum Anfang der Nachricht.

Dann las sie vor: »Okay: ›Tut mir leid, dass ich deinen Anruf verpasst habe, Hayley. Ich war nicht sauer, nur sehr mit der Verhandlung beschäftigt. Ich verstehe, dass du mir nur helfen wolltest, obwohl so ein Angebot von meiner Ex nicht wirklich hilfreich in dieser Situation war. Außerdem date ich jemanden, schon seit ein paar Monaten, und mit den Kindern und ihr bin ich glücklich ausgelastet. Ich hoffe, es geht dir gut. Pass auf dich auf.‹«

Sie sah zu Lane und ihr Daumen drückte auf *Senden*.

Ein träges Lächeln breitete sich auf Lanes Lippen aus. Sie schlenderte zu Anna und zog sie in ihre Arme. »Glücklich ausgelastet, was?«

Ein Grinsen umspielte ihre Lippen, als Anna eindringlich nickte. »Sehr.«

Lane küsste sie und legte ihre Stirn an Annas. »Tut mir leid wegen des kleinen Ausbruchs.«

»Du spinnst manchmal.«

Sie zogen sich an und verabschiedeten sich in der Einfahrt mit einem schnellen Kuss. Dann machte sich Lane auf den Weg ins Krankenhaus und Anna zu ihrer Mutter, um Toby und Ella abzuholen. Anna schaltete das Radio aus und genoss die letzten ruhigen Momente des Tages.

Ihre Ex war absolut kein schlechter Mensch. Irgendwie amüsierte es Anna, Lane eifersüchtig zu sehen. Es war unglaublich heiß und verursachte ein warmes Gefühl in ihrer Brust.

Anna parkte und stieg aus. Sie lächelte, als sie Ella am Wohnzimmerfenster kleben sah, die Hände ans Glas gedrückt. Der deutlich kleinere Toby kniete neben ihr. Sie winkten beide. Toby war ein bisschen zu aufgeregt und schlug mit der offenen Hand gegen das

Glas, dann drehte er den Kopf. Anna vermutete, dass seine Oma mit ihm schimpfte.

Als die Tür sich öffnete, warnte Sandra sie. »Mach dich bereit.«

Sie zog gerade die Brauen zusammen, da kam Ella schon um die Ecke gestürmt, Toby direkt hinter ihr, und sie beide knallten gegen ihre Knie. Die Wucht von zwei Kindern ließ sie fast umkippen. »Hey, Leute! Habt ihr mich vermisst?«

Ella schüttelte den Kopf. »Bis eben noch nicht, dann ist mir wieder eingefallen, dass doch!«

»Das ist gut, denn es bedeutet, ihr hattet Spaß mit Oma.«

Kleine Finger griffen den Stoff ihrer Hose und zogen daran, als Toby versuchte, an Annas Bein hinaufzuklettern. »Kuchen, Na! Oma Kuchen.«

Anna reagiert auf die nicht gerade subtile Bitte und nahm Toby hoch. »Du hast mit Oma einen Kuchen gebacken?!«

»Kuchen.« Sein kleines Gesicht sah besorgt aus und er streckte den Fuß vor. »Aua, Fuß.«

»Was ist passiert?«

Er zeigte nur darauf. »Aua.«

»Er hat sich zum ersten Mal den Zeh gestoßen«, informierte sie Sandra.

Anna verzog das Gesicht und umfasste sanft seinen Fuß und drückte ihn leicht. »Armer Toby. Hast du ein Pflaster bekommen?«

»Hat er.« Ella streckte die Brust raus und griff Annas Hand. »Ich hab ihm ein Dora-Pflaster draufgeklebt.«

»*Du* hast es draufgeklebt! Ella, bald kannst du im Krankenhaus arbeiten, dann bleibe ich zu Hause.«

»Nein, du spinnst, ich muss zur Schule gehen.«

»Hm. Stimmt.« Anna setzte Toby wieder ab. »Okay, ihr zwei holt eure Sachen. Ella, hilf bitte Toby, und dann treffen wir Kym.«

»Zoo!«

Ella rannte los und Toby folgte ihr. Ella, die sich offensichtlich daran erinnerte, worum sie gebeten worden war, streckte Toby die Hand entgegen; gemeinsam gingen sie die Treppe hinauf. Toby hielt sich mit einer Hand am Geländer fest und mit der anderen an Ella, so ging er jede Stufe einzeln hinauf, während Anna und Sandra sie beobachteten.

Toby verlangte seine Decke nur noch zum Schlafen und schleppte sie nicht mehr überall mit hin, es sei denn, er hatte wieder einen Wutanfall. Und das Beste war, dass er nicht mehr in Panik ausbrach, wenn Anna mehr als ein paar Meter von ihm entfernt war.

Ella sprang vor Aufregung auf und ab. »Wir gehen in den Zoo, Tobes. Wie macht der Löwe?«

»Grrr!«

Anna kicherte und wandte sich wieder Sandra zu. »Ihr hattet also Spaß?«

Ihre Mutter nickte und ging in Richtung Küche. Anna folgte ihr, nachdem sie die Tür hinter sich geschlossen hatte.

»Hatten wir. Ella hat mehr Teig gegessen, als in die Form getan, und Toby hat ihn auf dem Tisch verschmiert, aber wir haben noch was hinbekommen. Willst du probieren?«

Anna schüttelte den Kopf. »Nein, danke. Wir treffen gleich Kym, und ich muss vorher noch in den Laden.«

»Ist es heute schon?«

»Ja. Simon ist seit einem Jahr tot. Ich wollte ihr eine Blume besorgen, als Geschenk von uns allen. Meinst du, das ist eine gute Idee?«

»Das ist eine sehr gute Idee.«

»Ich wollte mit den Kindern zusammen gehen. Ich dachte, wir könnten dann Blumen zu Jake und Sally bringen.«

Das Glas, das ihre Mutter Anna hinhielt, zitterte leicht. »Das ist eine wundervolle Idee. Ich bin letzten Monat mit Ella nach der Schule hingegangen.«

»Es ist gut für sie, oder?«

»Ist es.«

»Willst du mitkommen?«

»Nein, danke. Das ist mehr für Kym. Ich werde nächste Woche gehen, wenn es sechs Monate her ist.« Mit blassen Lippen versuchte Sandra zu lächeln.

Anna stellte ihr Glas ab und zog ihre Mutter in eine Umarmung. Sie fuhr mit den Händen über ihren Rücken, aber Sandra löste sich schnell und strich sich über die Wangen. Als die Kinder wieder reinkamen, drückte Anna ihren Arm und ließ die Hand dann fallen.

»Fertig!«

Anna lenkte die Kinder ab, bis ihre Mutter sich wieder gefangen hatte und sagte: »Toll gemacht, Leute.«

Gerade als sie sie auffordern wollte, ihre Oma zu umarmen und *Auf Wiedersehen* und *Danke* zu sagen, kam ihr Vater um die Ecke und trat in die Küche.

Er stand unbeholfen da und sah sie alle an.

Seit der Verhandlung, nach allem, was er gesagt hatte, hatte er sich bemüht. Er war ab und zu mit Sandra zum Abendessen mitgekommen, und wenn Anna Ella nach der Schule abholte, fand sie sie oft gemeinsam beim Zeitunglesen oder im Garten vor. Manchmal nahm er Toby hoch, und er redete nun mit Anna, wenn auch nur über banale Dinge. Aber immerhin. Es war ein Anfang.

Anna war sich nicht sicher, ob sie sich mehr von ihm erhoffen durfte oder nicht.

Vor Kurzem hatte er Lane bei einem Abendessen kennengelernt, und als sie aufgebrochen waren, hatte er Anna die Hand auf die Schulter gelegt und nur gesagt: »Sie wirkt nett.«

Nun lächelte er seine Enkel gezwungen an und sah zu Anna. »Kann ich mit dir reden?«

Anna war seit Jakes Tod nicht mehr mit ihm allein gewesen.

Sie sah zu Ella und Toby. »Ihr zwei erstickt Oma in so vielen Küssen und Umarmungen, wie ihr könnt, und dann gehen wir, sobald ich wieder da bin, okay?«

Ella sprang schnell zu Sandra, die sich hinhockte und die Arme aufhielt; Toby eilte seiner Schwester nach.

Anna folgte ihrem Vater in den Flur. Schon vor Jakes Tod war sie in seiner Gegenwart immer nervös gewesen. Auch jetzt überkam sie dasselbe Gefühl. Sie hasste es.

In seinem Arbeitszimmer blieb Andrew neben seinem riesigen Schreibtisch stehen. Mit leicht zur Seite geneigtem Kopf sah er sie eine Weile an. In dieser Haltung erkannte Anna ihren Bruder. Genau so hatte er sie jedes Mal angesehen, wenn er etwas klarstellen wollte – so, wie Ella und sogar Toby die Leute manchmal ansahen.

Eine Haltung, die sie selbst einnahm.

Anna sah ihm in die Augen und wartete.

Er räusperte sich. »Du machst das gut mit den Kindern.«

»Ja … Toby während einer seiner Wutausbrüche ist ein Hochgenuss.«

Andrew brachte ein kleines Lächeln hervor. »Er ist wie alt, zwanzig Monate?«

»Einundzwanzig.«

»In dem Alter sind auch du und Jake zum Albtraum geworden.«

Anna lachte. »Das hat Mum auch gesagt.«

»Gerade Jake. Er war immer für einen Ausbruch gut.«

»Dann hat Toby das von ihm.«

Ihr Vater sah traurig aus, sein Gesichtsausdruck wurde weicher; es war seltsam, ihn so zu sehen. Er war so gut darin, äußerlich hart zu wirken, dass Anna manchmal vergaß, dass er darunter auch irgendwo Gefühle haben musste.

Ihre Mutter hatte recht, sie waren einander so ähnlich.

Jake hatte die weichere Seite ihrer Mutter geerbt. Er war ein wenig sensibler gewesen, offen für Emotionen; er war immer ein klein wenig mehr wie ihre Mutter gewesen, während Anna nach ihrem Vater gekommen war und alles in sich vergraben hatte, das unwillkommen war.

In letzter Zeit hatte Anna jedoch begonnen zu begreifen, dass mehr von beiden in ihr steckte, als sie gedacht hatte.

»Er hat viel von Jake.« Seine Stimme brach nicht.

Anna nickte. Sie war sich nicht sicher, warum sie hier war.

Ihr Vater öffnete eine Schublade an seinem Schreibtisch und zog etwas in seiner Faust heraus. Er kam um den Tisch, stellte sich vor sie und Anna bemerkte, dass *er* nervös war, in ihrer Nähe zu sein. Sie wusste, dass sie ihn so sehr an Jake erinnerte.

Er streckte die Hand aus und sie hielt die Hand unter seiner Faust auf.

Er räusperte sich erneut. »Ich … ich wollte, dass du das bekommst. Jake und du, ihr standet euch nahe, das weiß ich.« Er sah ihr in die Augen. »Ich weiß, dass du ihn auch verloren hast. Und ich weiß, dass ich nicht da war. Aber ich will, dass du das bekommst.«

Als er die Faust endlich öffnete, fühlte Anna etwas Warmes an ihrer Haut, und sie sah nach unten, als er seine Hand wieder senkte. In ihrer Handfläche lagen, von der Haut ihres Vaters gewärmt, Jakes Hundemarken.

Annas Finger schlossen sich darum.

Jake war zwar aus Sorge um seine Frau und die Kinder in die Verwaltung gegangen, aber die Air Force war immer noch sein Leben gewesen. Seine Freunde, sein Pflichtgefühl … Diese Hundemarken drückten aus, was ihren Bruder zu *ihrem Bruder* gemacht hatte, genauso sehr, wie die Kinder in der Küche das taten.

Der Kloß in ihrem Hals machte es schwierig, zu schlucken. Anna sah auf.

Die blauen Augen ihres Vaters hatten sich nicht verändert. Er nickte und sie tat es ihm nach.

»Bist du sicher …?«

»Du brauchst etwas von ihm.«

Anna lächelte sanft und sagte: »Ich habe Toby und Ella.«

»Du brauchst auch etwas für dich.«

Anna schaffte es zu schlucken und Andrew nickte erneut, ging um den Tisch herum und setzte sich. Dann öffnete er seinen Laptop.

Sie sah ihn einen Moment an, legte sich dann die Kette um den Hals, die Marken klirrten gegeneinander, als sie sich unter ihrem Shirt gegen ihr Brustbein legten.

Andrew sah nicht auf.

»Mach's gut, Dad.«

»Du auch.«

Anna wollte hinausgehen.

»Oh, Anna?«

Die Hand schon am Türknauf, drehte sie sich um. »Ja?«

Er behielt den Blick auf den Laptop gerichtet. »Diese Frau ist jemand fürs Leben.«

Anna nickte überrascht und ging. Ihre Hand lag über ihrem Shirt, wo sie die Umrisse der Marken spürte. Das hatte sie nicht erwartet.

Sie fand ihre Mutter auf dem Boden sitzend vor. Sie lehnte am Schrank mit Toby im Schoß und Ella neben sich. Alle drei hielten jeweils ein großes Stück Kuchen in der Hand. Sie sahen sie mit dicken Backen an.

Anna verengte die Augen.

Ihre Mutter beugte sich vor und flüsterte Ella hörbar ins Ohr. »Wir haben wohl nicht schnell genug gegessen. Wir wurden erwischt.«

Ella sah erschrocken aus. »Schnell! Rein damit!«

Sie schoben sich schnell die Reste des Kuchens in ihre Münder.

Anna stemmte die Hände in die Hüften und sah ihre Mutter an, die unschuldig dreinblickte, während sie sich Zuckerguss vom Daumen lutschte.

»Also, kriege ich den Zuckerschock ab?«

Sandra zwinkerte. »Genau.«

Sie verfrachteten die aufgedrehten Kinder in den Wagen. Anna drückte sich einen Moment vor der Fahrertür herum, bevor sie ihre Mutter noch einmal umarmte. »Nächste Woche, ja? Wir gehen am Sonntag alle zusammen?«

»Ich komme zu euch, und dann nehmen wir die Kinder mit?«

»Klingt nach einem guten Plan. Ella will ein Bild mitnehmen und ihnen dort lassen.«

»Das würden sie lieben.«

»Würde es dir was ausmachen, wenn …«

»Ich wäre entsetzt, wenn Lane nicht dabei wäre.«

»Wirklich?«

»Wirklich.«

»Sie hat es mir angeboten, und mir war bis dahin nicht klar, dass ich das will.«

Ihre Mutter drückte ihren Arm. »Manchmal muss man dir einen Schubs geben, damit du weißt, was du willst.«

Anna hörte das Öffnen der Tür und ihr Schließen. Ihr Puls stieg an. Lane hatte sich gerade selbst reingelassen, mit dem Reserveschlüssel, den Anna unter einem falschen Stein versteckt hatte.

Ein kurzer Blick auf die Uhr verriet ihr, dass es kurz nach elf Uhr abends war. Der Nachmittag war anstrengend gewesen, aber nicht so, wie das noch vor ein paar Monaten der Fall gewesen war.

Anna, Ella und Toby hatten zwischen den beiden Grabsteinen gesessen. Ella, die vorher schon dort gewesen war, sprach gern mit ihnen. Beim ersten Mal war sie nervös und zappelig gewesen. Diesmal war sie schon daran gewöhnt, fühlte sich wohl, dort, wo sie ihren Eltern nah war.

Anna hatte das Kinn auf Tobys Kopf gelegt und zugehört, wie Ella ihren Eltern von der Schule erzählt hatte.

Kym hatte die Zeit auf der anderen Seite des Friedhofs bei Simons Grab verbracht. Sie hatte allein gehen wollen, in einem roten Top, das, wie sie lächelnd erzählt hatte, Simon stets hatte vergessen lassen, was er gerade gedacht hatte.

Annas Hände hatten sich aus Ellas Haaren gelöst, um sich zwischen ihre Schulterblätter zu legen, während sie mit ihren Eltern gesprochen hatte. Sanft hatte sie Toby auf den Kopf geküsst, der auf einem Müsliriegel herumkaute, bevor sie ihr Kinn wieder an sein weiches Haar geschmiegt hatte.

Mehr als alles andere wünschte sie sich, dass der Tod nicht derart Teil des Lebens der Kinder war, dass Ella nicht so viel über Friedhöfe wüsste, und darüber, was dort geschah. Als Ella herausgefunden hatte, dass Kyms Mann auch gestorben war, hatte sie Kym umarmt und gesagt: »Ich denke, mein Daddy und dein Simon werden im Himmel Freunde werden.«

Es war fast friedlich auf dem Friedhof gewesen. Das Gras wurde grün gehalten, überall wuchsen Bäume, und eine sanfte Brise schien ständig zu wehen. Die Hundemarken hatten sich bewegt, als sie sich gerührt hatte, und Anna hatte daran gedacht, wie gern sie ihren Bruder fragen würde, ob er es seltsam fand, dass sie sie trug.

Toby hatte sich plötzlich von Annas Schoß hochgedrückt und sie hatte ihm zugesehen, wie er auf Kym zugelaufen war, die zu ihnen gekommen war. Sie hatte ihn hochgehoben und sich zu Anna gesetzt. Nichts deutete darauf hin, dass sie geweint hatte.

Entspannt hatte Ella aufgehört zu reden und sich an Anna gelehnt. »Meinst du, sie hören zu?«

Anna hatte die Arme um sie gelegt. »Ich denke schon. Und du?«

»Mummy hat früher immer zugehört, warum sollte sie jetzt also damit aufhören?«

Die Dinge, die Ella sagte, machten Anna manchmal einfach fertig. Sie hatte Ella auf den Kopf geküsst und ihre Hand auf Kyms Oberschenkel gelegt.

»Genau.«

Als sich die Schlafzimmertür öffnete, brachte Anna das wieder in die Gegenwart, und sie hörte, wie Kleider auf den Boden fielen.

Sie blieb still liegen, während Lane ihre Zähne im Bad putzte. Kühle Luft streifte ihren Körper, als die Decke angehoben wurde und Lane sich dicht an Anna kuschelte. Ihre Finger strichen sanft durch Annas Haar und kamen dann auf Annas unterem Rücken zum Liegen. Lanes Berührungen waren immer sanft.

»Hey.«

»Hey. Du bist wach.«

Anna rollte sich herum und nickte. »Ich habe auf dich gewartet.«

»Mutiger Schritt bei den Krankenhausarbeitszeiten.«

Gähnend sagte Anna: »Sehr mutig.«

»Wie war es heute?«

»Es war okay. Ella besucht sie gern, denke ich. Toby versteht es nicht.«

»Wie hat Kym sich geschlagen?«

Anna küsste Lanes Kinn, bevor sie sich von ihr löste und antwortete. »Ganz ehrlich? Es ging ihr gut.«

»Ja?«

»Ja. Man hat gesehen, dass es schwer für sie war, aber … es geht ihr gut.«

»Gut.«

Als Anna sich vorbeugte und sie erneut küsste, erzeugten die Hundemarken ein leises Geräusch, als sie zwischen sie fielen.

Lanes Finger befühlten die Kette um ihren Hals. »Sind das …?«

»Jakes Hundemarken. Ähm, Dad hat sie mir gegeben.«

Lane ließ die Kette durch ihre Finger gleiten, bevor sie die Marken nahm und vor- und zurückschob; im Dunkeln konnte sie sie nicht lesen. »Das ist nett.«

»Das war es tatsächlich.«

Die Kette fiel zwischen sie und Lane bewegte sich, damit sie die Beine um Anna schlingen konnte. »Soll ich nächste Woche wirklich mitkommen?«

»Ganz sicher.«

Anna küsste Lane und fuhr mit den Fingernägeln sanft ihre Seite hinauf, bewegte die Hüften und schluckte Lanes leises Stöhnen. Als Lanes Hand sich in Annas Haar vergrub, bewegte Anna die Hüften erneut, langsam.

Ein Klopfen ertönte an der Tür.

Sie hörten auf, Stirn an Stirn.

»War das …?«

Lane nickte.

»Gott sei Dank haben wir ihr endlich beigebracht zu klopfen.«

Anna grinste schief, stand auf und warf Lane ihr Shirt zu. »Eine Sekunde, Ella«, rief sie leise.

So schnell sie konnte, zog Anna eine Schublade auf, holte zwei Shorts hervor und gab Lane eine, während sie sich die andere überzog. Als sie die Tür öffnete, stand Ella dort und blinzelte sie an. Anna hockte sich hin und breitete die Arme aus und Ella stolperte hinein. Ihre Haare lagen ihr zerzaust um den Kopf, fielen wirr über ihre Wangen. Anna schob sie ihr aus dem Gesicht. »Was ist los, Ella Bella?«

Ella zuckte mit den Schultern. »Ich kann nicht schlafen.«

Anna hielt sie fester. »Na, das ist nicht gut. Soll ich dir eine Geschichte vorlesen?«

Erst nickte Ella, doch dann schüttelte sie den Kopf.

»Nein?«

»Kann Lane das machen?«

Anna lächelte. »Lass uns Lane fragen.«

Sie beide wandten sich zum Bett um, doch Lane war schon aufgestanden und kam zu ihnen, dann streckte sie die Hand aus. »Komm, Miss Ella, ich glaube, wir sind in Kapitel sechs von *Matilda*.«

Schläfrig nahm Ella ihre Hand.

Lane sah zurück und zwinkerte Anna zu, die mit dem Mund ein *Danke* formte.

Sie stand auf und sah ihnen nach, wie sie den Flur hinuntergingen, dann schaute sie noch mal bei Toby rein, der ausgestreckt in seinem Bettchen lag und geräuschvoll schlief. Bald würde sie ihm wohl ein großes Bett besorgen müssen.

Der Gedanke daran machte sie ein wenig traurig und auch ein wenig panisch darüber, wie sie ihn dann zur Schlafenszeit im Bett behalten sollte.

So sanft sie konnte, zog Anna die Decke über ihn, die Finger glitten vorsichtig über sein Haar. Dann ging sie zurück ins Bett. Sie kuschelte sich in ihre Decke und lauschte Lanes ruhiger Stimme vom Ende des Flurs. Obwohl Ella so schläfrig war, hörte Anna sie leise kichern.

Die Kette lag warm auf ihrer Haut

###

ÜBER G BENSON

Die in Australien geborene G Benson hat in ihrer Kindheit jedes Buch gelesen, dass sie in die Finger bekommen konnte. Nach Aussage ihrer Mutter hat sie auch einen Weg gefunden, während des Duschens zu lesen.

Sie begann mit dem Schreiben von Gedichten, die meist weniger gut waren, wechselte dann aber zum Schreiben von Geschichten. Sie schrieb und schreibt Geschichten über jeden und alles. Sie dabei von ihrem Laptop wegzulocken, ist ein sehr mühseliges und schwieriges Unterfangen. Mit Kaffee hat man aber eine gute Chance, dass es gelingt.

Zurzeit wohnt die gebürtige Australierin in Spanien. Je nach finanzieller Lage liebt sie es, so oft wie möglich, neue Plätze zu erkunden, was unterm Strich bedeute, dass sie diese neuen Plätze in der Stadt, in der sie lebt, erkundet.

KONTAKT:

Webseite: www.g-benson.com
E-Mail: gbensonauthor@gmail.com

EBENFALLS IM YLVA VERLAG ERSCHIENEN

www.ylva-verlag.de

All the Little Moments

Weil jeder Augenblick zählt

G Benson

ISBN: 978-3-95533-645-5
Umfang: 251 Seiten (62.000 Wörter)

Als ihr Bruder verunglückt, ändert sich das Leben der karrierebedachten Ärztin Anna schlagartig: Sie bekommt das Sorgerecht für dessen Kinder.

Von Selbstzweifeln geplagt und verlassen von ihrer Freundin versucht Anna, die Leben der trauernden Kinder sowie ihr eigenes in den Griff zu bekommen. Doch dann macht die Pflegerin Lane ihr Avancen, und Anna kämpft erneut um die Kontrolle über die Situation.

Hängematte für zwei

Jae

ISBN: 978-3-95533-841-1
Umfang: 384 Seiten (120.000 Wörter)

Dr. Jordan Williams verbringt ihre Tage im OP und ihre Nächte in den Betten ständig wechselnder Frauen.

Ihre neue Nachbarin, die alleinerziehende Emma, ist das komplette Gegenteil. Familie und Treue gehen ihr über alles.

Als Jordan sich bei einer Rettungsaktion den Arm bricht, fühlt Emma sich verpflichtet, ihre Hilfe anzubieten.

Könnten die sechs Wochen im Gips der Anfang eines Happy Ends sein?

Die Tote im Marschland

Ein Fall für Kate Brannon

Andrea Bramhall

ISBN: 978-3-95533-740-7
Umfang: 281 Seiten (90.000 Wörter)

Eine Frauenleiche wird an einem Küstenweg in Norfolk gefunden – erschossen durch die Linse ihrer Kamera.

Kate Brannons Ermittlungen führen in die Abgründe eines Fischerdorfs, das eingesponnen ist in ein Netz von Lügen. Kate weiß nur eins: Hier ist niemand das, was er zu sein behauptet. Auch Georgina nicht, zu der Kat sich hingezogen fühlt.

Heart's Surrender

Ein erotischer Liebesroman

Emma Weimann

ISBN: 978-3-95533-601-1
Umfang: 224 Seiten (65.000 Wörter)

Als Samantha eine Affäre mit Gillian beginnt, will eigentlich keine der beiden eine Beziehung. Bald aber wird aus der sexuellen Anziehung mehr.

Was passiert, wenn die Welt einer eher raubeinigen Handwerkerin mit der einer verwöhnten Hausfrau kollidiert? Können Nächte voller erotischer Freuden zu Liebe führen? Oder werden die zwei Frauen am Ende Wege gehen, die so verschieden sind wie sie selbst?

Bibliografische Information der Deutschen Bibliothek
Die Deutsche Bibliothek verzeichnet diese Publikation in der Deutschen Nationalbibliografie; detaillierte bibliografische Daten sind im Internet über www.dnb.de abrufbar.

1. Auflage
Taschenbuchausgabe Juni 2017 bei Ylva Verlag, e.Kfr.

ISBN: 978-3-95533-813-8

Dieser Titel ist auch als E-Book erschienen.

Übersetzung: Nino Delia
Lektorat: Andrea Fries und Astrid Ohletz
Coverdesign: Streetlight Graphics

Kontakt:
Ylva Verlag, e.Kfr.
Inhaberin: Astrid Ohletz
Am Kirschgarten 2
65830 Kriftel
Tel: 06192/9615540
Fax: 06192/8076010
www.ylva-verlag.de
info@ylva-verlag.de
Amtsgericht Frankfurt am Main HRA 46713